P分署捜査班

鼓動

マウリツィオ・デ・ジョバンニ

四月初め……妻に縁を切られたロマーノ巡査長がP分署近くのゴミ集積所で見つけたのは、生後間もない赤ん坊だった。病院に運ばれ一命をとりとめたものの、状況は予断を許さない。捜査班の面々は赤ん坊の親を探して奔走するが、ピザネッリ副署長が知人から得た情報が、事態を思わぬ方向へ導いていく。いっぽう、気取り屋アラゴーナは初対面の少年に懇願され行方不明の犬を探す羽目になるが、近頃管内で野良の犬猫失踪事件が多発していると判明して……個性派刑事たちの活躍を描く人気警察小説、21世紀の〈87分署〉シリーズ！

登場人物

ルイージ・パルマ……………ピッツォファルコーネ署長
ジョルジョ・ピザネッリ……同副署長
ジュゼッペ・ロヤコーノ……警部
オッタヴィア・カラブレーゼ……副巡査部長
フランチェスコ・ロマーノ……巡査長
アレッサンドラ（アレックス）・
ディ・ナルド……………巡査長補
マルコ・アラゴーナ………一等巡査
ジョバンニ・グイーダ……巡査
ラウラ・ピラース…………検事補
サルヴァトーレ・グァリーニ……神父、教区司祭
ヴィトー・ザレッリ………神父
ラリーザ・ベルナツカ（ララ）……ウクライナ出身の女性

ナザール・ペトロヴィッチ……………ララの夫
ファウスト・ヌビラ………………弁護士、ララの元雇い主
クリスティーナ・ヌビラ…………ファウストの妻
セルジョ・セナトーレ……………技師、ララの元雇い主
ドナート・クオコロ………………前科者
スーザン・ペンナ…………………新生児科の医師
ウィリアム・ヴァルナクラスリーヤ……犬を探す少年
ロザリア・マルトーネ……………広域科学捜査研究所の管理官
レティツィア………………………トラットリア店主
マリネッラ・ロヤコーノ…………ロヤコーノの娘、十五歳
ジョルジャ…………………………ロマーノの妻
イリーナ……………………………アラゴーナが住むホテルの従業員
レオナルド・カリージ……………神父、副署長の友人

P分署捜査班

鼓　動

マウリツィオ・デ・ジョバンニ
直　良　和　美　訳

創元推理文庫

CUCCIOLI

by

Maurizio de Giovanni

P分署捜査班

鼓動

フランチェスコ・コロンボ　実世界のアラゴーナへ

謝辞

フランチェスコ・ピント　彼がいなければ、わたしは一作も書かなかったことだろう。まず一番に謝辞を捧げたい。

〝ろくでなし刑事たち〟は彼ら自身が意識していなくてもひとつのチームである。そこで心からの感謝をチーム全体に捧げたい。

国家警察のファビオラ・マンコーネ、ヴァレリア・モッファ、ジジ・ボナグーラ、パオロ・コルティス、フランチェスコ・マイナルディ　このシリーズを種にした雑談、多くの必要不可欠な助言はむろんのこと、夕食や談笑、友情、それに生きていると実感させてくれたことに

ジュリオ・ディ・ミツィオ　死と数多の生とに投げかける不可欠な視線に

ジュージー・マッツァレッラ医師　小さな《ピッコラ》ジョルジャとその他大勢のジョルジャを日々守っていることに

ジュリアナ・ペトロチェッリ　数多くの刺繍に

ダニエラ・ラ・ローザ、ロゼッラ・ポストリーノ、キアラ・ベルトローネ　いつものように素晴らしい仕事をしてくれたことに

ジジ・グイドッティ　彼がいなければこの道を進み続けることは想像すらできなかった

マルコ・ヴィジェヴァーニ　なくてはならない旅の新しい道連れ
いつものように、そして永久にわたしの言葉のひとつひとつ、一行一行、わたしの息吹、まなざしをわたしの土台であり、屋根でもある愛するパオラに捧げる

第一章

ララは眠りにつく前に夢を見た。

もっともほんとうの夢ではない。

うつらうつらしながら眠りが深まっていくときに、稲妻のように心をよぎっては消える類《たぐい》のもので、情景や顔、思い出が脈絡なく断片的に浮かんでは消えた。ざわついた感覚だけが残った。

冬の我が家が見えた。アパートの裏はわびしい荒野原だ。あたり一面の雪。きっと肌に触れている冷たいものを、薄れていく意識が雪だと錯覚したのだ。空はいつもと同じ鉛色。住居の煙突から立ち上る薪の煙がぷんと臭った気がした。

黒い犬が走っている。遊んでいるのだろう、まっすぐではなくジグザグに進んでいく。犬を呼びたかったが名前を忘れたうえに声が出なかった。きっと兎だか鼠だか猫だかを追いかけているのだ、とぼんやり考えた。もっとも、追われているほうは真っ白と見え、その姿は雪に紛れている。

ママが見えた。里帰りしたときに会ったママよりずっと若い。うつむいて微笑んでいる。きっとわたしがゆりかごに入っていたときの記憶だ。とてもきれいだ。いまはほとんど抜け落ちた歯がまだあって、明るくやさしく微笑み、目には愛情と誇りが満ちあふれている。深い苦悩や酒で刻まれた深い皺も、殴られてできたあざもない。チャオ、ママ、とてもきれいよ。ママは黙って愛おしげにじっとララを見つめた。それから言った。かわいそうに、かわいいララ。かわいそうに。

でも眠りに落ちる前の刹那の夢だから、ララは返事をせず、どういう意味かと問い質しもしなかった。もう次が始まっていた。

今度はドナートだ。ララに背を向けて、テレビの前に座っている。画面は放送終了後の青白い光を瞬《またた》かせていた。ドナートを揺さぶって、もう見るものはないわよと教えたかったが、力が残っていなかった。それに眠りかけているところだし、どのみち今度も声が出なかった。

意味もなく光っている画面からこちらに注意を向けさせることができたら、ドナートは助けてくれるだろうか。助けが必要なときは、いつもドナートを頼っていた。彼は多くの人に恐れられ、ララも彼がなにかしているときは邪魔をしないよう心がけていた。次第に深い眠りに落ちていきながら、心の片隅で思った。ドナートを恐れて警戒し、ほかの人に助けを求めたのは間違いだった。力強い手と思いがけないやさしさを持つドナート。あの物静かな声を聞くと、いつもぞくぞくした。

だがドナートの姿は消え、次の夢が始まった。

今度は記憶にある場面ではなく、手ざわりだ。しわしわしているが、薄くてやわらかく、ぬくもりがある。皮膚だ。絹のようなうぶ毛。懐かしい、しっとり湿ったいいにおい。右胸の一ヶ所がぽっと熱くなった。

眠りかけていなければ、闇に引き込まれそうになっていなければ、断片的な夢を次々に見なければ、ララは赤ん坊を思ったことだろう。

長いあいだ胎内に宿し、先々を考えて名前をつけなかった女の赤ん坊のことを。努めて無視し、性別さえ知ろうとしなかった。だが、現実と切り離された意識が、この世に生まれ出たばかりの、皺の寄ったピンクの皮膚の手ざわりを束の間蘇らせた。

手ざわり。記憶。そしてさまざまな声が、夜に半開きの窓の外から聞こえてきた波音のように鼓膜を打った。根気よくハーフステッチの説明をする、シニョーラ・クリスティーナの声。薄暗がりで執拗に口説くシニョール・セルジョの声。深紅のカーテンの奥で嘆願する神父の声。

妙だ、とララはいまやほとんど麻痺した脳を懸命に働かせた。神父が告解した女性に嘆願している。なにを嘆願しているんですか、神父さま。わたしがあなたに嘆願すべきなのではありませんか？　しかし、睡眠と覚醒とを隔てていた時間は尽きかけ、質問する時間も答えを聞く時間も残っていなかった。

ララの心は小鳥のように飛んだ。ネクタイを締めて胸を張り、恥ずかしそうに笑っているナザールのところへ。ララが刺繍を施した衣服へ。常に動いているが静止しているように見える、広い海原へ。暑いところへ、寒いところへ。

黒い犬は見えないなにかを追いかけて、まだ雪の上を走っている。テレビの前に座ったドナートは身動きひとつしない。赤ん坊の皮膚がララの手の下でかすかに動いた。

ついに時間が尽きた。

ララの首に巻きついた細い紐が最後に一度、ぎゅっと締まった。

ララは永久の眠りについた。

思い出すことをやめて。

第二章

――もし、誰も来なかったら？　誰も立ち止まらず、誰も……

――やめて、やめてってば。来るわよ
――そうではなくて、早朝だし、夜の湿気が残っているだろ。ここに置いておくのはまずいんじゃないか。あの子まで殺すことに……

――あの子まで？　ちょっと、なによ、それ。二度と口にしないで。考えること自体が間違ってるのよ。だって……

――わかった、すまない。つい……

――つい、なんなの？　言ってみなさいよ？　まったく、もう。ふたりだけのときでも、あのことを……

――わかった、わかった。謝る。ただ……

――あのことを話してはだめ。わかった？　誰がどこでどんな目的で聞いているかわかったもんじゃないのよ。盗聴器やテープレコーダーが……

――うん

――……たとえば徴税かなにかの目的でどこかに仕掛けてあるかもしれない。徴税のためなら、税務署はなんだってする。たったひと言漏らしただけで、つかまるわ

――よくわかった。だから落ち着いて。ただ、あそこにいるのを見ていると……たとえば犬が来て……

――犬！　わたしたちがここにいるじゃない。こうして見守っているでしょ。犬なんかいないわよ。そろそろ誰かが来て……

――病院に置いてきたほうが……

――冗談でしょう？　病院に？　どうやって？　小包にして受付に置いてくるの？　伝票をべたべた貼りつけて？

――そうじゃない。当たり前だろ。そのくらいわかって……

――なにがわかっているの？　氏名や電話番号を訊かれるって？　それに、そもそもわたしたちが持ってきた理由も……

——そうじゃない。そんなバカがどこにいる。病院のなかではなく、外に置いてこようと言っているんだ

——ねえ、それはもう話し合ったはずよ。病院には防犯カメラが何台もある。銀行より多いくらい。門に二台、ロビーや中庭に二台って具合に。それに……

——ああ、きみはたしかにそう言った。だが、誰かが……

——それに入口には警備員が二十四時間いる。たまに居眠りしたりするでしょうけど、当てにはできない

——でも、病院なら安心だ。具合が悪いのだから……

——変な人。あんなことがあったのに、あなたときたら……

——おいおい、きみこそなんだ。あのことを話してはいけない、ふたりだけのときでもだめだ、と言ったのはそっちだろう。テープレコーダーがどうだこうだって

——ええ、ええ、そのとおりよ。ただ、あれこれ心配しても無意味だと思わない？　だいたい、ほんとうに具合が悪いのか、たしかではないのよ。生理的な現象かもしれない

——熱があるんだよ。泣きもしない。苦しそうだし……ミルクも飲まない

——わかった、認めるわ……たしかにあの子は具合が悪い。だからこそ、あそこに置いたんじゃない。きっと誰かが連れていって、医者に見せるわよ

——でも……ああ、考えるだけでも恐ろしい……もし助からなかったら？

——助かるに決まっている。助からなかったら、そういう運命だったのよ

——運命か。なにもかも運命のせいか。便利な言い訳だ

——やめてよ。お説教なんか聞きたくない。よりによってあなたがお説教するなんて、信じられない

——そうか。ではやめよう。心配しても無意味なんだな？　よし、わかった。ただ、ここを選んだ理由がわからない。正直なところ——

——だったら、もう一度説明してあげる。この近くに防犯カメラがある？　あったら教えて

——いや、一台もないみたいだ。それにここは——

——そう、ここは玄関口の陰になっている。ゲートはあそこで、ゴミ集積所が真ん前に見える。防犯カメラは、実際はあのシャッターが下りている元銀行の正面に一台と、道を隔てたアパートの入口近くに一台あるのよ。でも元銀行のカメラはレンズが下向きで道路を映さないし、もう一台は何者かが引き抜いてしまった。ほかにあるとすれば、うしろのご大層な屋敷《ヴィラ》の中庭くらいね。だから、防犯カメラには映らないわ

——わかった。でも、同じような場所はいくらでもあるだろうに、なぜここにした

——だって、この地区は例の……あれもある

——つまり？

——あれとこれとを結びつけて、こちらの望みどおりの結論にたどり着くかもしれないと思って

——なるほど！　納得がいったよ。でも、あと五分待って誰も通らなければ、やはり……

——もうすぐ誰か来るわよ。ここに来てどのくらい経つかしら。十分くらい？　こんなに朝早い時間だから、人通りがないのは当たり前だわ
——ゴミを集めにくるかもしれない
——だから？　そうしたら、収集員があの子を発見する。でも、きのう調べたら収集は午前十時となっていた。きょうに限って早く来るとは考えられない。心配無用よ。だから、こうしてここに留まって見張っているんじゃない。自慢するつもりはないけれど、恰好の場所を選んだでしょう？　遠からず近からずで、よく見えるけれど、こちらの姿は人の目に留まらない。それに——
——おい！　誰か来る！　でも反対方向からだ。思い切って——
——待って！　立ち止まったわ。見まわしている。たぶんあの子の……なにか聞こえたのよ
——あっ、近づいていく。何者だろう？
——さあねえ。このあとどうするかしら。あら、抱きあげたわよ。ゴミ集積所で……あんなものを見つけたら、気味悪がって素通りしかねないと思っていた。この街の人たちはみんな、無理もないけれど未経験のことを怖がるもの
——ほら、抱いてなかへ入っていく。もしかしたら……あそこの人かな。だったら好都合だ
——そうね。あの人たちなら、どうすればいいか知っている。大丈夫よ
——これでよかったんだろうか。何事もなかったかのように最初の計画に従ったほうがよかったかもしれない。そうすれば……

——いまさら言わないで。こうするしかなかったのよ。いい加減にして
——わかった、わかった。さあ、帰ろう。これ以上ここにいたくない
——ええ、帰りましょう。そして、この話は二度としない。いいわね？
——いいとも。約束する

第三章

いまや彼の日常は悲しい歌の一節のようになった。

勤務が終わると食材を買って家に帰る。出来合いのパニーニや冷めた揚げ物ですませたい気持ちがなくはないが、わびしい人生がさらにわびしくなるのを避けたかった。それに手と頭を使って料理をしているあいだは気が紛れ、あまり考えないですんだ。

食事を終え、片づけをすませたあとは肘掛椅子に座ってテレビのチャンネルを次々に変え、おもしろそうな番組を探す。

初めのころはよく映画館に行った。暗いなかで大勢の他人と一緒に大きなスクリーンを見ていれば、そちらに気持ちが集中すると期待したのだが、結果は最悪だった。やはり家こそが自分の居場所なのだ。毎夜長時間外出していると、アパートメントは冷えきってよそよそしく感じられ、いたたまれなくなった。そこで映画はやめた。やむを得ない場合を除いて、レストラ

ンやファストフード店も利用しない。

テレビの前に座っていると、サッカーの試合であろうが、役にも立たない討論番組であろうが、一日の疲れが出てすぐに眠ってしまう。どの番組も退屈極まりない。たとえ自分の仕事に関係がある討論でも興味を引かれず、心理学者や犯罪学者、社会学者、法曹関係者などを心のなかで嘲笑った。犯行に至った事情や心理過程は千差万別なのに、十把一絡げにして論じているのだから、バカバカしいったらありゃしない。

どの犯罪にも固有の事情があるし、心理の流れも異なる。たとえば、頭に血が上って殺したという場合だってある。激しい怒りに襲われて目の前に深紅の幕が下り、素手が凶器と化す。単純この上ない。

ピッツォファルコーネ署の巡査長フランチェスコ・ロマーノの抱えている問題は、まさにその怒りだ。打ち解けない性格で冷静に見えるが、内に激しい怒りを秘めていて突如爆発することがある。

怒り。

あの呪われた日の午前、ロマーノは激しい怒りに駆られて密売人の首を絞めた。まるで、コーヒーをこぼしたバールのウェイターか、注文とは違う新聞を渡して寄越した新聞店のオヤジに文句をつけるみたいに横柄な口を利かれて、ついかっとなったのだ。

止めに入った同僚も被害を受け、殴られたひとりは目に青あざをこしらえた。こうした問題を起こしたのは初めてではなく、これが決定打になって直属上司はこれさいわいとロマーノを厄介払いした。

怒り。

怒りは血管を駆けのぼって脳に達し、目の前に深紅の幕を下ろす。目をくらませ、耳を聾す。両腕と両手を支配する。怒り。

ロマーノは、少々かっとしても許されるべきだと思っている。こっちは正直で思慮深い優秀な警官だ。職務に忠実で献身的に働き、曲がったことが大嫌いで、雀の涙ほどの給料であっても金をたかったり、袖の下を要求したりしたことは一度もない。だったら、一瞬の錯乱は許されるべきだ。

模範的な夫なのだから。

ロマーノのほんとうの問題は、昼も夜も、寝ても覚めてもジョルジャのことが忘れられないことだった。ジョルジャは婚約してからいままでのともに過ごした長い月日を捨てて、実家に帰ってしまった。電話に出ようともしない。

そして弁護士に依頼して、別居の同意書を送らせた。

妻には夫を理解する義務があるはずだ、とロマーノは思う。夫が仕事のことで悩んでいたら寄り添って、心強い味方となって闘うべきだ。それなのにジョルジャはさっさと試合を放棄して、ロッカールームに寄る間も惜しんで退散した。

あのときジョルジャを引っぱたいたのは、失意のどん底にあったからだ。胸が締めつけられるように苦しく、そして虚しかった。自分がちっぽけで弱く感じられ、自責の念に苦しんでいた。ジョルジャは理解してくれているものと思っていたが、違った。

たった一度の過ちで夫を見限るなんて、愛はないのか。夫への気持ちは冷めたのか？　ないのだ。愛もなにもない。愛してくれていたはずの女からは短くフラ、生意気な同僚アラゴーナからはハルクと呼ばれるフランチェスコ・ロマーノは無価値な人間なのだ。

それでも、やり直せる、人生のページをめくることができると信じて、少なくとも努力はした。

最近は電話をかけるのを我慢しているが、容易ではない。テーブルに携帯電話を置き、両手をわななかせて一時間も座っていたこともある。だが、じっくり考えればという条件つきではあっても、自制心があると自負している。だから、ページをめくることができると確信していた。もっとも、新たなページにはなにも書かれていないのではないかと不安でたまらない。夜中に肘掛椅子の上で目を覚まし、テレビを消してベッドに倒れ込んでもなかなか眠りにつくことができなかった。

ロマーノの記憶のなかにはいつもジョルジャがいた。ほかの女と浮気をしたことも、したいと思ったこともない。男としての魅力がないわけではないから、機会はあった。機敏でたくましく、やさしさもあれば怒っていないときは愉快でもある。だが、心のなかでは常にジョルジャと結ばれていた。いまでも。

弁護士から送付された別居の同意書に返事を出さなければいけなかった。同封されていたカードにエットーレ・グラッシ法律事務所と記されているが、どんなやつだろう。ジョルジャの新しい友人だろうか。ジョルジャはひとりで、新しいページをめくったのだろうか。

どうしたらいいのか、途方に暮れていた。誰かにアドバイスを求めたかったが、友人はみんなジョルジャの友人でもあり、全員が社交的で人好きのする彼女の味方につくことは明らかだった。よくよく考えれば、どの友人もジョルジャの紹介だった。

職場の同僚に打ち明けるのは論外だ。前の職場にはよそよそしく挨拶する程度の顔見知りしかいなかった。いまの職場は警察の一機関ではなく動物を入れる檻みたいなものだ。そのなかでいくらかでも心を許せるとしたら、シチリア人のロヤコーノ警部だろう。無駄口を叩かない生真面目で仕事熱心な男だが、彼もまた問題を抱えている。マフィアの内通者であるためにこの分署に追いやられたと噂されているのだ。

まんじりともできずに、焼きすぎたオムレツよろしく寝返りを打って悶々としていたが、夜が明けるや否やベッドを出て、顔を洗って身支度をした。とてつもなく早く職場に着いてしまうが、がらんとしたアパートメントでぼんやりしているよりましだ。

ほとんど人気のない道路をゆっくり運転し、遠まわりをして分署に向かった。妻の実家のあるアパートの前を通ってせめてジョルジャと同じ空気を吸いたい気持ちが強かったが、我慢、我慢と自分に言い聞かせた。分署から少し離れたところに車を停めた。早く出勤した余禄だ。四月初めの澄んだ冷たい空気を味わいながら、分署の入口までの五十メートルほどを歩き始めた。

ゴミ集積所の大型コンテナからあふれたゴミに目が留まった。なんでほかの文明都市のように夜ではなく、朝に交通の邪魔をして収集するのだろう。空き箱、包装用セロファン、口のあいた袋、木箱、壊れた人形、スクーターの残骸まである。なんてザマだ。

集積所を通り過ぎようとしたとき、壊れた人形が泣き声をあげた。

第四章

ヴィトー・ザレッリ神父は一睡もできなかった。

あいにく、珍しいことではなかった。毎月少なくとも一度は会いにいく、信仰上の父である老イエズス会士は口癖のように言う。司祭のあるべき途《みち》を進みたいのなら、まずは生きていることだ。よく食べ、よく眠り、笑い、ビールの一杯も飲みなさい。非現実的な気高い使命感に燃え、初めて作ったカードの城みたいに崩れ落ちた若い修道士を大勢見てきたからね。彼らは意志が弱かったのではない。サルヴァトーレ・グァリーニ老神父は説明した。若者は往々にして自分が人間だと認めたがらず、なんでもかんでもひとりで解決することはできないと気づかないからだ。

ヴィトー神父はたしかに若かったが、自分が超人であると思ったことはない。笑いながら老神父に言った。わたしの欠点を表にしていったら、百年経っても書き終わりませんよ。それに神父さま、あまり時間がないのです。

件だ。

実際、のんびりしていられない場合が多々ある。たとえば、このあいだ告解した若い女性の件だ。

告解は秘跡《サクラメント》のなかでもっとも重苦しい儀式だ。司祭は魂の暗黒な部分に寄り添い、神と罪人《つみびと》との仲立ちをしなければならない。そして、人間の心に巣食う嫌悪や苦悩、愛や理性を凌駕する動物的本能、あるいは悪行など地獄を垣間見たあと、委ねられた罪を香の煙が漂い、蠟燭の火がゆらめく薄闇に置き、粛々と告解室をあとにする。

うら若いヴィトー神父は教区を持たされておらず、補助として教会を巡回している。サンタマリア・デリ・アンジェリ教会の司祭を長年務めているサルヴァトーレ神父は、若い神父がとても気に入っているが、教区民のほとんどと顔なじみであるため、告解は自身で執り行った。悪く思わないでおくれ、ヴィトー神父。わたしが相手だと、みな気兼ねなく打ち明けることができるのでね。ヴィトー神父はかえってほっとして、教理問答や高齢者の支援などに専念した。

しかしながら先週、激しい腰痛に見舞われた老神父に代理を頼まれ、まずは五、六人の熱心な信徒のありふれた罪や秘めた欲望などに耳を傾けた。そのあと、深紅のカーテンの反対側から、若い女性の温かみのある声が聞こえてきた。初めて聞く声だ。

ヴィトー神父はカラブリア州出身の三十歳。昔から司祭になりたいと思っていた。人間全般には深い共感を、神には限りない愛を抱き、この純粋な二つの信条が彼の人生と使命の柱だった。生まれ故郷や家族、その愛から遠く離れている者には慰めが必要であると常々思っていて、この初めて聞く娘の声に東ヨーロッパ訛りを聞き取った。おそらく、ルーマニアかブルガリア、ウクライナあたりの出身だろう。悩み苦しんでいる様子が声に滲んでいた。

神父と二言、三言言葉を交わしたあと、娘は質問した。告解では罪や異常な行為、家庭内暴力、あるいは恐怖について語られることが多い。逃げ道を模索している人もいれば、不遇な人生をものともしていないと誇らしげに語る人もいる。まれに金銭や眠る場所、仕事を乞う人もいる。ときには助けてくれない神を呪う人も。娘はそのどれにも当てはまらなかった。

彼女は素朴で恐ろしい質問をした。

ヴィトー神父はできる限り情報を得ようと努めて、娘の心を覆っている硬い殻を破ろうと現実的な質問を試みた。どんな事情があるのですか、どうすれば力になれるのでしょう。だが、それに対する答えは返ってこなかった。

わたしは地獄に堕ちるのでしょうか、それを知りたいのです、と娘は繰り返した。

これからしようとしていることは、永遠の呪いを招くのでしょうか。やむなくある罪を犯さなくてはなりません。神はお赦しくださるでしょうか。

告解の経験が少ないヴィトー神父であっても、予断を許さない状況だと悟った。告解室を出て、いまは横顔の輪郭しか見えない彼女の容姿や背恰好、さらには氏名などをたしかめようとすれば、即座に逃げるだろう。話を長引かせて、素性を探るほかなかった。

神は地上のどんな罪もお赦しになり、償いをさせてくださいますよ。神父は告げた。償いのできない罪はありません。あなたを苦境から救う手段は必ずあります。わたしが力を貸しますから、名前や住所を教えてください。

この近所に住んでいます、神父さま。娘は答えた。この近所です。よく考えてみるとお約束します。よく考えてから、あしたかあさってにまた参ります。

神父は免罪を宣告した。しまった、早まった、と慌てて告解室を出たものの、娘の姿は消えていた。

ヴィトー神父は一週間のあいだ毎日、サルヴァトーレ神父が回復して聖務に復帰したのちもサンタマリア・デリ・アンジェリ教会に通った。娘が約束どおりに再び来ることを期待したが、彼女はいっこうに現れなかった。

サンタマリア・デリ・アンジェリ教会の教区は商業地区と住宅街にまたがり、食料や支援の必要な人が多数いる。また、迷路のように入り組んだ路地は犯罪多発地帯でもある。神父は、娘によからぬことが起きたのではないかと心配でならなかった。質問したときの彼女の声が耳に焼きついて離れなかった。最悪なのは、守秘義務に縛られて誰にも相談できないことだった。

しかし、昨夜ついにサルヴァトーレ神父に打ち明けたのだった。信仰上の父との会話は告解と同等とみなされ、秘密は守られる。老神父は熱心に耳を傾けたあとしばらく沈黙し、それから言った。娘に危険が迫っている予感がするのだね。だったらそれを防ぐ手段を見つけなくてはならぬ。ふだんは熟慮を促す老神父だが、今回は早急に行動するよう勧めた。

そこで枕元のデジタル時計が午前六時を示すや否や、ヴィトー神父はベッドを飛び出した。

第五章

ジョバンニ・グイーダ巡査もかつては、仕事に対する熱意を持つ、真面目な警官だった。やがて結婚して三人の子を持ち、肥満し、平穏な日常を望むようになった。

もっともこれは、グイーダが自分に都合よくそう解釈しているだけで、実際は生来の怠け者で動作は緩慢、おまけに闘争心もないとあって上司に見限られ、閉鎖間近と噂のあったピッツォファルコーネ署に飛ばされたのだった。

そして、入口の警備及び各種届出受付の担当になると、さらに評価が悪くなるのも意に介さず、デスクに足を乗せ、スポーツ新聞を読みふけって勤務時間の大半を過ごしていた。そうしたところへ、押収した違法薬物を転売して逮捕された、悪名高き〝ピッツォファルコーネ署のろくでなし〟刑事四人の後任が赴任した。転売事件は警察内に大混乱を巻き起こし、マスコミはこぞって報道して世論を煽った。その結果、上層部の面々は警察内部の腐敗に対する非難声明を大々的に発表することを余儀なくされ、なかには自己の利益を図って市の中心部に位置する古くて小規模な分署の閉鎖を主張する者もいた。

グイーダは正直なところ、〝ろくでなし〟の件があろうがなかろうが、分署の閉鎖は長年議論されていたのではないかと疑っている。大規模なサン・ガエターノ署とトレッタ署の管区に近接しているとあって、存続させる意味はあまりない。こうした事情があったため、後任に選ばれたのは各署が持て余し、よそに押しつけたがっていた警官ばかりだった。

そのひとりロヤコーノ警部が着任初日にグイーダの態度を一喝し、堕落して品格を失い、誰の役にも立っていないことを自覚させた。

それ以来グイーダは、誰も見ていなくてもだらしのない恰好をしたことがない。ダイエットを実行し、てかてか光る頭の下半分にいまだまばらに生えてくる毛をきれいに剃ることまでしていた。妻は最初のころは当惑して愛人ができたかと疑ったが、結局はグイーダの変身を喜び、いまでは三人のいたずらっ子が眠ったあと、新たな情熱を持って夜の営みに臨んで彼の努力に報いている。

新任の若い署長パルマは何度もほめ言葉をかけてくれた。肝心のロヤコーノ警部が変化に気づいていないのが残念だが、そのうち認めてくれるだろう。

心がけていることのひとつが時間厳守だ。誰よりも早く出勤して持ち場につき、出入口を固めてこそ、優秀な警備担当と言える。そこで、渋滞を避けて毎朝七時前に到着するようにしていた。

その朝、カウンターに各種の届出用紙を並べていると、入口から射し込む陽光が翳った。ロマーノ巡査長、通称ハルクが人形らしきものを抱えて入ってくる。

ロマーノ巡査長は常に苦虫を嚙み潰したような顔をしているうえに、粗暴だという噂があるのでとくに好意は持っていなかったが、明らかに心を痛めて途方に暮れ、その目は必死に助けを求めていた。グイーダはカウンターを出た。

「グイーダ、グイーダ!」ロマーノは叫んだ。「赤ん坊がいた。生身の赤ん坊が……ゴミのなかにいた。わかるか? ゴミのなかにいたんだ!」

夜泣きする我が子を抱いて眠れぬ夜を何度も過ごしたことのあるグイーダは、両手を差し出した。

「さあ、こっちへ寄越して、巡査長。上階《うえ》の刑事部屋に連れていこう。あそこのほうが落ち着く。おや、どうやら女の子だな、着ているものからすると」

ロマーノはちらっと目をやって、赤ん坊がピンクのベビー服と、カールした長いまつ毛のかわいい仔犬が刺繍してあるよだれかけをつけていることに気づいた。

刑事部屋にはまだ誰もいなかった。照明を点け、グイーダはロマーノの脱いだ上着をそっと赤ん坊にかけた。赤ん坊が苦しげにうめく。

「大丈夫かな」巡査長が訊く。

「おれにわかるわけないじゃないですか」グイーダはよだれかけの紐をほどきながら言った。

「小児科医じゃないんですから。だけど、あんまり具合がいいようには見えないな。うちの子がこんなだったら、病院に連れていく。ほら、紫色になっている」

たしかにベビー服から出ている部分の皮膚は、病的な色だった。それに呼吸は苦しげで、手足の動きも鈍い。

「救急車を呼ぼう」ロマーノは決断した。

そのとき、オッタヴィア・カラブレーゼ副巡査部長が出勤してきた。「あら、もう来ていたの？　いつもはわたしが一番……」残りの言葉を呑み込んだ。「どうしたの、この子？」目を丸くして訊く。

グイーダは赤ん坊の体をさすって温めながら言った。「オッタヴィア、すぐに誰か呼ばなくちゃ」

オッタヴィアはロマーノを見つめた。「どういうこと？　誰が連れてきたの？」

「おれが見つけた」ロマーノはぶっきらぼうに言った。「外のゴミ集積所のところで。グイーダが……具合がよくないって」

オッタヴィアはつかつかと近寄って、ふたりを押しのけた。「見せて。ほんとだ。救急車を呼んで。やだ、息をしてないみたい」赤ん坊を抱き上げて、そっと揺さぶる。かすかなうめき声。「よかった、まだ息がある。でも急いで。早く！」

慌てて電話をかけるグイーダの横で、ロマーノは不意に泣き出した。

第六章

マルコ・アラゴーナ一等巡査は八時きっかりに刑事部屋に入った。

「時間厳守は優秀な警官の基本のキだ。ええと。まだ来てないぼんくらは……」青いサングラスの奥の目から、一瞬にして満足げな笑みが消えた。「ええっ！　なんでみんないるんだよ？」

捜査班のほぼ全員が、オッタヴィアのデスクの周囲に集まっていた。パルマ署長、ロヤコーノ、ディ・ナルド、ピザネッリ。その真ん中でグイーダがなにやら話している。ちらっと見まわしてロマーノがいないことに気づき、アラゴーナは肩をそびやかした。

「最後じゃなかったから、まあ、いいか。ハルクは遅刻だな。それとも夜中に誰かをぶん殴って逮捕されたとか？」

ピザネッリ副署長がくるりと振り向いた。最年長の彼とオッタヴィアは、前任の〝ろくでなし刑事たち〟の起こした押収薬物転売事件の生き残りだ。劣等生を前にした教師のような、疲れた口調で言った。

「おや、マルコ、お出ましか。どうりでさっきまで気分がよかったはずだ。一応教えておくが、ロマーノは誰よりも早く、七時前に来た。いまは病院だ」

アラゴーナはびっくりしたが、すぐに立ち直った。例によってからかっているのだろう。

「また、冗談ばっかり」全員に向かって言った。「病院だって？　どうして？　銃撃されたとか？」

パルマ署長はうんざりした顔をしてアラゴーナを見つめ、手短に事情を語ってグイーダを示した。

「ロマーノが赤ん坊を抱いて入ってきたときの様子をグイーダが説明していたところだ」

グイーダがうなずく。

「息が苦しそうだったんで、よだれかけの紐をほどいてやったんですよ。そのあとオッタヴィアが来て、それから救急車を呼んだ」

オッタヴィアはうなずいてつけ加えた。

「ロマーノは無理やり救急車に乗り込んだのよ。救急隊員は止めたけれど、ロマーノの顔を見て……」

「そりゃあ、断れないよな」アラゴーナは言った。「それにしても、誰が赤ん坊をゴミ集積所なんかに捨てたんだ？」

アレックス・ディ・ナルド巡査長補がため息をついた。小柄で口数が少なく、きょうはグレーのパンツとジャケットを着用している。

「わかるわけないでしょ」ぽつりと言って、パルマに話しかけた。「そこがポイントですよね、署長。誰が捨てたのか、突き止める必要がある」

パルマは頬をこすった。ひげを生やし始めたばかりで、ざらざらした頬にまだなじめなかった。

「うん、もちろんだ。とにかく判事に知らせてから調査に取りかかる。赤ん坊は生後数日なんだろう、オッタヴィア？」

オッタヴィアはうなずいた。

「ええ、ものすごく小さかった。なんで、新生児を道端に捨てるなんてことができるのかしら。

おまけに具合が悪いのに！」

「なぜ、病院ではなく分署の近くに捨てたのかしら」アレックスが指摘する。

ロヤコーノは集中しているときの常でアーモンド形の目を細め、東洋の仏僧を思わせる無表情な顔で言った。

「具合が悪いから、ここに捨てたとも考えられる。おれが間違っているといいんですがね、署長。母親を洗い出すのは容易ではない気がする。産院か病院、認可施設といった専門職員のいるところで出産した場合は、匿名で赤ん坊を置いてくることができる。赤ん坊を捨てた人物は、それができない事情があってやむを得ずこうしたんだろう」

「うむ。だが、なぜここを選んだ？」パルマが言った。「警察なんて、お門違いもいいところだ」

アラゴーナが肩をすくめる。

「偶然だよ、きっと。最初に目についたゴミ集積所だったんだ。もしかしたら近所に住んでいるのかもしれない。周辺のアパートを手当たり次第に調べればいい」

「ふふん」ピザネッリが鼻を鳴らす。「こっちの手間が省けるように、住所を書いた札が赤ん坊につけてあるかもしれないな」

アラゴーナはシャツの喉元から覗いている脱毛した肌を物憂げに搔いて、考え込んだ。

「住所を書いた札……いや、それは期待しすぎじゃないかな。とにかく聞き込みをすればきっと……」

パルマはあきれ返った。

「アラゴーナ、冗談がわからないのか？」ロヤコーノに話しかける。「つまり、病院を当たっても無駄ということか？」

警部はうなずいた。

「断言はできないけど、期待は持てませんね。しかし、変だと思いませんか、署長。なんでこだったんだろう。具合の悪い赤ん坊を助けてもらいたかったら、警察を頼ろうとはふつう考えない。厄介払いしたかったんじゃないかな」

「ええ、でも死なせたくなかったのよ」アレックスが口を挟んだ。「赤ん坊を袋に入れて、発見される恐れのないさびれた場所に捨てることもできたんだもの。生きていてほしかったのよ。少なくとも、そう願った」

「同感だわ」オッタヴィアが相槌を打つ。「あの子はとても清潔だった。新生児はすぐに体が汚れるのよ。それにベビー服と刺繍入りのよだれかけは、かなりの高級品だった。だいじにされていた証拠よ。なにも考えずにぽいと捨てたのではないわ」

ピザネッリは頭を掻いた。

「何年も前になるが、ある弁護士の未成年の娘が双子を産んでトイレに捨てた事件が、この界隈で起きた。妊娠させたのは、食料品店の配達をしている少年だった。娘はもともと太っていたので、誰も妊娠に気づかなかった。金持ちで教養のある両親だったが、なにが起きているのか悟ることができなかったんだ」

アラゴーナがあんぐりと口を開ける。

「双子を妊娠してたのに、誰も気づかなかった？　気球みたいな超デブだったんだろうな。で、トイレに流した？　詰まらなかったのかな。誰が見つけたんだい？　トイレの修理人？」

パルマが腕を大きく広げた。

「アラゴーナ、きみを本気で射殺したくなってきたよ。さあ、議論はこのくらいにして、仕事だ。ロヤコーノ警部、きみの意見に賛成だがほかの方法を思いつかない。片端から医療機関に電話をして……そうだな、この四日間に扱った出産で、赤ん坊が女の子、または双子のいっぽうがそうであった場合について問い合わせよう。その後、周辺を聞き込みして、なにか変わったことに気づいた人がいないか確認する」

アラゴーナが情けない声を出した。

「電話でいいでしょう？　電話番号を入手して――」

パルマは目を剥いた。

「では、赤ん坊を捨てた人物が電話でこう言うのだな？　ご苦労さまです、アラゴーナ巡査。万事異常なしですよ。わざわざ、どうも。だけど、おれたちみたいに正直な納税者を煩わせないで、どっかよそへ行って本物の悪党をつかまえたらどうだね」

「でも署長――」アラゴーナは言い返した。「ゴミ集積所に赤ん坊を捨てるようなやつが正直なはずないでしょ。そんなこと言うわけありませんよ」

パルマは目に絶望の色を浮かべて全員を見まわした。

「誰かこいつをよそへ連れていってくれないか。さもないと夕刊に記事が載るぞ。『署長が一等巡査を絞殺。全捜査員が署長に有利な証言』さて、仕事だ。わたしは判事に連絡をし、それから本部に頼んでパトカーを一台応援に寄越してもらう。オッタヴィア、すまないがロマーノの携帯に電話をして、赤ん坊の様子を聞いてくれ」

そのとき、ピザネッリ副署長のデスクで電話が鳴った。

第七章

ロマーノは狭いバルコニーの手すりを握り締めた。

深呼吸をして、心を落ち着けた。

なんとなくあたりを見まわした。下のむき出しの地面に落ちている無数の吸い殻。半開きの窓の薄汚れたアルミ枠。十数メートル離れた中庭で雑談をしている看護師ふたりの笑い声が漂ってくる。

ロマーノはジョルジャの気持ちを理解しようと努めた。

彼女が去っていった理由のひとつは、子どもだ。かっとなって引っぱたいたのがきっかけになったのは事実だが、溝はそのずっと前にできていた。一瞬我を忘れて手を出しただけなのに、ジョルジャはその場の感情に任せてふたりの愛に終止符を打った。

おれにも言いたいことがある。むっつり黙り込むのではなく話し合っていれば、取り返しのつかないほど心が離れないですんだ。おれの前に座って、子どもが欲しい、どうしても欲しいと言えばよかったのに。そうしたら、おまえの気持ちに応えていた。最高の専門医を探したことだろう。外国へ行って、この国では厳しく規制されている方法をいろいろ試したことだろう。それでも子どもができなかったら里親リストに載せてもらって、あの赤ん坊みたいにゴミ同様に捨てられた子を養子にすることもできた。

それなのに、ジョルジャは一度として不妊を話題にしなかった。一緒になったころは、子どもを持つことを夢見ていた。どこがどちらに似るだろうかと想像して楽しんだ。

ふたりのあいだに沈黙の溝ができる前、恐ろしい毒が愛を殺す前のことだった。

やがて、妻がいるときに訪れる友人の家、あるいはレストランや映画館、スーパーマーケットなどで、道端やたまに幼い子どもに遭遇すると居心地の悪さを感じるようになった。乳母車を押す若い母親とすれ違うとき、陳列棚の反対側で泣き声がしたとき、学校の前を車で通ったとき、ジョルジャが不意に黙り込むとロマーノは、すまなくなって胸が苦しくなった。だが、なにか悪いことをしたわけではないのでむしゃくしゃし、憂鬱にもなって自分の殻に閉じこもるようになった。そして、救いのない孤独な地獄から逃げ出そうとするかのように、激しく、必死になって互いの体を求め合った。

ゴミのなかで赤ん坊の泣き声がしたとき、そうしたことが頭のなかにあったのだろうか、とロマーノは小児科病棟のバルコニーで思った。子どもがいればどれほど違っていたことか。とにかくこれで、ジョルジャに電話をする口実ができた。ジョルジャだって、すげなく電話を切りはしないだろう。

妻との話題ができた。彼女をつなぎ止める錨《いかり》になる。小さな体で懸命に死と闘っている子をこんなふうに考えるおれは、人でなしか？　壊れた人形みたいに捨てられていた赤ん坊が瞼の裏に浮かんで、ロマーノはうしろめたくなった。

つらつら考えていると、内部廊下に通じるドアが開いて若い女が顔を突き出した。

「すみません。あなた、もしかして新生児の捨て子を見つけて連れてきた警官？」

女は非常に若かった。小柄で、大きな青い目に皺ひとつないつややかな肌、澄んだ声。波打つ金髪を頭のてっぺんでまとめて髪留めで留めている。聴診器を首にかけ、上着には名札の代わりに『スージーせんせい』ときれいな色で縫い取りがしてあった。

ロマーノはいたずらの現場を押さえられたかのようにおずおずとうなずき、握手の手を出した。

「ピッツォファルコーネ署のフランチェスコ・ロマーノ巡査長です。ええ、たしかにあの子を……ええと、その……見つけて……ゴミ集積所のそばで……」

若い女は小首を傾げてロマーノをじっと見つめた。

「あの赤ちゃんを担当している、新生児科のペンナです。どなたかに病状を説明したいと思っていたところでした。あなたにすればいいのかしら」

ロマーノは当惑して言葉に詰まった。

「あの……当番の判事に報告したと、さっき同僚から電話があったので、判事か代理の者がもうすぐ来るんじゃないかと。だけど……ええ、かまわなかったらおれも聞きたい。だって、あの子を……」

「そうね、あなたがあの子を見つけた。ええ、聞く権利があると思うわ。こっちへどうぞ」

ロマーノは医師のあとについて廊下を進んで階段を下り、こぢんまりしたオフィスに入った。医師は窓際に置いたデスクのうしろにまわって腰を下ろした。

「かけてください」疲れきったため息とともに言った。「失礼。昨夜は当直で、ずっとばたばたしていたから……それで、あの赤ちゃんですが、微妙な状態です。それに、なんだか妙で――」

ロマーノは腰を下ろした。

「というと?」

医師はぷっと頰をふくらませた。ますます若く、まるで少女のように見えた。

「矛盾している点がいくつかあるんですよ。清潔だし、栄養状態もいい。へその緒もきちんと切ってある。それに、ベビー服は――これは保存してあるので、のちほど渡しますが、上等な品だった。虐待や育児放棄された赤ん坊は残念ながらよくいるけれど、この子は違う。つまり、望まれずに生まれてきて捨てられた子には見えない。でも……まだ検査結果が出ていないけれど、感染症にかかっていることはまず間違いない」

ロマーノは眉をひそめた。

「だから？　感染症にかかっていても不思議はないでしょう。見つけたとき、あの子はゴミのなかにいた。どのくらいあそこにいたのかわからないが、たぶんそれで――」

ペンナ医師は片手を挙げてさえぎった。

「いいえ、その種の感染症ではないの。それだったら、もっとあとになって症状が出るのよ。だいいち、ベビー服の背中部分も含めてどこも汚れていなかった。まるで、汚れがつかないよう、慎重にそっと置いたみたいに。連鎖球菌に感染して早発型敗血症を発症した疑いがあるんです」

ロマーノがぽかんとして目をぱちくりさせたのを見て、医師は続けた。

「妊婦はガイドラインに従って、妊娠三十五週で膣のスクリーニング検査を受けてＢ群連鎖球菌の有無を確認し、陽性であれば抗生剤で治療して分娩時の感染を予防する。だから、新生児がこうした感染症にかかることは、いまではほとんどない。だから、不思議で。無責任にこっそり産み落としたとしか考えられないけれど、それでは先ほど話した点と矛盾する」

ロマーノはデスクに身を乗り出した。

「でも、助かるんでしょう？　先生が助けてくれる。そうだね？」

医師はロマーノを見つめたあと、ふと視線を逸らした。

「病状が思わしくなくて。実際、容態はかなり悪い。ここに来たときはチアノーゼが出ていて、呼吸困難と血圧低下を伴い、ぐったりしていた。体温は三十五度未満。そこで、ただちに挿管をして配合抗生物質治療を開始しました。いまはモニターで心肺機能を監視しています。助かるかどうか、なんとも言えないわ。正直なところ、あまり望みは持てません。診断が正しく、処置が適正だったかによりますね。うまくいくといいけれど」

どうしたものか、とロマーノは考え込んだ。そうだな、いつもどおりに仕事をするほかあるまい。

手帳とペンを出して、質問した。

「生後どれくらいですか？　衣服や体が清潔だったことのほかに、気づいたことは？」

医師は少し考えてから言った。

「症状が出始めたのは二十四時間以上前でしょうね。体重は二千八百グラムしかないけれど早産の際の症状がないので、正期産ですよ」

ロマーノは手帳から顔を上げた。

「どういう意味です？」

「つまり、早産児ではない。妊娠末期での出産だった。四十八時間くらい前ではないかしら。それ以下ではなく、それ以上前だったとしてもあまり前ではない。明るい肌の色をしているので、両親のどちらか、あるいは両方が金髪ね。身体各部位の大きさは正常。このくらいかしら」

ロマーノは情報を書き留めて手帳をしまい、立ち上がった。

「先生、なにがあったと思います？　母親はなんで赤ん坊を捨てたんだろう」

ペンナ医師も腰を上げた。下唇を嚙みながら考え込んでいる。思春期の少女が医者の仮装をしているみたいだ、とロマーノは思った。本物の医者だと、患者の親に納得させるのは難しいだろう。

「ここでは」ペンナは答えた。「いろいろなことを目にするわ。ひと晩限りの愛に燃えたり、ディスコで浮かれたあげくに車の後部座席で男と関係したりして妊娠する。最初はあまり深刻に考えないけれど、やがて胎児が大きくなっていくと、自分の人生ががらりと変わることを悟るのよ。もう前みたいに気軽に楽しむことも、勉強することも、将来に向けて自己投資することもできないってね。あげくに、クリスマスプレゼントの仔犬と同じように、赤ん坊を道端に捨てる。もう少しまともな人は、病院に置いていく。認知はしないまでも、わたしたちが世話をして命を救うことに同意するやさしさは持っている。でも残念なことに、いつもそうとは限らない」疲れきっているのだろう、口をつぐんで目をこする。不意に沈んだ声になった。「あの赤ん坊を産んだのは、中流以上の家庭の娘ではないかしら。母親がブラコ（カードゲーム）か愛人に夢中になって気づかないのをいいことに、妊娠を隠し通したんでしょう。赤ん坊が清潔だったことと衣服の質を考えると、最初はお人形でももらったみたいに浮き浮きしていたけれど、ことの重大さに気づいて捨てたんでしょうね。死んでもいいと思ったのかもしれない」

ロマーノは歯を食いしばって怒りをこらえた。

「世間には、どんなに望んでも実の子はおろか、養子も手に入らない夫婦もいるってのに」

ペンナ医師は眉をひそめてうなずいた。不意に思いがけないことを言った。

「名前が必要よ。手首に巻いてあるブレスレットと保育器の名札に名前を書かないとね。名前がないと、いないも同然だわ。それに最悪の結果になった場合、あの子はこの世に存在しなかったみたいになってしまう」

ロマーノが呑み込めないでいると、医師は重ねて言った。

「赤ん坊に名前をつけて。あなたが見つけたんでしょう？　もう一度命を与えたのよ。たとえ短いあいだになるとしても」

ロマーノはいったん開けた口を閉じて首を横に振った。そんな重大な責任は勘弁してくれ、と目で訴えたが、医師は無表情に見返すばかりだ。

しまいに根負けして、小声で告げた。

「ジョルジャ。ジョルジャがいい」

くるりと踵《きびす》を返して、挨拶もしないで立ち去った。

第八章

ジョルジョ・ピザネッリは行き交う人々に微笑んで会釈を交わしながら、足早に歩いた。ピザネッリはこの地区《クァルティエーレ》で生まれ育ち、他の地で勤務していた時期は折に触れて戻ってきては界隈をくまなく歩きまわり、知人と旧交を温め、新しい友人を作った。クァルティエーレはいわば小さな都会だ。昔のような強い同郷意識はなくなったとはいえ、幼いころから思春期を経て成人するまでを見守ってくれた街路を歩いているとやはりここが故郷だとの感が強くなる。ピッツォファルコーネにはいくつもの物語がある。伝説では、ピッツォファルコーネがナポリの起源であり、セイレーンの墓だった小さな丘を起点にして、油の染みのように火山や高地のほうへ同心円状に広がっていったとされている。

クァルティエーレには規模こそ小さいが、大都会にあるものはなんでもある。密に入り組み、違法行為が横行する路地はいわば毒気を放つ湿ったはらわたであり、伝統的な家族愛の熱や激しい抗争のすえたにおいを発散する。シャッターが目立つ商店街。不況に打ちひしがれる勤め人。金が支配し、サインひとつで胡散臭い取引が成立する、こぎれいな金融街。単語を三つ連ねた姓を持つ青白い顔の貴族が、固く閉じた窓の奥で退屈しきって虚しい人生を送る、海岸沿いの高級住宅街。

うん、大都会とまったく同じだ。ピザネッリはひとりごちた。そして、わたしや同僚は数多の感情、苦悩が渦巻く川の谷あいで、腐った果実を拾い集めているってわけだ。

鬱々とする人が増えるのも無理はない。人々は孤立し、亡霊が街路や広場にはびこる。亡霊は沈黙に押しつぶされそうになりながら向精神薬を支えに生にしがみついているが、目を凝らして耳をそばだてないと彼らに気づかない。

あの世への入口は、よく知っている。カルメンが他界して暗闇にひとり残され、もう生きていたくなくなったときにその前に立ったことがある。明け方に目を覚まし、起き上がって身支度をする意味があるのだろうか、とぼんやり天井を見つめていたときにも。〝生きていたくない〟と〝死にたい〟の境にある線、つまり自殺との境界線はごく細い。

自ら命を絶ってこの世に別れを告げるにはがむしゃらな覚悟、途方もないエネルギーが必要だ。生きている亡霊である失意の人にはそれがない。為《な》す術《すべ》もなく流されるままに漂ってはいるが、死にたくはないのだ。

この些細な差が重要だ。だから、ピザネッリは白旗を掲げない。ここ十余年、管内では自殺案件が異様に多く、不審な点はないとして処理されているがどうにも納得がいかなかった。亡くなった人たちは、ほんとうは死にたくなかったのではないだろうか。世間に見捨てられた孤独な失意の人々ではあったが、自殺するほど自暴自棄にはなっていなかった。死ぬための勇気、エネルギーを持っていなかった。したがって自殺ではなく、何者かに殺されたと確信している。犯人を見つけることができるのは、黄泉の国の入口に立った経験のある自分しかいない。必ずつかまえてやると、固く心を決めていた。

目的地に着いて、いったん呼吸を整えた。なにせポンコツだからな、と自嘲した。いまにもエンストしそうだ。お客がまた文句を言い始めたとみえる。

ピザネッリは自分の前立腺がんを〝お客〟と呼んでいる。診断が下ったのは一年前。その後、検査も再受診もしないで放ってある。冷静によく考えた末の決断だ。病にかかっていることを明らかにしたら、退職の前倒しを勧められるのが関の山だ。いまの自分に残されているのは仕事と、生きた亡霊をせっせとあの世に送り込んでいる犯人を見つけ出す使命のみだ。どのみち、為す術がないのだ。治らない病気というものはある。それに、一刻も早く妻に再会したかった。

成人したひとり息子は遠くの地で働き、毎週日曜に電話で話すのが唯一の交流となって久しい。それさえもぎこちないのだから、しなくてすむようになればほっとするだろう。同僚はみな好意を持ってくれているものの、まるで風車と闘ったドン・キホーテを見るように、老いた変人扱いをする。

わたしがいなくなって悲しむ人はいない。そうだろう、カルメン？　病のない美しく新しい世界で、きみとともに永遠に暮らしたい。

香の煙が漂うひんやりした身廊に足を踏み入れたとき、病のことを知っている唯一の人物、親友のレオナルドの声を聞いた気がした。おまえさんの命はおまえさんのものではないのだよ、ジョルジョ。勝手に放棄してはならない。きちんと治療を受け、残された時間とその後の行先を決めるのは、主にお任せしたまえ。声は幾度も繰り返した。レオナルドのことを考えるときの常で、ピザネッリは、いやはやと頭を振って微笑んだ。小柄で活発なレオナルド神父は澄んだ目を持ち、伝説のムナチェッロ（修道士姿の妖精。幸運をもたらすとされる）の化身のような容姿は見る人の目を楽しませる。癇癪持ちで口が悪いが、単純明快な信仰心は揺るぎない。本人には打ち明けていないが、闘病末期の苦痛から解放されたカルメンとの再会を期待するようになったのは、レオナルドの信仰の影響だった。

目が薄闇に慣れるのを待って、聖具室へ向かった。電話でのサルヴァトーレ神父の声が気がかりだった。三十年来の知人であるサンタマリア・デリ・アンジェリ教会の司祭は、いい加減なことは言わないし、日々の出来事を大げさに心配することもしない。心配性の人物は、この地区では異物として拒否される。サルヴァトーレ神父は冷静沈着な常識人で、老いたいまは深刻な問題を抱えた人に落ち着きを取り戻させる知恵もある。その神父の声が冷静さを欠いていたのだから、ただ事ではないだろう。

神父はデスクを前にし、その向かいに裾長の神父服をまとった見知らぬ青年が座っていた。神父はいささか苦労して立ち上がって、ピザネッリを迎えた。

「ジョルジョ、よく来てくれた。急に呼び出してすまない。だが、どうしても相談したいことがあってな」

ピザネッリはおだやかに微笑んで握手をした。

「こんにちは、神父。電話の声を聞いて心配で……日曜に会ったばかりなのに。なにかあったんですか?」

サルヴァトーレ神父は青年を紹介した。

「こちらはヴィトー神父だ。わたしが年を取って以前のようには動けないから、教皇庁がときどき手伝いに寄越してくれる。とても助かっているのだよ」

「違いますよ、サルヴァトーレ神父さま」青年は否定した。「あまりに仕事が多いから、負担を分散させようと司教がお考えになったのです」ピザネッリのほうを向く。「初めまして。ヴィトー・ザレッリです」

青年の声はおだやかで、やさしい目をしていた。ピザネッリはすぐさま青年が気に入った。ピザネッリの第一印象ははずれたためしがない。

「では、話を聞かせてもらいましょうか」

サルヴァトーレ神父はデスクに戻り、ピザネッリは椅子に腰を下ろした。

「それがな、ジョルジョ……直接分署に出向いてもよかったのだが、ヴィトー神父には宗教上の制約があってな。承知のように、わたしたちはある種の問題については慎重に取り扱わなければならないが、警察に行けば公的な色がついてしまう。それに、まだ推測の域を出ないのだよ。まあ、じつに不愉快な推測なのだがね」

ピザネッリは眉を寄せた。

「まったく話が読めませんな」

年老いた教区司祭はゆっくり首を振った。

「わたしたちは告解を聴くが、言うまでもなく、秘密は守らねばならない。たとえば、人を殺したと告解された場合、わたしは自首を勧めるが、警察に通報することはできない。いいかね？」

ピザネッリがうなずいたのを確認して、老司祭は続けた。

「加えて、告解は匿名で行われる。むろん、ほとんどの教区民は顔見知りだから、誰だかわからないということはまずない。だが、まったくないわけではない」

ピザネッリは話を聞きながら若い神父に幾度か目をやった。どうやら、なにか悩んでいるらしい。うつむいて、膝の上に置いた手をよじり合わせている。浅く早い呼吸をし、足を組んだりほどいたりしているところを見ると、かなり不安なのだろう。

だが、サルヴァトーレ神父はなかなか本題に入ろうとしなかった。

「告解で明かされた犯罪は、実際に犯したとは限らず、その意図があるだけという場合もある。それは、犯罪ではなく、空想と言ってよいだろうね。人の心にはまったく妙な考えが潜んでいるものだ」

ピザネッリは口を挟むことにした。サルヴァトーレ神父は尊敬すべき人物だが、際限のない説教を聞かされる信徒のあいだで知られているとおり、いささか多弁なのだ。

「神父さま、具体的にお願いしますよ。犯罪の阻止に役立つ情報でもお持ちなのか？　だったら、こうして時間を無駄にしていては――」

神父はため息をついた。

「いやいや、ジョルジョ。そうだったら、ただちに分署に駆けつけていた。あるいは、沈黙を守った。告解で知った事実を明かすか否かは、こちらの決断次第だった。これはもっと複雑な問題なのだ。どういうことか、説明しよう」

ピザネッリは黙って待った。サルヴァトーレ神父はうなずいて、若い助手を促した。ヴィトー神父は一呼吸して話し始めた。

「何日か前に若い女性の告解を受けました。外国人でしたが、イタリア語は流暢でした。わたしが告解室を出たときはすでに立ち去っていたので、顔は見ておりません。たいていのかたは教会に寄って祈りを捧げますが、そうはしませんでした」

口をつぐんで老神父を見つめた。信者ではない人物に告解の内容をどれほど明かしてよいものか、迷っているのだろう。若者はとかく、融通が利かなくて保守的になりがちだ。

サルヴァトーレ神父は、先を続けるよう身振りで促した。

「で、質問をされましてね。じつに妙な質問で、心配になってしまって……ただし、くどいようですが顔を見ておりませんので、それが彼女自身に関係しているのか、他人についてのことなのかはわかりません。空想ということもありますし、お呼び立てしたのは早計だったかと……とにかくよくわからなくて……その言葉を思い出してもいまだに……たいした意味はなかったのかもしれません」

ピザネッリは長年の警察官としての経験から、黙って待ったほうがときとしてよい結果を生むことを知っていた。たしかに、若い神父の杞憂という可能性はあるが、即断は禁物だ。サルヴァトーレ神父が重い決断を下したからには、それなりの理由があるに違いない。

ヴィトー神父は続けた。

「午後でしたので、告解にいらしているかたはわずかで、この若い女性は三人目でした。初めのうちはあれやこれや……つまりとくに変わった話はしなかったのですが、ふいに訊いたのですよ。訊こうかどうか、ずっと考えていたみたいな感じで。最初は、質問の意味がよくわからなくて戸惑って、言葉に詰まりました。中絶のことかとも思いましてね。これはよくありますよね、サルヴァトーレ神父さま。何度も経験がおありになるのでは？」

老神父はうなずき、ヴィトー神父に代わってピザネッリに話しかけた。

「今朝、ゴミ集積所で新生児が見つかったと聞いた。この界隈がどんなだか言うまでもないな、こう話した。ジョルジョ。朝起きたとたん、エジツィアカ通り四十七番の管理人ティティーナがやってきて、ルイーザ・ルッソリロがパンを買おうと窓から顔を出したら、おたくの警官が分署に駆け込んでいくところを見たって。間違いないかね」

ピザネッリは、やれやれと頭を振った。ここでは噂があっという間に広まる。

「ええ。ほんとうは極秘なんですけどね」

老神父はうなずいた。

「うん、うん。だが、この情報が入ったおかげできみに相談しようと決断できた。二つの出来事を考え合わせると、ますます心配になってね。わたしはきみを長年知っているから、いかに正直で思いやりがあるか承知している。微妙な状況を理解して、十分に気配りをして捜査してもらいたい。ヴィトー神父が告解で得た情報を、きみに打ち明けるのだ。これがいかに重大なことか、わかるね？」

ピザネッリは深いため息をついた。

「わたしを信頼していただけるのはありがたいし、最善を尽くしますよ。でも、ご存じのことを話してくれなければ、力の貸しようがない。それで、今朝見つかった新生児が、外国人女性の告解に関係があるんですか？」

ヴィトー神父は顔を上げて、ピザネッリをまっすぐ見つめた。確信を持って、落ち着いた口調で断言する。

「ええ、あります、副署長。わたしたちはそう考えています。その女性は告解の最後にこう訊きました。『我が子を放棄した母親は地獄に堕ちるのでしょうか。無理強いされた場合でも』」

第九章

ここ四日間で総合病院、または診療所で扱われた出産は三十八例。二十四時間以内にあった十二例を差し引いた二十六例のうち、二例は死産、十例は男児だった。女児を出産した十四人の母親のうち八人は、いまだ入院中。これは地区警察長もしくは施設に赴いたパトカーの警官が確認した。あとの六人――男女の双子を産んだひとりを含めて――は、新しく加わった家族とともに帰宅していた。

各家庭への訪問を終え、アラゴーナはコーヒーと祝い菓子《コンフェッティ》――おまわりさん、めでたい日なんだ、さあ遠慮しないで――でふくれた腹を抱えてぼやきつつ、分署へ向かっていた。少子化の時代だって騒がれてるのに、何人産めば気がすむんだ。まあ、たしかに大半は移民の家庭だった。あいつらときたら故郷では飢え死にしそうだったのに、ここではおれたちから奪った食い物をたらふく詰め込んで元気いっぱい。ウサギみたいに次から次に孕んで悪ガキをこの世に送り出す。おかげで、おむつと哺乳瓶に囲まれて一日過ごす羽目になった。おれは保育士かよ。

仏頂面で歩きながら、別の地方の県知事を務める叔父の影響力を頼るべきかと思案した。配置換えをしてもらおうかな。だけど、さんざん無理を言ってコネを使わせ、本部の形ばかりの仕事から捜査班にまわしてもらったばかりだ。警察で出世したかったからだが、異動した先がよりによってピッツォファルコーネ署ときた。

同僚は、よその署で持て余されて追い出された者ばかり。閉鎖の噂が絶えないし、ここで起きた一大不祥事は市の警察関係者全員の記憶に刻まれている。おまけに署長はつまらない仕事ばかり押しつける。

これほどに才能豊かで勘がよく、警察官になるために生まれてきた一等巡査が、アパートの階段を上ったり下りたりして、ピンクの飾りのついたドアを叩いて訊きまわったことがいまだかつてあっただろうか。「すみません、おたくの生まれたばかりの赤ちゃんは元気ですか。ちょっと顔を見せてもらえないかな？　いや、新しい市民を歓迎してこいとのお達しがあって。通常の確認作業ですよ」ふざけてるだろ。

いつものように、大好きなテレビドラマ〝フィラデルフィア・コード〟の特別捜査官ジェイソン・ラッシュ（ドラマ、人物ともに架空のもの）だったらどうしただろう、と想像した。きっと、豊かな髪を掻き上げて物怖じしない鋭い目を上司に据え、知的な低い声で言うに違いない。「いや、そいつは賛成できないな、ボス。おれのやり方でやらせてもらう」間抜けな上司の罵声を背に退室し、覆面パトカーのタイヤをきしらせて悪党の巣へ急行する。三八口径と腕力を頼りに敢然と立ち向かい、半数を殺し、半数を逮捕。ああ、そんなふうにできたらいいのに。

ただし、そっくりそのまま真似るにはひとつ問題があった。悲しいかな、アラゴーナの髪は決して豊かとは言えないのだ。毎朝、長期滞在しているホテルの浴室で鏡を前にして少なくとも十分は費やし、日々大きくなっていく頭頂部の更地を隠している。日曜日恒例の煮込み料理をむさぼる父親の、いまやほとんど毛のない頭が瞼に浮かんだ。あのてかてか光る頭はきっと遺伝するのだろう。そうなった暁には、テリー・サバラスの演じた威風堂々たる刑事コジャックに倣《なら》って、潔く剃ってしまおうか。だが、まだしばらくは特別捜査官ラッシュを手本にできそうだ。

要するに、マルコ・アラゴーナは警官が大好きなのだ。医者か弁護士にしようと話し合う両親をよそに、幼いころから警官に憧れ、ついに希望を押し通した。

ピッツォファルコーネ署にははみ出し者が集まっている。アラゴーナは友人に尋ね、あるいは県警本部の元同僚たちの噂話に耳をそばだてて彼らの過去を探り出した。容疑者の首を絞めたことのある凶暴で無分別な男。署内で発砲して上司を殺すところだった、銃器マニアの若い女。マフィアに内通していたらしき、シチリア人。そして、前任の本物のろくでなしどもが起こした不祥事を生き延びたふたりは、障害児を抱えた気の毒な中年女と自殺案件に固執する老いぼれ。おれは機会に恵まれさえすれば才能を示すことのできる貴重な人材なのに、こうした変人奇人に囲まれて出世主義者の指図に従っている。

もちろん、叔父のコネがなければ、どこかの暗い地下室で埃にまみれて書類整理をしているはずだと、陰口を叩かれているのは承知している。だが、そんなのは嫉妬深くて口さがない連中の噂にすぎない。

分署の前にある小さなバールで休憩することにした。さんざん歩きまわったのだから、当然だ。ひとつしかないテーブルについて、カウンターにいる店主に話しかけた。

「ペッペ、本物の美味いコーヒーを淹れてくれよ。いつもみんなに飲ませているお粗末なやつじゃないのをさ」

失礼な、と店主は眉をひそめて睨みつけた。この野郎、アメリカのテレビドラマに出てくる刑事を気取りやがって。だが、きょうの一大ニュースについての情報を直接手に入れる機会を逃すわけにはいかない。

「ねえ、刑事さん」アラゴーナに訊いた。「今朝見つかった赤ん坊はどうなったんです？　近所の人たちはみんな気にしてますよ」

アラゴーナは青のサングラス越しに店主に目をやった。

「おれはまさにその件を担当して、一日じゅう捜査していたんだ。でもって、やっとつかんだ重要な情報を教えにきたとでも？　おれを誰だと思っている。そもそも、なんで赤ん坊のことを知っている？」

店主は赤くなった。

「この上階《うえ》に住んでいるシニョーラ・ルイーザが、ピンクのベビー服を着た赤ん坊を抱えたおたくの同僚を見たんだよ。ほら、あのでかい人。それに入口を警備しているグイーダが――」

アラゴーナは冷たく笑って話の腰を折った。

「なるほど、グイーダか！　上に報告して、情報を漏らすとどうなるか教えてやろう。おい、コーヒーを頼むよ。のんびりしているわけにはいかないんだ」

十分後に店を出ると、夕闇が迫っていた。

少し離れた戸口の暗がりで、一対の黒い目が署に入っていくアラゴーナを追っていた。

第十章

パルマ署長はいつものようにオッタヴィアのデスクに寄りかかって、半開きの窓から見える夕方の渋滞に心を奪われているかのようだった。四月のかぐわしい大気が希望を乗せて、窓から静かに入ってくる。

アラゴーナが戻って、捜査班の全員が揃った。

最初にロマーノが報告した。赤ん坊の容態は相変わらず。ペンナ医師と交替した医師は、抗生剤を投与しても改善は見られないと悲観的だった。これを聞いて重苦しい沈黙が広がった。とりわけ、最初に赤ん坊を見て応急処置をしたオッタヴィア、グイーダ、ロマーノはその命に責任を感じていた。

ピザネッリは教会を訪問したことを話し、情報を軽々しく扱ってはならないと強調した。

パルマはぶっきらぼうに問いかけた。

「全員の前であらためて確認させてもらうよ、ジョルジョ。そのヴィトー神父という人物はほんとうに信用できるのか？」

ピザネッリはきっぱり言った。

「いいですか、署長。わたしはこの界隈のほぼ全員を知っているし、出まかせを言う者、感情に流される者とそうでない者との区別はきちんとつけられる。深刻な事態であることは間違いありません。即刻、行動すべきです」

「でも」アレックスが胸の前で腕を組み、真剣な面持ちで口を挟んだ。「副署長はサルヴァトーレ神父とは顔見知りだけど——ええと、なんて名前だったかしら、告解を聴いたほうの若い神父のことは知らないんでしょう？　だったら、いい加減な人かもしれないし、だいたい神父というものは——」

ピザネッリは最後まで言わせずに反論した。

「おやおや、ディ・ナルド。若い人は老人よりも偏見がないと思っていたのに。うん、サルヴァトーレ神父とは顔見知りだ。彼のことだから熟慮に熟慮を重ねたうえでわたしを呼んだに決まっている。彼がヴィトー神父を信用しているのだから、わたしも信用する」パルマのほうを向いた。「署長の判断に任せますよ。だが若い女が告解で、無理強いされて子どもを放棄することに触れ、その一週間後にゴミ集積所で新生児が見つかった。偶然とは思えない」

パルマは、腕を組んで沈黙しているロヤコーノに尋ねた。

「きみはどうだ？　関係があると思うか？」

警部は唇をすぼめて、考え込んだ。

「あると思う」冷静な口調で答える。「教会は赤ん坊が捨てられた集積所からさして離れていない。捨てた人物は、赤ん坊とこの地域を関連づけたい意図があってあそこを選んだ気がする。それに、罪を犯す前に告解するに際して、通りがかった教会ではなく教区教会へ行ったのは、明確な意思を感じるな。正直なところ、ほかに有力な情報はない。赤ん坊の持ちものには身元のわかるものがなにもなかったし、問い合わせもない。要するに選択の余地はないということだ。告解した女は東ヨーロッパの訛りがあったそうだから、おれはこの線を追う。そうだ、医者によれば両親の少なくとも片方は金髪なんだろう？」

ロマーノは常にも増して苛立ちを露《あらわ》にして、デスクを指で叩きながら言った。

「そうだ。だが神父は女を見ていない。声は覚えているかもしれないが、確実なことはなにもわからない。女が赤ん坊と関係があるとは断言できないが、どうやって捜す？」

「関係があると仮定していいのではないかしら」オッタヴィアが静かに言った。「わたしはインターネットで、アラゴーナは聞き込みで調べた結果、この三日間に病院や診療所で生まれた女児は全員所在が確認できた。だから、告解した女があの赤ん坊の母親だと仮定しても不自然ではないわ」

パルマがうなずく。

「それにこの地区のどこかで出産したと考えていいかもしれない。その娘がほんとうに母親なら、一週間前は妊娠末期だ。家から遠い教会まで行って告解したとは考えにくい。サンタマリア・デリ・アンジェリ教会は急な坂道の上にあるし、近所に住んでいると彼女自身が神父に告げている」

アラゴーナは明らかに当惑していた。

「だけど、無理強いされて子どもを放棄すると言ったんだろ。だったら、なんで捨てた？　捨てて逃げたというなら、わかるけど——」

「それはその女が捨てたと仮定した場合だ」ロヤコーノが言った。

「どういう意味だね」パルマが訊く。

警部は目の前の空間に据えた目を動かさずに説明した。

「誰かが赤ん坊を手に入れ、その後なんらかの理由で捨てたとも考えられる」

「だったらなんで、女はここに来ない？」アラゴーナが鼻息荒く言い返す。「赤ん坊を盗まれたと被害届を出しそうなものじゃないか」

ピザネッリがロヤコーノに先んじた。

「彼女になにかが起きたのかもしれない」小さな声で言った。「そうでなければ……」

全員が押し黙った。パルマが口を開く。

「今夜はなにもできないが、あしたから捜査を始める。みんな、いまなにを受け持っている？　どんな仕事をしている？」

「わたしとロマーノは、捜査を打ち切った古い事件を記録してファイルしています」アレックスが答えた。

「おれよりましだな」アラゴーナがため息をつく。「おれは地下室で資料の整理。窒息しそうだよ」

「おれはスーパーマーケット強盗二件に関して聴取を少々したが」ロヤコーノは言った。「空振りだった。それぞれ手口が異なっていて関連性はなく、おまけに——」

パルマはせっかちにさえぎった。

「よし。いまの仕事は中断して、全員で女を捜そう。ヴィトー神父を信用すると決めた以上、とことん信用する。あしたは木曜日だ。東ヨーロッパから来た家事手伝いの女性が休みの日に集まる場所に行って、女を知っている人がいないか訊いてくれ。それから神父にあらためて話を聞く。なにか思い出すかもしれない。暗闇で手探りする状態だが、運が少しあれば女は見つかるだろう。ほかになにか考えがあれば、いま言ってくれ。なければ解散する」

第十一章

四月のご多分に漏れず、あっという間に雲が広がった。だが、夜の闇に紛れたために気づく人は少なく、天気予報サイトの確認を怠った迂闊者は激しいにわか雨に急襲された。

ロマーノもそのひとりで、降りしきる雨を透かして数メートル先にある自分の車を軒下で眺めていた。雨宿りをしているあいだに、考えた。なにがこんなに心に重くのしかかっているのだろう。なぜだろう。一日の終わりに食料を買って帰宅して、平穏な日常生活の真似事をするのはまっぴらだ。テレビも映画も見たくない。本も音楽もいらない。ピッツェリアに行くのも、ビールをがぶ飲みするのもごめんだ。

かといって、ジョルジャが身を寄せている義両親のアパートメントの下で、カーテンに映る妻の横顔を見るために待っている気もしなかった。

にわか雨が上がった隙に車に乗って、それぞれの家族のもとへ戻る車の流れに乗った。〝戻る〟、か。おれも、以前の自分に戻る方法を見つけなくては。ささやかで楽しい新たな刺激が欲しかった。笑いたい。いや、笑顔になりたい。楽しい、うれしい、こうした忘れてしまった感情を取り戻したい。なにかを慈しむ気持ちをまた持ちたかった。

記憶とは奇妙なものだ。〝慈しむ〟という言葉で、手を思い出した。あの赤ん坊を束の間抱いたときの手を。つい今朝の出来事が一世紀以上前に感じられた。ベビー服にくるまれた赤ん坊は軽くてやわらかくていまにも壊れそうで、そしてぬくもりがあった。その感触を思い出すと、これまでになく心がざわつき、無性に寂しくなった。

いつの間にか、赤ん坊が入院している小児病院の前に来ていた。腕時計に目をやると、かなり遅い時刻になっていた。濡れたアスファルト舗装に反射する街の灯に魅せられて、音量を絞ったカーラジオで音楽を流し、二時間近くさまよっていたとみえる。

十一時になろうとしていた。深夜の小児病院は、どんな態勢なのだろう。

鉄格子の門の前で考えているうちに、正面に停まっていた車が走り去って駐車スペースが空いた。衝動的に乗り入れて、エンジンを切った。

とくに当てもなく車を降りた。入口へ行ってうわの空で会釈すると、医者と勘違いした守衛は挨拶を返し、なかに入ることができた。覚えていた道順に従って階段を上り、新生児集中治療室を目指した。しばらく進むと、インターフォンのついた仕切りドアに突き当たった。足を止め、自分の愚かさを呪った。バカだな、ここにいる理由を訊かれたら答えようがないじゃないか。

カチッと音がしていきなりドアが開き、男女のふたり連れが出てくる。髪を乱し、ネクタイをゆるめてシャツの襟元を広げた男は憔悴していた。革のブリーフケースと傘を小脇に抱え、もう片方の腕で泣き腫らした目の女を支えて耳元でささやいている。閉まりかけたドアに手を伸ばしたロマーノは、言葉の断片を聞き取った。よくなってきたみたいじゃないか……うん、絶対に……大丈夫だよ、きっとうまくいく。

ドアを入ったとたん、雰囲気が一変した。何枚もの写真を貼った大きなコルクボードが両側の壁に掲げられている。遊ぶ子、笑う子、蠟燭を吹き消す子。年齢や肌の色はさまざまだ。絵や手紙、それに生きていることへの感謝を記したカードもある。この子たちはまだ生きているのだろうか。ロマーノの目は写真の子たちの目や口、手に吸い寄せられた。まるで先ほど妻を支えていた夫と同じく、この子たちを見守って夜を過ごしたことがあるかのように胸が締めつけられた。

「みんな生きているのよ」背後でささやく声がした。「この子たちはみんな、生きている。なんらかの理由でこの世を去った子たちの写真は、貼らない。大勢の人の目にさらしてはいけないと思うの」

ロマーノは、はっとして振り向いた。ペンナ医師の大きな青い目と目が合った。

「あ、申し訳ない……そのう……ドアが開いてふたり連れが――」

スージー・ペンナはちらっとうしろを見て、悲しげに微笑んだ。

「ファビオのご両親ね。生後二ヶ月のファビオはすべてが正常だったのに、ある日突然昏睡状態に陥ったの。入院して四週間になるわ。手術を三度したけれど、意識が戻らない。ふたりとも疲れきっているのに、毎日深夜までここにいる必要はないといくら説明しても聞かない。よくあるのよ。我が子が意識を失っていながらも、自分を愛してくれる人に助けを求めている気がするんでしょうね」

ロマーノは口元をひと撫でして言った。

「来るつもりはなかった。だけど、この下の駐車スペースが空いたものだから、つい入ってしまったんだ」

医師はいたずらっぽく笑った。

「あらま。あそこに駐車スペースがあったのなら、間違いなく運命に導かれたのよ。ついてきて」

ふたりは笑顔の写真やカードで彩られた廊下を進んだ。

ロマーノは、いつも夜勤をするのかと医師に尋ねた。

「いいえ、まさか。今夜はジョルジャの経過観察をしたくて、替わってもらったの」

後先考えずに赤ん坊につけてしまった妻の名前を聞いて、ロマーノは赤ん坊に対する責任をより強く感じると同時に、差し出がましいことをしたのではという漠然とした罪悪感を抱いた。生みの親が見つかったら、すぐに別の名前をつけてもらおう。

医師は蛍光灯が煌々と照らす広い部屋の前で歩みをゆるめた。板ガラスで仕切った向こうに新生児用ベッドがずらりと並んでいる。

「ここは退院間近の患者用。さいわい回復しつつあって、もうすぐ家に帰ることができるわ。もちろん油断はできないけれど、少なくともトンネルの先に光が見えている」

次の部屋はもう少し狭くて、ベッドと保育器の両方を備えていた。ペンナ医師は、ベッドからベッドへとひそやかに移動して、眠っている赤ん坊をチェックしている看護師に目顔で挨拶した。

「ここは新生児内科。治療が効果を発揮して病状が改善し、近いうちに治癒が期待できる患者用」

数メートル進んで立ち止まった。二枚の大きな板ガラスの反対側で、ナース服を着たふたりが保育器やカート、ポンプ、モニターの前に行っては操作をしている。ここが生死の境をさまよい、必死に闘っている患者用であることは、医師に言われるまでもなかった。

ロマーノはふと気づいた。ほかの部屋に比べてここはなんと静かなのだろう。泣き声もうめき声も、むずかる声も聞こえてこない。死との闘いは、冷え冷えした絶対的な静寂のなかで行われていた。

ロマーノは、ペンナ医師の指さした保育器に目を凝らした。赤の活字体で〝ジョルジャ〟と記された名札がついている。再び、胸が締めつけられた。

ジョルジャはおしめのほかは裸だった。胸と腹には電極、片方の足とモニターをゾンデでつなげて画面に種々のデータを出している。両目は閉じ、口にチューブが差し込まれていた。

「いまの体温は三十六・六度で正常よ」ペンナ医師はようやく聞き取れる程度の声でささやいた。「ほら、血色が少しよくなっているわ。鼓動も安定している。でも自発呼吸や外的刺激に対する反応はまだない」

ロマーノの喉元に熱いものが込み上げ、目がちくちくした。こんな感覚は初めてだ。耳朶《じだ》がどくどくと脈打ち、両手が自らの意思を持っているかのように開いては閉じた。

咳払いをして声を絞り出した。

「じゃあ、助かるんだね？　だって……治療に反応しているんだから。経過というか、とにかくそういうものは想定内で、治療法は正しかったってことだろう？」

医師は肩をすくめた。

「いまは断定できないわ。一定の基準というものはなく、新生児自身の持っている体力や抵抗力によって違ってくるのよ。ジョルジャは小さいけれど、強そうだわ。そんな気がするだけだけど、間違いないと思う。頑固なおチビちゃんなのよ。たぶん、助かるわ」

懸命に生きようとしている小さな体を目の当たりにして、ロマーノは心を揺さぶられた。どんなことでもしてやりたいが、自分にできることはない。この幼子に。この無辜《むこ》の子に。憎悪と暴力が渦巻く街のゴミのなかで見つかった、この捨て子にしてやれることはない。

赤ん坊に据えた視線を動かさずに、医師に尋ねた。

「ここにいてもいいかな?」

医師は眉を上げてロマーノを見た。

「どうして?」と訊き、緊急かつ重要な返答を期待するような顔で待つ。

ロマーノはいったん考え、それから自分自身、赤ん坊、医師に向かって言った。

「ここにいないではいられないから。この子に名前をつけたのは、おれだ。だから今夜はここにいる」

医師はうなずいた。その言葉を待っていたのだ。

ロマーノの腕を一瞬握り締め、明るく照らされた部屋に入っていった。

どこかでオルゴールが子守唄を奏で始めた。

第十二章

マルコ・アラゴーナ一等巡査が一日のうちで一番好きなのは、朝食の時間だった。

なぜかって? 愛読している男性向け健康雑誌に、朝食が最重要だと書いてあったから?

朝食が供されるルーフガーデンレストランの眺望が素晴らしいから? どちらも違う。

愛があるからだ。

いや、〝愛〟では重すぎる。つまり、こういうことだ。人事課の作成した不可思議な当番表のせいで朝食のときだけ遭遇するウェイトレスが、美意識をいたく刺激するのだ。

アラゴーナは〈地中海《メディテラネオ》ホテル〉で暮らしている。警官の薄給では及びもつかない贅沢だが、裕福な実家の支援、正確には親元を離れて暮らすだいじな息子にせめて快適な環境を、と願う大甘な母親の支援がそれを可能にしていた。

実際、〈メディテラネオ・ホテル〉での暮らしはじつに快適だった。以前所属していた県警本部――今後もパルマがまともな捜査を担当させなかったら、舞い戻るかもしれない――と、ピッツォファルコーネ署との中間に位置し、清潔な部屋、しつけのいい従業員、行き届いたサービスのレストラン、息を呑む絶景に恵まれ、それになによりもイリーナがいるとあっては申し分ない。

イリーナという名は、ホテルの制服――以前足しげく通っていたポルノ映画館以外ではまず望めない目にも綾な光景を、アラゴーナの好色な視線から守っている制服――の胸に留めてある名札で知った。この世にもまれな美女の魅力は胸だけではない。毎朝、彼女は輝くばかりの微笑とともにやってきて、意味ありげに訊く。温かい飲み物をお持ちしましょうか？

目だ。イリーナの目はアラゴーナを虜《とりこ》にした。笑みをたたえた、山のなかの湖のように青く、そして明るく澄みきった瞳。それに、南風《シロッコ》のように温かく、ミステリアスで魅力的な訛りのある声。

イリーナに出会ったとたん、アラゴーナの東ヨーロッパ移民への偏見はたとえ短期間であるにせよ、百八十度転換した。移民全員を即刻母国に送還し、税金を納めているイタリア国民を優遇すべきだと主張していたのをころりと忘れて、正当な権利を有する者には平等な機会を提供する国に住んでいることを幸運だと考えている。むろん、イリーナには正当な権利がある。うん、あるとも。

　イリーナと会うことのできる唯一の機会であるルーフガーデンでの朝食時には持てる魅力のすべてを発散すべく、七〇年代、八〇年代のテレビドラマの刑事を手本にして、鏡の前で完璧に準備をする。真っ白な歯を覗かせたまばゆい笑顔、斜め上向きの視線、青のサングラスを扱う繊細な手の動き。そして、よく通る低い声で言う。濃いダブルエスプレッソをマグカップで。よくよく考えた末の、コーヒーを注文する際に可能な最長の言葉だ。つい最近、彼女との関係は「さっき、テレビに出ていましたよね?」と訊かれたときに飛躍的に前進した。

　アラゴーナは実際に、二重殺人事件が解決した際の記者会見に同僚とともに出席した。カメラがほんの束の間とらえた自分の姿をネットで七十三回見た結果、のっぽのロヤコーノとロマーノに挟まれてまったく見栄えがしないと結論せざるを得なかった。だが、イリーナが気づいてくれたのだから、かまわない。ふたりの関係がいい方向に向かっているのは間違いないのだから、焦ることはない。そのうち機会をとらえて卵とベーコンの話題を卒業し、夕食前の軽い一杯《アペリティーヴォ》か夕食を誘ってみよう。もちろん、それには多大な勇気が必要だが、勇敢にして有能な警官に不可能はない。毎朝少しずつ、親しくなっていく作戦を取っている。その気になれば「濃いダブルエスプレッソをマグカップで」の裏に、危険を冒して極悪非道な犯罪者に正義の鉄槌を下し、市民に安全をもたらした夜の活動を聞き取ることができる。出身が東ヨーロッパだろうがどこだろうが、女性にとって抗《あらが》いがたい魅力があるに違いない。

しかし、今朝は作戦中止に追い込まれた。イリーナの姿はなく、ぶかぶかの制服に〝リナ〟の名札をつけた、黒髪に眼鏡をかけた仏頂面のウェイトレスが代わりを務めていたのだ。あまりのことにアラゴーナは食欲を失い、スクランブルエッグにベーコン、ジャムとバターを添えたブリオッシュ一個、砂糖入りミルク二杯しか喉を通らなかった。

そんなわけで、ピッツォファルコーネ署に向かう足取りは重かった。定刻よりかなり早く到着するだろうから、同僚たちにからかわれずにすむのが唯一の慰めだ。

ピッツォファルコーネへの上り坂に差しかかったところで、ひとりの少年に行く手を阻まれた。もともと狭いところへもってきて、違法駐車を防ぐために障害物が設置され、歩道は人ひとりがやっと通る幅しかない。少年はその真ん中に立っていた。アラゴーナは眉をひそめて観察した。アジア系かラテン系で、ころころ太って浅黒く、大きなうるんだ目。赤のTシャツにジーンズ。アラゴーナが右に寄ると、少年も右に寄った。アラゴーナが左に寄れば、少年も左。まったくもう、とアラゴーナが車道に降りると、少年も降りて行く手をさえぎる。頭に来て睨みつけると、期待を込めて見つめてくる。アラゴーナはため息をついて小銭を取り出した。少年は手を伸ばさずに、一度かぶりを振った。

アラゴーナはふと不安になった。ギャングが少年を雇って急襲させることがあると、どこかで読んだ。この年齢なら処罰されず、また人混みに紛れて逃走しやすいからだ。しかし、いくら自分を過大評価しているアラゴーナであっても、ギャングに急襲されるほどの大物だとは思っていないし、通行人の少ない早朝とあって人混みに紛れるのはまず無理だ。

少年に話しかけた。

「なんか用でもあるのか？　どけよ」

少年は再びかぶりを振った。

「おい、ガキ、後悔するぞ」アラゴーナはいささか困惑していた。「おまえ、イタリア語がわからないのか？　おれが誰だか知らないんだな」

少年は頭をひと振りして、完璧なイタリア語で答えた。

「知ってるよ。マルコ・アラゴーナ一等巡査、ここらで一番優秀な警官」

第十三章

パルマ署長の「運が少しあれば女は見つかるだろう」は、非常に楽天的な発言だったことがすぐに明らかになった。告解に訪れた若い女の捜索は、実際は干し草のなかの針を探すに等しかった。

翌朝の捜査会議にはアラゴーナが珍しく定刻前に現れた。各刑事の分担は次のとおり決まった。オッタヴィアはネットで情報収集。とくにソーシャルネットワークに注目して、ピッツォファルコーネ署管内で居住、もしくは勤務している東ヨーロッパ出身の妊婦への言及を探す。ロマーノとアラゴーナは、今回は医者だけではなく、過去五、六ヶ月間に行われた妊婦検診、超音波検査、それにここ二十四時間以内における産後不調の症例にも注意を向けて病院、診療所をあらためてまわる。ロヤコーノとディ・ナルドは、ウクライナ、ルーマニア、ブルガリア出身のお手伝いが休みの日に集まる場所を片端から当たり、しばらく見かけなかったあとに数キロ痩せて最近再び現れた者はいないかを尋ねる。パルマは各分署の同僚に電話をかけ、女の特徴に合致する女性を逮捕、または勾留していないか、確認する。

昼になるころには、仮想空間にしろ、現実空間にしろ、全員がかなりの距離を稼いでいたが、収穫はゼロだった。ピザネッリは噂や悪口を山ほど集めたがどれも役立たず。ピッツォファルコーネとモンテカルヴァリオを結ぶ細い道沿いのアパート管理人の一団が提供した、罪もないイタリア女から夫を略奪して妊娠しかねない東ヨーロッパ出身の売春婦の長いリストはその最たるものだった。アラゴーナは常にも増して不作法に、東ヨーロッパ出身の女と職業上の接触はなかったかと医者や看護師に質問し、ロマーノはアラゴーナを殺したい衝動に度々襲われた。ロヤコーノとディ・ナルドは公園のベンチで四月の陽射しを浴びている女たちに聞き込みをしたものの、滞在許可に疑問がある彼女たちはそそくさと立ち去るか、かたくなに口をつぐむかのどちらか。

こうした次第で、刑事部屋にひとり残ったオッタヴィアのもとに集まったのは、思わしくない報告ばかりで、その点はオッタヴィアやパルマの調査も例外ではなかった。

署長が刑事部屋に顔を覗かせ、オッタヴィアがゆっくり首を横に振ると、肩を落として椅子に腰かけた。

「だめか。なにも出てきそうにないな。これにずっとかかりきりになっているわけにはいかない。しょうがない、赤ん坊を捨てた人物が偶然判明するのを待つほかないか。ほかの捜査に絡んで浮上するなんてことがあるかもしれない。だが正直なところ、永久に謎のままで、あの赤ん坊はほんとうの親を知らずに育つんじゃないかな。もちろん、命が助かった場合だが。そう言えば容態はどうなんだい？」

オッタヴィアはため息をついた。

「とくに変わりはありません。ロマーノはひと晩病院で過ごしましたが、はかばかしくないと話していました。病院に電話をしても口が堅くて、あまり教えてくれないんです。ロマーノが気の毒で。自分が赤ん坊を見つけたものだから、すごく責任を感じている。見かけによらず、やさしいんですよ」

パルマはため息をついた。

「人事記録を読むと、凶悪な犯罪者かと思うけどね。まあ、みんな前の分署から放り出された厄介者なのだから大差はない。きみとピザネッリは違うが」

オッタヴィアは苦笑した。

「いいえ、わたしたちも同じですよ。犯罪が目の前で起きているのに、気がつかなかったんですから、わたしとジョルジョの汚名は永久に消えない。あの四人は何ヶ月も押収した薬物を密売していたのに、わたしたちはのほほんとしていた」

署長は肩をすくめた。

「だが、気がつくことなどできたかな？　ひとりは薬物の保管、ひとりは金の管理、残りふたりが密売を担当、と完璧な連係プレーをしていた。内部監査の連中だって——」

「内部監査の捜査官たちは、わたしたちを徹底的に調べました。気がつかなかったと言っても、信じてくれなくて。それはそうですよね。ほんとうに、間抜けだった」

パルマは声高に強調した。

「とんでもない。きみは理想的な同僚だ。堅実だし、知的で勤勉なうえにきみみたいにコンピューターを駆使できる人はそうそういない。貴重な人材だ」

オッタヴィアはうれしそうに微笑んだ。

「はい、署長。厄介者のグループがりっぱな捜査班に変身したいまは、そうかもしれません。でも、以前は違った。ジョルジョもわたしも人間なのだから、しかたがない部分はありますけど。ジョルジョは奥さんが亡くなったあとすっかり変わってしまって、管内で多発している自殺案件にのめり込んでいた。わたしはあのころ、リッカルドに手がかかって——」

パルマは立ち上がってオッタヴィアのそばへ行った。

「それは承知している。全員の人事記録に目を通すのも役目のひとつだからね。ちょうどいい機会だから、話しておく。息子さんに付き添っている必要があるときは、遠慮なく言ってもらいたい。きみのぶんはわたしがカバーする。余計なことは考えるな。いいね」

感情を抑えた沈黙がしばし続いた。どちらも堅苦しい関係を保とうと努めているのは、明らかだった。好意を抱き合い、互いをよく知りたかったが、障害を持つリッカルドの存在が重苦しい翳となってふたりを覆っていた。

「ありがとうございます、署長」しばらくしてオッタヴィアが口を開いた。「わかりました。でも、さいわいミスター・完璧、つまり夫がリッカルドの世話をしてくれるんです。おかげで仕事に専念できるので助かります」

パルマの頰はうっすら赤くなっていたが、自分では気づかなかった。

「ミスター・完璧？　なぜそんな呼び方を？　ご主人だって大変だろうに」

オッタヴィアは遠くをぼんやり見つめた。

「ええ、たしかに大変です。わたしの負担にならないよう気を遣っているんでしょうけれど、たまに……夫が悲しんでいるところをたまに見たくなる。出口のないこの状況を嘆いたあげくに落ち込むところを。でも、夫は絶対に落ち込まない。わたしはしょっちゅうですけど」

低い声には苦悩がこもり、目に涙が浮かんでいる。パルマは話題を変えた。

「ロマーノはつらい思いをしているみたいだね。奥さんが出ていったらしい。ポジリッポ署の同僚が教えてくれた。奥さんがロマーノとの共同口座を解約したことを、銀行の支店長に聞いたそうだ。それで、塞いでいるんだろう」

「まあ、気の毒に。そこへもってきて、病院で寝ずの番をするほど、ゴミのなかで見つけた赤ん坊のことを心配している」

　オッタヴィアはちょっと考えてつけ加えた。

「署長、この捜査班はわたしたちにとってものすごく大切なんですよ。わたし、ジョルジョ、ロマーノ、故郷のシチリアを遠く離れたロヤコーノ警部、前の署を追われたディ・ナルド、傲慢な態度で世間を敵にまわしている愚かなアラゴーナ。みんな、疎まれて行き場を失っていた。それがこの署で一緒になって息を吹き返して活動し、ついには目覚ましい成果を上げるようになった。署長のおかげです。なにもかも」

　パルマは、今度はうれしさに頬を染めた。

「わたしはなにもしていない。お偉方は単純な管理業務として、分署の閉鎖をわたしに一任した。だが、きみたちが存続を望んで、精いっぱい仕事に励んでいることは誰の目にも明らかだ。それでも閉鎖の話は先送りされただけで、依然としてなくならない。〝ピッツォファルコーネ署のろくでなし〟と言われなくなるまで、まだまだ時間がかかる」

　オッタヴィアは笑った。

「気にしなくて大丈夫ですよ。お調子者のマルコが言ったとおりで、〝ろくでなし〟と呼ばれたほうがかっこいいわ。そのほうがみんなの心がひとつになる。マルコは全員にあだ名をつけたんですよ。わたしはおふくろさん《マンミーナ》。気に入っています。ジョルジョはなんと、大統領《プレジデンテ》」

　吹き出したパルマに、オッタヴィアは続きを聞かせた。

「ロヤコーノ警部は中国人《チネーゼ》。これ以上ぴったりなのは考えられない。ロマーノはすぐに怒るから、もちろんハルク。そのうち、ほんとうに緑色になるかもしれませんね。いつも銃の手入れをしているアレックスは、昔懐かしいカラミティ・ジェーン」

オッタヴィアはうなずいた。

「ね、署長。だから、わたしたちは管内で起きた事件をどんどん解決しなければいけないんです。わたしたちにはここが必要だから。ここはわたしたちの最後の砦かもしれない。ここがなくなって、みんながばらばらになったら、働く意欲がなくなってしまう。もしかしたら、生きる意欲も」

署長は腕を大きく広げた。

「だが、捜査能力や推理だけでは解決できない事件もある。推理小説なら、もつれた糸が最後にほどけるが、現実はもっと複雑だ。場合によっては、運がないとどうにもならない」

パルマは自分の言葉に一ユーロたりとも賭けるつもりはなかっただろうが、オッタヴィアの電話が間もなく鳴ろうとしていた。電話に出た彼女は顔を輝かせることになる。

運はついそこまで来ていた。

第十四章

ロヤコーノとディ・ナルドは、東ヨーロッパ出身の女性グループが耳慣れない言葉で雑談に興じる広場を訪ね歩いていたが、あと一ヶ所でおしまいにすることにした。

初めのうちはふたりで声をかけていたが、そうすると声をかけられたひとりを除いた全員が蜘蛛の子を散らすようにいなくなってしまう。残ったひとりも、イタリア語を話せないふりをして肩をすくめ、ろくに返事をしないでそそくさと去っていく。

そこで作戦を立てた。まずアレックスが迷子になったふりをして道を訊く。それからこう話しかける。いまお手伝いさんを探しているんですよ。誰かいい人を知らないかしら。そこへ夫に化けたロヤコーノが登場する。道はわかった？　そうそう、同僚が真面目でよく働く人がいると話していた。あいにく名前を忘れてしまってね。妊娠したために仕事を辞めたそうだ。誰だかわかりますか？　もう出産しただろうから、仕事を探しているんじゃないかと思って。

この芝居は彼女たちの興味を引くことに成功し、ふたりの正体を悟って即座に逃げていくことはなくなった。だが、有益な情報を引き出すことはできなかった。尋問で心の裡を読むことには慣れていても、なにもつかめなかった。女が界隈に住んでいるとしても、誰ひとり知らないらしい。東ヨーロッパから移民した女性たちのコミュニティは結束が固そうに見えるのに、妙な話だ。

昼をとっくに過ぎていたので軽く食事をすることにして一軒のバールに入り、小さなテーブルについてパニーニとコーヒーを黙々と口に運んだ。ロヤコーノはこれまでの捜査方法を振り返って言った。

「どうやら、方針を誤ったみたいだ。人材派遣会社やコンサルタント、職業あっせん所を当たったほうがよかった。そもそも、この女についてわかっているのは東ヨーロッパ出身で妊娠していたということくらいだ」

アレックスはパニーニを飲み込んで言った。

「正確には、妊娠していたかもしれない、ですよ。神父は直接彼女を見ていないのだから、確実ではありません。友人など、自分以外の人の問題について尋ねたのかもしれない」

ロヤコーノはうなずいた。

「あるいは神学上の疑問を持った」

アレックスも負けてはいない。

「きっと、質問の答えを知らなかった修道女が、無知を恥じてこっそり聞き出そうとしたのよ」

「いや、法王が仮装して、神父の知識を試したんだ」

「神父が告解室で居眠りをして夢を見た」

「もしかして――」

「ねえ、おまわりさん。なにを探してるのさ」

ふたりの警官は、はっとして振り向いた。声の主はレジにいるこってり化粧をして高々と髪を結い上げた太った女だった。

分署からかなり離れたこの界隈に、ロヤコーノは来たことがなかった。なぜ、警官だとわかったのだろう。

「失礼だが、前に会ったことがあるかな」

女はにやっとした。

「警官の顔を知らなくて、ここでこんな商売をやっていけると思うの？　あんたたちがあたしを知らなくても、あたしは知っている。シチリア人のロヤコーノ警部、あだ名は中国人《チネーゼ》。あたしはルチア・カペッット。みんなはルーシーと呼んでいる。余計な口を挟むつもりはないけどさ、なにがあったのよ？」

ロヤコーノとディ・ナルドはあっけに取られて顔を見合わせた。ディ・ナルドは腹をくくった。どのみち失うものはない。

「東ヨーロッパ出身のある女の人を探しているのよ。国や名前は不明。声を聞いた人によると、若い感じだったって。困っていて助けを必要としているかもしれないの。お腹が大きかったかもしれない」

ルーシーは熱心に聞き入り、それから訊いた。

「きのうの朝、あんたの同僚が見つけた赤ん坊と関係があるの？　あの大きな図体の男がゴミ集積所で見つけたんでしょ。具合が悪くて入院しているんだって？　でも、体温は上がったそうじゃない。よくなるといいね」

ふたりは耳を疑って、再び顔を見合わせた。この見ず知らずの女が、なぜそこまで詳しく知っているんだろう。こっちの知らないことまで、押さえている。店が分署に近いわけでもない。

「ちょっと待って」アレックスはパニーニを頬張って言った。「なんで、赤ん坊のことやいまの容態まで知っているの？」

ルーシーは金歯を光らせてにんまりした。

「いやね、あたしのいとこが小児病院で厨房の手伝いをしててさ。あの赤ん坊のことはそこらじゅうで噂になっているし、二時のニュース番組でも放送していた。だから、いとこに訊いてみたってわけ。見放している医者がほとんどだけど、助かるって言っている女の医者がひとりいるんだって。だからあたしは、ルッカのヴォルト・サントにお祈りを捧げたの。あのかわいそうな赤ん坊を救ってくださいって」

ロヤコーノはせっかくの機会を精いっぱい利用することにした。

「その件で情報をくれそうな人を知らないかな？　朝からずっと聞き込みをしているんだが、まったく手がかりがない」

ルーシーは、無理、無理と手を振った。

「どんなことになるかわからないのに、誰が情報を渡すもんですか。悪気はないんだけどさ、ここらでは警察は安心安全とは縁遠い存在なのよ。外国人の九割は滞在許可を持っていないし、あとの一割は税金や社会保険の分担金を払っていない。それにさ、これも悪気はないんだけど、あんたもそこのお嬢さんもはるか遠くからでもひと目で警官とわかる。だから、誰もなにも話さない」

「滞在許可や税金なんて、どうでもいい」アレックスは苦々しげに言った。「深刻な問題を抱えているらしい若い女を見つけたいだけなのよ。だけど、わたしたちは警官、すなわち悪人だから、善人つまりはならず者を助けるほうがましってわけね。ごりっぱだこと」

ロヤコーノは仰天した。アレックスは内気で寡黙な性格だ。こうした憎まれ口は彼女らしくない。考えがあってのことだろうが、それがなにかは想像もつかなかった。

ルーシーがむっとして言い返した言葉を聞いて、ロヤコーノはアレックスの意図を理解した。

「人の店に入ってきて言いがかりをつけるのかい。こっちは正直にせっせと働いているんだ。あんたの言う、ならず者とやらに用はないよ」

アレックスは立ち上がった。

「だったら、それを証明して。女を見つけるのに協力して。入院中のかわいそうな赤ん坊のために」

やるじゃないか。ロヤコーノは、アレックスの心理作戦に舌を巻いた。「赤ん坊のために」は、図星をついた。

女はアレックスを長々と見つめ、レジをまわって出てきた。厚底の超ハイヒールを入れても、身長は百六十センチそこそこだろう。バールのドアを押し開き、両手をメガホンにして口に当てる。

「マァァ――リ――アァ――！」

キツネ狩りで犬を呼ぶときのように、ただ一度叫んだ。それからレジの前に戻って腰を下ろし、険しい目でアレックスを睨んだが、アレックスは涼しい顔でその視線を受け止めた。

数秒後、金髪をくしゃくしゃにした年齢不詳の女性が箒を手にして、小走りにやってきた。

「あたしを呼んだ、ルーシー？　なにか用？」

ルーシーはアレックスに据えた視線を動かさずに、マリアに話しかけた。「この人たちはあたしの友だち。わかる、マリア？　友だちなの。そして、あんたに訊きたいことがある。ちゃんと答えるんだよ、いいね」ふたりの警官に言った。「マリアはルーマニア人で、ここに来て十五年になる。来たときはまだ少女だった。この界隈の家庭で掃除の仕事をしていて、同じ境遇の娘たち全員を知っている。外国人だって、あたしたちとなんら変わらない。このへんの人間は外国人を喜んで受け入れている。真面目でよく働くしさ。そして、仲間が問題を起こしたり、困ったりしたときはみんなで協力して解決する。あんたたちの探している女が実際にいて、そしてこのあたりに住んでいるなら、マリアが教えてくれるわよ」

話し終わったルーシーは腕を組み、不機嫌な仏陀のごとく警官とマリアの会話に聞き入った。

第十五章

パルマは迅速な行動が必要と判断し、ピザネッリ、ロマーノ、アラゴーナが署に戻るのを待たずに、ロヤコーノたちが偶然つかんだ情報をただちに電話で伝えた。

マリアは、妊娠している若い女を知っていた。ドニプロペトロウシク出身のウクライナ人で、本名かどうかわからないが、ララと呼ばれていた。若くておとなしい美人。この街に来たのは、およそ一年半前。しばらく界隈に住んでいたが、やがて見かけなくなった。よそで昼や夜の仕事を見つけてそれっきり、というのは珍しくないらしい。「大きな街だかんね」と、マリアは言った。

だが、マリアは一ヶ月足らず前に、この地区の中央広場近くのスーパーマーケットでララにばったり出くわした。これは捜査陣には信じがたいほどの幸運だった。マリアは久しぶりの再会と、彼女が臨月間近の大きなお腹をしていることがうれしかった。ララも再会を喜んでいるようだったが、マリアは「彼女の目が気になってさ」とつけ加えた。「少し前まで泣いていて、悩んで苦しんでいるみたい」に見えたそうだ。そこで、うまくいっているのかと訊いたところ、妊娠は順調だとララは答えた。だがマリアは、彼女が「お腹のことじゃなくて」悩んでいる気がした。赤ん坊の性別を尋ねたところ、ララは知らなかった。

ララが赤ん坊の話題を避けていることは明らかだった。だが、この地域に戻ってきた理由を尋ねると、ためらいなく答えた。ゲートつきの敷地に建つすてきなマンションを見つけたの。少しだけど緑もあるのよ。安全で静かだし、誰にも煩わされない。だが、赤ん坊の父親も一緒に住んでいるのかと訊くと、ララは遅くなったことを理由にそそくさと挨拶をして立ち去った。その日を最後に、会っていない。

マリアは心配そうな表情を浮かべて語った。ララが深刻な問題を抱えて困っていると考えているのだろう。そこでロヤコーノはパルマに電話をして、ララを早急に見つける必要があると伝えた。

パルマとオッタヴィア、それに署に戻っていたピザネッリの三人は管区の道路地図を広げ、唯一の住宅地域を難なく探し出した。そこは二本の道路が急角度で交わる小さな丘の上に位置し、海を見晴らす絶景に恵まれている。

ピザネッリは、あそこは家賃が高いし、お腹の大きな移民を快く受け入れる土地柄ではないと疑問を呈したが、パルマはたったひとつの手がかりなのだから調べる価値があると主張した。ゲートつきの敷地で庭、もしくは花壇のあるマンションとなると六棟に絞られる。さして手間はかからない。

オッタヴィアは聞き込み中のアラゴーナとロマーノに電話をして、現地に直接集合してロヤコーノの指示に従うよう伝えた。

あとは待つのみだった。

三棟のマンションにはそれぞれ管理人がいた。うち二名は協力的で、住人の名簿を見せ、娘の特徴に合致する住人はいないと断言した。あとひとりは気難しい老人で、裁判所の命令がない限りはいかなる情報も渡せない、と強硬だった。そもそも警官が大嫌いで、わけても不祥事が大々的に報道されたピッツォファルコーネ署の連中を毛嫌いしていた。

管理人にとって不運だったのは、その思いをアラゴーナばかりか、小さな《ピッコラ》ジョルジャが心配で一睡もできず、疲労しきっているロマーノも前にして口に出したことだ。ふたりの刑事はちらっと目を見交わした。アラゴーナがちょっと外の空気を吸ってくると言って出ていき、数分後に戻ると管理人は一転して協力的になっていた。心なしか、声が震えている。だが、臨月間近のウクライナ人女性が住んでいた形跡はここにもなかった。

ロヤコーノとディ・ナルドは、凝ったデザインのインターフォンのボタンを次々に押していた。四分の三が応答したが、有益な情報はなく、また耳の遠い住人二名との会話はまったく意味を成さないまま終わった。

応答のなかった四分の一はのちほど帰宅したころを見計らって再度試すことにして、高々とそびえた樹木と観賞用の花々のあいだから垣間見える、残りのマンションを目指した。モダンな操作盤の前で、ふたりははたと足を止めた。表記は番号のみで、氏名は記されていない。どうやって使うのだろうと考えあぐねていると、自動ドアが開いて身なりのよい老婦人が買い物袋を持って出てくる。アレックスがそばに行って娘の特徴を説明し、住んでいるかと尋ねた。

老婦人はにっこりして答えた。

「ええ、住んでいますよ」

電話連絡をまわした一時間後、打ち合わせどおりに全員が踊り場に集合して鍵屋の到着を待った。三階建てのB棟二階の海側にある二号室から、ドアを通してテレビの通販番組のやかましい売り込みが聞こえてくる。商品はどうやら鍋だ。一号室のドアが開いてかくしゃくとした老人が顔を出し、四人も警官がいるのをこれさいわいと、断固として抗議した。

「二日間もテレビを点けっぱなしにいるんですぞ。いいですか、二日間も。頭がおかしくなりそうだ。なんたることだ。わたしはね、街の中心に近くても静かで騒音のないここが気に入って、大枚はたいて買ったんだ。長年働いてこつこつ貯めた金を注ぎ込んだというのに、二日間もテレビの騒音に悩まされるとは、なんと嘆かわしい」

ロヤコーノはおだやかに話しかけた。

「呼び鈴を鳴らしてみましたか、ええとシニョール――」

老人は肩をそびやかした。

「叙勲者《カヴァリエーレ》だよ、きみ。ドメニコ・カンジェーミ、カヴァリエーレ・デル・ラヴォーロを授かっておる。家代々の事業を五十年間営んできたが、ドラ息子の手に渡ったいまはそのうち倒産するだろう。もちろん、鳴らしたとも。少なくとも千回は。返事はなかった。奥さん《シニョーラ》は故郷にでも帰ったのか、留守らしい。出ていくときにテレビを消し忘れたのだろう。電気を切りたくとも、外からはできないのだ」

アラゴーナが確認した。

「じゃあ、ここには女の人が住んでいるんだね？　で、故郷ってどこ？」

カヴァリエーレはいささかむきになった。

「知るわけないだろうが。他人のことに興味はない。まあ、外国人であることは間違いないだろうな」

アレックスが畳みかける。

「シニョーラ、とおっしゃいましたね。では、夫がいるんですね？　見かけたことは？　ふたりはいつから、ここに住んでいます？」

カンジェーミは急に寒さを感じたかのように上着の襟を掻き合わせ、自分の部屋のほうへ一歩あとずさった。

「いや……その……一度だけだが、出かけようとしたら男の人がいて、奥さんがドアを開けたところだった。シニョーラと言ったのは、お腹が大きかったからだ。だが、名前は知らない。表札を出しもしないし、挨拶もしない。よき隣人とは言いがたいね」

「男はどんな感じでした？」ロマーノが口を挟んだ。「年齢は？　身長はどのくらい？　それに――」

「わからん。踊り場の薄暗がりで一度見ただけだ……ごくふつうの男だった。若かったな。髪は黒。寒いときだったから、コートを着ていた……ということは、奥さんがここに来たのはたぶん……そうだ、思い出した。彼女が越してきたのは、クリスマスの直前だ。わたしがドラ息子の家でクリスマスを過ごすために出かけるのと入れ違いに、到着したんだ。つまり、四ヶ月ほど前だな」

そのとき、作業着を着た男が道具箱を持って階段を上がってきた。

「やあ、どうも」男は言った。「どのドアを開けたいんです？」

第十六章

部屋を出る前に振り返って、最後にもう一度眺めた。なぜだかわからない。こうした状況でその必要はないと頭で理解していても、見ずにはいられなかった。

肘掛椅子の背もたれの上に出ている頭が、明るいテレビ画面のちょうど真ん中に収まっている。少しずり落ちているため、眠っているように見えた。

そう、たぶん眠っているのだ。どんな夢を見ているのやら。

この街で初めて彼女を見たときのことを思い出した。

薄っぺらの服を着て、敵地にいるかのように怯えた目であたりを見まわしていた。故郷の言葉とはまるきり異なるこの奇妙な言語しか使うまいと固く心に決めたのか、少ない単語を寄せ集め、訛りを交えてたどたどしく話していた。

だが、その顔や身振り手振りが言葉に代わってさまざまな感情を表現していた。それに気づいたとき、魅了されたのだと思う。互いのことをよく知るには、ゆっくり時間をかける必要があったけれど。将来を託すのだ。こんな大仕事を任せることのできる人を選ぶのは、難しい。

部屋を出ながら思った。彼女はとても美しかった。本人はそれを自覚していたのだろうか。おそらく、していた。これまでの人生で、それが遠くへ逃げる手段、救われるための武器になり得ると学んだに違いない。

人目を引く派手さはなく、おだやかで控えめな美人だった。だから、彼女を選んだ。何人もの女が来ては去っていったが、彼女をひと目見たとたん、この人だ、この人しかいないとひらめいた。一瞬で決めた。人は往々にして、感性で決めるべきことを、頭のなかでチェックリストを確認し、慎重に価値を推し量って決断する。

それではいけないのだ。

たしかに細かい点は重要だ。肌や髪、目の色。微笑。温かいまなざし、おおらかでありながら謙虚な性格。だが、心がどう反応するかに比べれば、どれも些細なことだ。

心は常に、真っ先にすべてを悟る。心が彼女を選んだ。

あとになってほかのことを知るにつれ、決断は間違っていなかった、これでよかったのだ、との思いをいっそう強くし、大小さまざまな障害を乗り越える一助になった。いったん選んだのだから、くじけるなど論外だ。

背もたれの上に出た頭を眺めてこうしたことを考え、彼女を選ぶのはなんと簡単だったことか、捨てるのはなんと難しいのだろうと思いながら、部屋を出た。

彼女を殺したあとで。

第十七章

ロヤコーノは心のなかで話しかけた。ここにいたのか。ついに見つけたよ。遅すぎた。残念だ。

鍵屋がドアを開けた一時間後のことだ。「こいつは簡単だ、ボルトを差してないや」と鍵屋は言い、ドアを開けたあとは、なかを見ようともしなかった。長年警察の仕事をしている鍵屋は、最初に入ってはいけないことはもちろん、ともすれば開けたドアの先に魅力的とは言いがたい光景が待っていることを承知していた。

室内の捜索は沈黙のうちにすぐ終わった。引退したカヴァリエーレと鍵屋を踊り場に残して、四人の刑事は次々にドアを入り、戸口でいったん立ち止まったあと、ロヤコーノはテレビを消し、アレックスとアラゴーナは寝室、小さな浴室、キッチンを調べた。ロマーノは、見えない目をテレビに据えている遺体が発する声を聞き取ろうとするかのように頭を少し傾け、一点を睨んで立っている。

分署に一報して間もなくカメラマンや科学捜査班、検視官などが矢継ぎ早にやって来ると、アラゴーナとロマーノは車で署へ戻り、アレックスは共同玄関前で、どこからか嗅ぎつけて現場検証が終わる前に押しかけてくる報道陣に備えた。ロヤコーノは室内に留まった。

ロヤコーノはできるときは、いつもこうして現場に留まるようにしている。ある状況では、感情や生活の名残が空中に浮遊しており、その場が〝犯罪現場〟として劇場の舞台や映画の一シーンのようになるとそれが失われると信じていた。

たとえばここは、被害者の家だった。ここで暮らし、笑い、泣き、シャワーを浴び、身支度をし、食べ、排泄をし、夢を見た。二度と戻ってこないそのときの雰囲気を感じ取りたかった。犯罪が起きたこの〝家〟は犯罪現場となって、世間の注目を浴びることになる。もうすぐ周囲で始まる、科学捜査官たちが織りなす舞踏の舞台でもある。

被害者は果たして赤ん坊の母親なのか。赤ん坊を発見したロマーノは、胸の裡で遺体にそれを問いかけたに違いない。これについては検査の結果を待つとして、殺されたのは赤ん坊が捨てられた前か、あとか。被害者が赤ん坊の母親だと仮定した場合、捨てたのは母親自身か、第三者か。

第三者であった場合、その人物が殺人犯か。

疑問ばかりだな、とロヤコーノは思った。疑問ばかりで確実な答えは皆無だ。

窓辺へ歩いて、木々の隙間から見える海をぼんやり眺めた。

二度とシチリアには帰らないと固く決心した娘のマリネッラが転がり込んできて以来、ロヤコーノのナポリに対する態度は大きく変わった。初めのうちは刑務所同様に嫌って、敵地にいるかのように物音や人声、色彩のひとつひとつに神経をとがらせて歩きまわったものだった。

だが、絶景や歌声、人々の笑顔は、母親との絶え間ない諍《いさか》いの末にやってきた思春期のマリネッラの心を強く揺さぶり、夢中にさせた。ロヤコーノは仕事を通して暴力沙汰や残虐行為をしょっちゅう見ているので、この稀有な街が夢の国とはほど遠いことを承知していたが、独特のよさがあることは否めず、少しずつなじみ始めた。ロヤコーノは根っからのシチリア人だ。あの海、激しく吹きつけ息を奪うアフリカからの熱風、真っ青な空と緑の草木を背景にしんとそびえる古代の白い石柱。これらは自分の血でもあり肉でもあるが、マリネッラがいればこの街でも人間らしく暮らしていけそうだ。

だが、カインの疫病（罪深い性質）を治す方法はない。南部でも北部でも、この疫病にかかった人は武器を持つ。金銭、激情、恨みつらみがロヤコーノを絶えず犯罪現場——観客が現れたときは演技が終わっている類を見ない舞台に招く。

指紋採取や家具調度の撮影をする人々に背を向けて、ロヤコーノは頭痛の種でもあるマリネッラのことを考えた。ロヤコーノは、娘がいまだに幼い少女としか思えない。つい最近までよく通っていたトラットリアの店主レティツィアは、最後の口論の最中に涙ながらに訴えた。マリネッラはもうおとなだわ。ボーイフレンドのいる若い女性なのよ。笑みを浮かべて同年代の男女の友人と携帯電話で一日じゅうメッセージを交換したりもするわ。要するに、父親とは別の人生を送っているの。

父親と別の人生を送っていたら、カインの疫病から守ることができないではないか。いつ危険な目に遭うかわかったものではない。肘掛椅子の上で息絶え、見えない目をテレビに据えているこの女のようにならない保証がどこにある。

白のキャップと作業着をつけた科学捜査官が、軽く咳払いをしてロヤコーノの注意を引いた。

「あのう、警部。ウクライナのパスポートがありました。写真は被害者と一致しています。髪が写真よりも短く、明るい色に染めてありますが、間違いないでしょう」

ロヤコーノは捜査官の持っているパスポートに触れないようにして、覗き込んだ。ラリーザ・ベルナツカ、一九九一年七月十三日生。気の毒に、こんなに若かったのか。

思わず遺体に目をやった。少し下にずり落ち、頭を左に傾けている。生きているときはどんなだったのだろう。鬱血《うっけつ》してふくれた顔、空気を求めて開けた口。唇の隅から垂れた薄赤い液。パスポート写真のぎこちない笑顔とは大違いだ。首のまわりには、醜い赤黒い線の痕があった。一九九一年七月十三日にウクライナで生まれたラリーザ・ベルナツカ。この娘にも父親がいた。おれがついこのあいだまでマリネッラにしていたように、彼女を抱いた人がいた。肩車をして、首にしがみつき、耳を引っ張る小さな手のぬくもりを感じながら歩いた人がいた。喉の奥で立てる笑い声を聞き、ときには額に手を当てて熱を測った人がいた。

ロマーノが見つけた赤ん坊が頭に浮かんだ。あの子にも、肩車をしてもらう権利がある。あの子の父親が神を信じているならば、娘が生きながらえてささやかな幸せを得ることをいま祈っているかもしれない。荒《すさ》んだこの世で幸せを得ることは容易ではないにしても。革のバッグを持った四十前後の太った男が、仏頂面で現れた。遺体に視線を走らせてため息をつき、ロヤコーノに話しかけた。

「監察医のディ・ムーチョだ。始めていいかね？」

ロヤコーノは白の作業着を着た捜査官に目顔で尋ねて、了解を取った。

「お願いします、先生。ここで待っていますから、わかったことを教えてください」

そして、海に向き直った。

第十八章

分署へ向かう車のなかで、ロマーノとアラゴーナは黙りこくっていた。ほかの刑事たちと同様に最悪の事態をある程度予想してはいたものの、実際に遺体が発見されるとやはり動揺した。アラゴーナはふだん、移民を敵視して長広舌を繰り広げる。あいつらはしょっちゅう問題を起こしては、仲間うちで殺し合う。故郷に留まっていりゃ、いいのにさ、云々……ハンドルを握っているロマーノは、きょうはやめてくれと内心で願っていた。絶対に怒りが沸騰するとわかっていたからだ。

アラゴーナは願いを叶えた。むっつりして腕を組み、青のサングラスをかけた目をフロントガラスに据えて、夕刻の春霞のかかった薄闇の遠くを見つめている。繊細さに欠けるこいつでも、アパートメントで目撃した悲劇が堪えたらしい、とロマーノは察した。

分署の近くまで来て、アラゴーナが口を開いた。

「なあ、ここで降ろしてくれないか。少し歩きたいんだ。どうせ、鑑識の結果が出るまでなにもわからないだろ」

ロマーノはうなずいた。

「ちょうどいい。だったらおれはこのまま病院に寄って、赤ん坊の様子を見てくる。一時間かそこらしたら署で会おう」

だが車を降りたアラゴーナは分署へは向かわず、両側に建ち並ぶ小さな商店の看板をちらちら見ながら、坂下の地区に通じる路地を目指した。バカじゃないか、と自分でも思っていたが、アラゴーナの唯一の美点は約束を守ることだった。

今朝、出勤する途中で出会った妙な少年は、氏名と階級を知っているばかりか、賞賛までしたのでアラゴーナは泡を食った。賞賛に値する警官だと自負しているが、子細な個人情報を知られるのは気味が悪い。そこで尋ねた。

「なんで、おれのことを知っている。誰に聞いた」

「女の友だち」と、少年はあいまいに答えた。「それで、あとを尾けてみた。友だちの言ったとおりだね。やっぱり、一番優秀な警官だ。歩き方でわかった」

うん、そうだよな、とアラゴーナはうなずいた。ようやく見る目のあるやつがいた。真の警官は自信たっぷりに堂々と歩いて、上に立つ存在だと周囲に知らしめる。パトカーを運転するときも、アクセルを目いっぱい踏み込んではタイヤを鳴らして急ブレーキ、そして華麗なターンをして威厳を示す。

「で、おれになんの用だ?」アラゴーナは主導権を握るべく、尋ねた。

少年はアラゴーナの目をまっすぐ見て言った。

「きょうの午後にステラ通りのゲームセンターに来て。そこで待っている。話があるんだ。来るって、約束して」

早朝に道端で少年とこそこそ話しているところを見られたら、どう思われるだろう。アラゴーナは周囲を見まわした。きっぱり断るつもりだったが、真剣な目で懇願する少年に負けてうなずいた。そして、まるで遅刻寸前であるかのように、せかせかと歩き出したのだった。

その後、窮地に陥っているらしい移民女性を捜すあいだも、アパートの一室で彼女の遺体が発見されたときも、妙な少年に強い興味を持たれていることが気になってしかたがなかった。その答えが、ようやくわかるときがきた。

ゲームセンターの入口で五、六人の不良少年がたむろしてタバコをふかし、若い女が通りかかるたびに卑猥な視線を投げかけていた。アラゴーナに気づいたとたん顔をこわばらせて顔を見合わせたが、ひとりひとり順繰りに睨みつけるとそそくさと退散していった。マルコ・アラゴーナ一等巡査は、誇りで胸がはち切れそうになった。

ゲームセンターの広い店内は、何台ものモニター画面が青白く瞬《またた》いているのみで薄暗かった。大物刑事を演出するうえで欠かせないサングラスははずしたくない。そのため、視界はほぼゼロだった。

両手をポケットに入れて仁王立ちになり、よく見えないながらもおもむろに周囲を見まわした。ごろつき、盗賊がたむろする西部の酒場で睨みを利かせる保安官――のつもりだが、実際にいるのはエイリアンと戦闘中の少年三人、ビデオポーカーに年金を注ぎ込んでいる老人ふたりで、いずれも脇目もふらずにゲームに集中していた。

ころころ太った少年は入口脇の椅子に座って待っていた。音もなく近寄っていきなり腕をつかみ、アラゴーナの度肝を抜いた。店の奥へ顎をしゃくり、小部屋に連れていく。闇賭博に使われているのだろうが、いまは誰もいなかった。少年がドアを閉めて卓上ランプを灯すと、ようやく視界が明るくなった。

まったくわけがわからないまま見知らぬ場所に連れてこられ、アラゴーナはいささか不安になった。

「おい、少年、話とやらを聞いてやる。ただし、二分間だぞ。二分経ったらおれは帰る。そして今度会ったら、刑務所にぶち込むぞ。まず、姓と名を教えろ。ほら、早く」

少年は目をぱちくりさせて、おずおずと言った。

「ヴァルナクラスリーヤ。ウィリアム・ヴァルナクラスリーヤだよ」

今度はアラゴーナが目をぱちくりさせる。

「は？　おまえ、どこから来た？　変な名前だな」

「そっちが訊いたから、答えたんじゃないか」少年は困り顔で言った。「両親がスリランカ出身なんだから、ぼくにはどうしようもない。みんなみたいに、ウィリーと呼んでいいよ」

「ふうん、まあいいや。それで、話って？」

少年は大きく息を吸って言った。

「犬。ぼくの犬」

もしやこれは一種のどっきりカメラではないかと、アラゴーナは周囲を見まわしたが、マイクとカメラを構えたレポーターはどこにも隠れていなかった。

「犬？　犬がどうした？　あのな、警官の邪魔をすると罪に問われるんだぞ。おれをここへ来させたことを、親は知ってるのか？」

ウィリーは震える唇を嚙み締め、涙ぐんだ。アラゴーナは目の前で泣かれると耐えられない。母親にはなにやかやと常に泣き落とされていた。

必死になだめにかかった。

「わかった、わかった。泣くな。犬になにかあったのか？」

ウィリーは鼻をすすって涙を拭い、しゃくりあげながら答えた。

「誰かがぼくの犬を盗んだんだ。一番優秀な警官なんでしょ。ぼくの犬を取り返して」

アラゴーナは頭を掻いた。多少なりとも満足させないと、またつきまとわれるだろう。ため息とともにテーブルに腰かけて、手帳とボールペンを取り出した。

「よし、最初から話してみろ。細かいことも全部だ。だから、今後はおれのまわりをうろちょろするんじゃない。いいな？」

少年の顔がぱっと明るくなった。

「ぼくたちはここの上階《うえ》に住んでいて、ぼくはゲームセンターを手伝っている。妹が弟ふたりの面倒を見て、両親はヴォメロ通り一帯の家の清掃を受け持っている。六人で二部屋に住んでいるから、母さんは犬を飼うことを許してくれない。でも、ぼくは動物が大好きなんだ」

アラゴーナは子どもが苦手だが、動物はさらに苦手だ。うなずいて先を促した。

「一ヶ月くらい前、ゴミの集積所に捨てられていた仔犬を見つけた。そして、アルトゥーって名前をつけたんだ」

犬であろうが人間であろうが、生まれたばかりの命をゴミ集積所に捨てるのが、最近の流行なんだろうか、とつい思いたくなるアラゴーナだった。もっとも警察がちゃんと面倒を見るのだから、なんら問題はない。刑事は保育士業や犬捜しに専念し、悪漢どもは好き勝手のし放題、すべて丸く収まるというわけだ。

少年は話を続けた。

「家に連れて帰ったら、母さんに追い出されるに決まってる。また野良犬になるのはかわいそうだから、ここに隠したんだ。古い哺乳瓶にミルクを入れて飲ませたし、夜には外の空気を少し吸わせてやった。鳴き声が聞こえないように段ボール箱に入れて蓋を閉めておいたけどね」

アラゴーナは帰ることしか頭になかったが、興味があるふりを装って訊いた。

「誰が知っていた？　つまり、その……なんて名前だっけ……そうそうアルトゥーのことを？誰かに話した？」

ウィリーは激しく首を横に振った。

「まさか！　話すもんか。大家に知られたら追い出されて、母さんは……考えたくもないや。誰にも話してない！」

次は肝心な点だ。

「で、なにがあった?」

「いなくなっちゃったんだ。きのうの朝見たら、段ボール箱ごといなくなっていた。なにか……なにかあったんじゃないかと心配になって、女の友だちに訊いたんだ。ここの分署で一番優秀な警官は誰かって。そしたら、それはあんただって教えてくれた。前に見かけたことがあったし、考えてみた。で、やっぱり――」

アラゴーナは顔の前で手を振った。

「わかった、もういい。だけどさ、おれにどうしてほしい? だいじな捜査があるんだから、迷子の犬にかまけている暇はないんだ!」

少年は再び涙ぐんだ。

「うん。でもさ、りっぱな警官は、ほんとうにりっぱな警官はおとなだけでなく、子どもの言うことも聞いてくれるんでしょ。コミックに出てくる警官はみんなそうだよ」

警官と少年の視線が絡み合って火花を散らした。と、アラゴーナが突如大声をあげた。

「わかったよ、わかった! いいな? 降参だ。少し訊きまわってみる。だけど、なにも出てこなかったら、おしまいにする。ちょっと訊くだけだぞ」

ウィリーはにっこりした。色黒の顔に真っ白な歯を覗かせて、晴れ晴れと微笑んだ。

「ありがとう。やっぱり一番優秀な警官だね。友だちの言ったとおりだ。友だちは絶対に嘘をつかないんだよ」

アラゴーナは腕時計に目をやった。思いのほか時間を取られてしまった。

「今度、そのガールフレンドに会わせてもらおう」そう言って腰を上げた。「さてと、行かなくちゃ。またな」さっさと小部屋を出ていった。

ひとり残ったウィリーはつぶやいた。

「ガールフレンドなんかじゃないや、あんなオバサン」

第十九章

ちょうど監察医の予備検査が終わったとき、険しい面持ちのラウラ・ピラースが息を切らして入ってきた。

ロヤコーノと、つい先ほど共同玄関から戻ったアレックスにおざなりな会釈をして、室内をじっくり見まわして詳細を頭に叩き込んでいく。若いが経験豊富で、仕事に全力を注ぐ優秀な検事補だ。

黒のパンツ、グレーのジャケットに白のブラウスのボタンをいくつかはずして合わせ、薄化粧、パールのイヤリング、ホワイトゴールドのチェーンネックレス、中ヒールのパンプス、ほのかに漂う香水が女らしさを添えていた。ロヤコーノは思った。すっきりしていて品があるな。それにいつもながら、堅苦しい装いから滲み出る官能的な魅力を不本意ながら意識した。

「なにかわかった？　パルマ署長からだいたいのことは聞いたわ。例の赤ん坊と関係があるの？　先生、どう思います？」

さっきまで不機嫌でろくに返事もしなかった監察医の態度が一変した。機敏に立ち上がって、シートに横たえられた遺体を示して笑みを浮かべ、あきれているロヤコーノとアレックスをよそに、もったいぶって話し始めた。

「これはこれは、検事補。お目にかかれて光栄です。いまちょうど、予備検査が終わったところでして。こちらのふたりにも、遺体の女性は発見された赤ん坊の母親かと訊かれましたが、こっちはDNA鑑定の結果が出ないとね。鑑定には時間が――」

ピラースは男にちやほやされるのを嫌う。ぶっきらぼうにさえぎった。

「DNA鑑定に要する時間くらい承知していますよ。ここへ来る途中で赤ん坊が入院している病院に寄って、検体採取を頼んできました。当然、遺体からも採取したんでしょうね」

監察医は赤くなった。

「ええ、その、それはもう――」

「だったら、これ以上その話をする必要はない。時間を無駄にしないで。では、死因と死亡時刻は？　最近お産をした形跡は？　てきぱき仕事をしましょうよ」

気まずい沈黙が落ちた。作業を終えた科学捜査班の面々はそそくさと器具をしまって報告書にサインをし、死体保管所の係員と入れ違いに帰っていった。アレックスはうつむいてしきりに爪を検分、ロヤコーノは思わずにやりとして、咳払いをしてごまかした。

「非公式に早く教えてもらえないかとさっき頼んだところだ」ロヤコーノ警部は同性のよしみで、口添えした。「先生がそれを話そうとして――」

ピラース検事補はうつむいている監察医に目を据え、ロヤコーノを振り向きもしないで言った。

「警部、これまでの経過を教えてくれるのはありがたいけれど、あなたには訊いてない。先生に質問して、答えを待っているの」

ロヤコーノは即座に口を閉じた。

「は、はい、検事補」ディ・ムーチョは小さな声で言った。「ええと、被害者はおよそ二十五歳で……」

ピラースは監察医に据えた視線を動かさずに、アレックスに向かって指を鳴らした。

「ディ・ナルド刑事、被害者の身分証明書が見つかったのよね？　九一年生まれとパルマに聞いたわ。つまり〝およそ〟ではなく実際の年齢が判明している。先生、正確にお願いします」

監察医の顔がこわばった。

「わたしは客観的な観察に基づいて答えたまでだ。専門外のことを知る必要はなく、それに――」

ピラースは素っ気なくさえぎった。

「いまは料理のレシピではなく、殺人事件について話しているんですよ。時間を無駄にしないで。肝心なことをさっさと教えてください」

監察医はロヤコーノにちらっと目をやり、わずかに肩をすくめたのを見て恐る恐る口を開いた。

「ええと、解剖によっても裏づけられるでしょうが、遺体の傷と姿勢から推測するに、死因は他者によって首を絞められたことによる窒息でしょう。もちろん、さらに検査を重ねればもっと詳しいことがわかりますが、わたしの見解では――」

ピラースは監察医の慎重な口ぶりにしびれを切らした。

「見解? ああ、じれったい! 一刻を争う事態なのがおわかりにならない?」

ロヤコーノは再び救済を試みた。

「検事補、これは明らかに――」

「警部、余計な口を挟まないでしっかり聞いておいて。先生の説明をあなたに繰り返す手間を省きたいの。もっとも、先生が説明する気になったらだけど」

医者はいまや涙声になっていた。

「被害者は肘掛椅子に座っていて、リボンのような形状のもので殺されたと考えられます。顕微鏡で観察する必要がありますが、一見したところ傷口に繊維などは残っていないようなので、具体的になにというのはわかりません」

ピラースは両手を高く掲げた。

「ああ、ようやく! 被害者は寝ているところを――」

医者は即座に言った。

「いえ、起きていました。喉に巻きついた凶器をむしり取ろうとしたんでしょう。手に傷がつき、爪が二本折れています」

「争った形跡は？　犯人は抵抗する被害者を押さえつけて殺したんですか」

ロヤコーノがおだやかに口を挟んだ。

「室内が乱れていないから、違うだろう。たとえばあそこのコーヒーテーブル。上にガラスの置物がいくつか載っている。争ったらなにか壊れたり倒れたりするだろうが、被害者の足元のカーペットが少しめくれているだけだ。被害者が死に際に蹴ったんだろう。ほかのものは元に戻して、あれを戻さなかったとは考えにくい。被害者は不意を突かれたんだよ」

ピラースはうなずいて考え込んだ。先ほどからロヤコーノにそっぽを向いたままだ。

「犯人が具体的になにを使って殺したのか見当がつきませんか？」と訊く。「それらしきものは見つかっていませんが……」

「ええ」監察医は即答した。「凶器は肉に食い込んで深い傷をつけた。かなり血がついたはずだから、あればすぐにわかりますよ」

室内は静まり返った。ピラースは苦悶で顔を歪めた被害者を見やって質問した。

「死亡時刻は？」

監察医はまたもや慎重になった。

「まだ検査が残っているんですよ、検事補。ご承知のように――」

ピラースにじろりと睨まれて、慌てて言う。

「――しかしながら、かなり正確なところを推測できるかと……死後硬直が解け始め、遺体の体温が室温とほぼ同じであり、死斑が全身に及んでいること、また頸部網静脈の腐敗が始まり右腸骨窩の腐敗を示す緑斑が出現している点を鑑みるに、死後四十八時間から五十時間と見て間違いないでしょう」

真っ先に口を開いたアレックスの言葉は、全員の考えを代弁していた。

「では赤ん坊が捨てられたのは、この人が死んだ何時間もあとだったのね」

ピラースはうなずき、これまでとは打って変わったおだやかな口調で監察医に言った。

「被害者が最近お産をしたのか、早急に知りたいんです、先生。最終的な見解は解剖したあとでけっこうですから」

ディ・ムーチョは安堵して肩の力を抜いた。

「それについては予備検査でもかなり明らかな兆候が見られました。外陰部の浮腫、腫脹。乳首の黒ずみ。漏血による血痕が下着に数ヶ所。子宮が拡大した証拠に妊娠線がへその位置まで達していた。ええ、被害者は最近出産していますよ」

再び、室内が静まり返る。想像していたことが現実になってみると、シートに横たえられた被害者を襲った悲劇のおぞましさがいっそう強く感じられた。

アレックスが言った。

「誰かが赤ん坊を奪ってその母親を殺し、のちに分署の近くに赤ん坊を捨てた。どういうこと?」

「まずは、ロマーノの見つけた赤ん坊が被害者の子か、確認する必要があるわ。それに、被害者を妊娠させたのは誰か。隣のアパートメントの住人が目撃した、被害者を訪ねてきた男は何者か。そもそも、被害者はどうやって生計を立てていたのか。調べることが山ほどある。というか、なにもかも調べなくては」ピラースは息を継いだ。「あなたたちの出番よ。すぐに取りかかって。赤ん坊が助からなかった場合は、これに加えて殺人事件をもう一件抱えることになる。てんやわんやになるわ」ディ・ムーチョに話しかける。「ご苦労さま。管理官にＤＮＡ鑑定の緊急性を伝えて、親子関係が判明したらすぐに教えてください。先ほどの見解と異なる事実が解剖で判明した場合は、ただちにご連絡を。だいじな用があるので、これで失礼するわ。またね、ディ・ナルド。パルマ署長に、あした電話をすると伝えて」あっという間に出ていった。

監察医は九死に一生を得たかのように額の汗を拭き、ロヤコーノにぼやいた。

「いやはや。惚れ惚れする美人だが、性格は最悪だ。あれは明らかに性的欲求不満だな」

ディ・ナルドは横目で睨んで言った。

「あらま、すっかり忘れていたわ。女が怒ると性的欲求不満、男が阿呆で間抜けなことをすると度胸があるということになるのよね」

監察医はむくれて両腕を広げた。

「ったく、もう。なんとでも言ってくれ」死体保管所の係員に搬出の許可を出し、素っ気なく挨拶をして去っていった。

アレックスはロヤコーノに話しかけた。

「警部、ピラース検事補はなんであんな態度を取ったんです？　警部が説明しようとしたのを、二度も黙らせた。それに、警部にはさよならも言わなかった。怒らせるようなことをしたんですか」

ロヤコーノは肩をすくめた。

「いや、別に。虫のいどころが悪かっただけだろう。さて分署に電話を入れて、なにもなければここで別れてあした分署で会おう。急用を思い出した」

第二十章

ロヤコーノは暗い寝室のベッドの上で寝返りを打って、つぶやいた。

「それにしても、みんなのいる前であんな態度を取るなんてあんまりじゃないか」

ぴったりとくっついている人影が笑い声をあげた。

「あら、たいしたことなかったでしょ！　監察医にはちょっと気の毒だったかも。でも、どうでもいい話で時間を無駄にする男は大嫌いなのよ。わたしの胸を見つめてにやけている男は、とりわけ」

「おれはきみの胸を見たりしない。感謝してもらいたいね」

全裸のラウラ・ピラースは、やはり全裸のロヤコーノに覆いかぶさって挑発した。

「そうなの？　じゃあ、ほかのところを見たら？」

「おいおい！　これじゃあ、きみの体のほかはなにも見えない。まあ、ありがたい光景だけれど」

「もしかして、わたしが太ったと言いたいの？　殺すわよ。そして痕跡をいっさい残さない。エキスパートだもの」

「ああ、その点は異議なし。働きぶりを目の当たりにしているからね」

ピラースはベッドを滑り降りて浴室へ行った。ロヤコーノは目を閉じて水の流れる音を聞きながら、この二時間を振り返った。ラウラほどの美人には、これまで会った覚えがない。死を間近で見たあとに交わす愛の行為は美しい奇跡のようで、どこか神聖でさえあった。生命が勝利を収め、血液は体外に流れ出ることなく体内を駆け巡り、激しい息遣いやうめき声、悲鳴は苦痛ではなく悦楽によってもたらされることもあると思うことができた。まるで悪霊祓いをしたみたいだった。

やわらかなバスローブを羽織って戻ったラウラは、箪笥の上のスタンドランプを点けたロヤコーノに文句を言った。

「やめてよ、消して。ぶざまなんだから」

「とんでもない、すごくきれいですてきだ。ずっと見ていたい」

ラウラは笑った。

「冗談でしょう！　ぶよぶよ太って恰好が悪いのに。あなたこそ、すてきよ。初めて会ったときにそう思った」

「おれがきみの胸を見つめないから、惹かれたんだろう」

ピラースは真顔で考え込んだ。

「そうかもしれない。あなたってどこか浮世離れしているの。現実の世界からかけ離れた高尚なことや、面倒だけど魅力的なことを考えているように見える」

「言い換えれば、胸を見つめないおれが癪に触って、好奇心が湧いた」

ラウラはクッションを投げつけた。

ふたりが歓喜に満ちた激しい肉体関係を定期的に持つようになって数ヶ月が経つ。初めて会ったときから強く惹かれ合っていたが、あれやこれやと横槍が入ってふたりきりの時間を持つことができず、こうなるまでには時間がかかった。そして、ついに彼女の家でふたりきりになることができたときは、旧知の仲のような気がしていた。

激しく求め合って甘い倦怠に浸っては、再び激しく求め合った。異なる人生を歩み、それぞれの現在を持つ独立した存在であっても、常に相手のことが頭にあった。

何年も前に事故死したラウラの恋人、過去になりきっていなかったロヤコーノの元妻、とそれぞれが背負っていた亡霊は、ふたりを結びつける強烈なエネルギーの前に消えた。一緒にいたい気持ちが日増しに強くなり、会えないときは心に穴が開いたようだった。

ロヤコーノは渋々、服を着始めた。

「なあ、こんなに気を遣って秘密にしておく必要があるのか？　もう三ヶ月になるんだし――」

「正確には」鏡の前で化粧をしているラウラが、口を挟んだ。「きのうで四ヶ月よ。忘れるなんて、ひどいわ」

「そこだよ。四ヶ月も経つんだから、たとえばふたりで食事や映画に行ったってかまわな――」

ラウラはきっぱり言った。

「だめよ、ジュゼッペ。試したけれど、うまくいかなかったじゃない。前に話し合ったでしょう。いまここで蒸し返すの？」

ロヤコーノは首を振った。こうして、愛称でも短縮形でもない正式な名前で呼ぶのはラウラひとりで、これも彼女のいいところだ。

「いや、もういい。ただ……落ち着かなくて。隠し事をするのは苦手でね。つまり……好きな人とは堂々とつき合いたい」

ラウラはロヤコーノのそばに行った。

「わたしも同じ気持ちよ。でも、いまはその時期ではない。理由はあなたも承知でしょう」

ロヤコーノは黙って靴紐を結んだ。

ラウラは自らその理由を語った。

「いまはその時期ではない。わたしはピッツォファルコーネ署存続派のひとりだもの。県警本部と検事局には、あなたたちの前任者が起こした不祥事による汚点を抹消するためには分署を閉鎖すべきだと強硬に主張する人たちがいる。わたしは地方検事を説得して猶予をもらい、他殺事件も含めた捜査権を残してもらった。そのわたしが、ハンサムなジュゼッペ・ロヤコーノ警部と関係を持っていることが知れたら、閉鎖派になんて言われると思う？」

ハンサムな警部は感情を表に出すことなく、ラウラを見つめた。

「仕事がおれたちの仲とどういう関係があるのか、いまだに理解できないんだよ。分署が存続しているのは支援の有無とは関係ない。存続する価値があるからだ。そうでなければ、閉鎖になったところで誰が気にするものか」

ラウラはロヤコーノの肩に腕をまわしてつま先立ちになった。甘い香りがロヤコーノを包み、髪の毛が顎をくすぐった。

「まったく頑固な人ね。閉鎖されたら、みんな前の任地に戻るのよ。そして捜査をさせてもらえずにコンピューターの前に縛りつけられ、ああすればよかった、こうすればよかったと何度も何度も考え、自分のせいではない失敗をくよくよ悔やむ。あなたもほかのみんなと同じようにふてくされ、世間にもわたしにも腹を立てる。そして、気難しく、扱いにくくなる。それを理解してやさしく受け止める度量は、わたしにはない。あなたと別れて、なにもかも最悪の結果に終わる。それでもいいの？」

ずいぶん大雑把だが、現実味のある未来図でもある。ロヤコーノも同僚たちも、見失ったり忘れていたりした働く意義を再び見つけて、いまは仕事が大好きだ。

「では、ずっとこの状態を続けるのか？　ふたりとも自由の身なのに、隠れてつき合う？　おかしいと思わないか？」

ラウラはロヤコーノの頬にキスをして鏡の前に戻った。

「まさか。ずっとのはずがないでしょ。なんでそんなふうに考えるの？　わたしは女なのよ。そして、あなたを手に入れたい。分署の存続が正式に決まって市民の信頼を取り戻したら、隠しておく必要はないわ」

ロヤコーノは納得しなかった。

「だが、それまでには何ヶ月も、いや何年もかかるかもしれない。そのあいだ、ほかの男がきみについて卑猥なコメントをするのを我慢するのか？　あげくに、疑われないよう、おれもなにか言う羽目になるだろう。断っておくが、近いうちにアラゴーナを絞め殺すかもしれない。あいつときたらきみが署に来るたびに、あの尻は百万言に値する、サルデーニャ訛りにムラムラすると言って鼻の下を伸ばしている」

ピラースは笑った。

「ほんとう？　見どころのある若者ね。気に入ったわ！　お願いだからあと少し我慢して、いまみたいに仕事に専念していて。今回の捨て子と殺人の件は、マスコミと世間の注目を浴びる。早急に解決する必要があるわ。成功すれば、大きく前進できる。それから、わたしたちのことをどうマリネッラに話すか考えて。大仕事よ」

「簡単さ」ロヤコーノは言った。「女の子は父親に焼きもちを焼くものだ。父親がまた幸せになるのを、喜ぶに決まっている。三人で会うことができないのは、たしかによくないな」

ラウラは鏡に向かって鼻で嗤った。

「女の子ですって？　あきれた。男ってほんとうに無知なのね。マリネッラはおとなの女よ。いいことも悪いことも、全部知っている。即座に抵抗するわよ。味方と一緒に」

「どういう意味だ」

「わたしにはわかるの。わかるのよ。あなたみたいな優秀な刑事でも、理解できない種類のことがある。たとえ、自分が巻き込まれていてもね」

ロヤコーノはわけもなく背筋が寒くなった。

第二十一章

その朝の分署は、雰囲気ががらりと変わっていた。二日前、ロマーノが捨てられた赤ん坊を発見して、グイーダとともに刑事部屋に駆け込んだあとは上を下への大騒ぎになった。そして、パルマが調査の分担を決めるときは、不安混じりの期待感があった。いまはそのどちらもない。いまあるのは、遺体だ。

遺体はすべてを変える。もし警官たちがインタビューされたとしたら、こう語ることだろう。ご承知のように、遺体は元の状態に戻すことができないからね。（ええと、目線はどのカメラに？　そっち？　どうも）誰かが死ぬと、時間が通常のリズムで流れなくなる。初めはものすごく速く流れる。だって、最初の四十八時間が重要だからね。四十八時間以内に手がかりが浮上しないと（これがまた、たいがいなにも浮上しないんだな）平野を流れる川みたいに遅くなって、なにをやっても空振りばかりで泣きたくなるんだ。そこで――よくぞ、おれたちの特異な仕事について質問してくれた――おれたち惨めな安月給取りは、遺体発見後四十八時間は、暗闇で手探りしながら必死に捜査する。で、クソいまいましい時計がチクタク進み、日めくりカレンダーが一枚また一枚と剝がれていくうちに、焦燥は不安に替わり、ひいては絶望で目の前が真っ暗になるって寸法だ。

捜査の主導権について話し合う準備をしながら、警官たちはインタビュアーにそう語ったことだろう。だが実際にはインタビュアーはおらず、たとえ群を成して押しかけてきたとしても応じる暇人はいない。すでに指示を受けたグイーダに本部の広報へ追いやられたことだろう。刑事たちには仕事が山ほどある。

遺体がある。

パルマ署長は一枚の紙を掲げて振った。

「さて、諸君も承知のように事態は急速に展開した。さいわいこれまでとは異なって、ピッツォファルコーネ署が支援を要請、または緊急性を表明した場合、遅滞なく適切な処置が取られる。これはひとえに諸君の素晴らしい働きぶりと、重い尻をいくつか蹴飛ばしたピラース検事補のおかげだ」

アラゴーナはくすくす笑ってロマーノを小突いたが、完全に無視された。アレックスとピザネッリは顔を見合わせてにんまりした。

署長が続ける。

「夜のあいだにDNA鑑定をしてくれて、ジョルジャと仮の名で呼ばれているロマーノが発見した赤ん坊と、ラリーザ・ベルナッツカの親子関係が証明された。ひとつ確認が取れたわけだ。また、遺体をわれわれが発見した事実は大きな得点になった」

ロマーノは気持ちが落ち着かないのか、椅子の上でもじもじした。

「赤ん坊はまだ危険な状態だ」小声で言う。「悪化はしていないが鎮静剤を投与されていて、人工呼吸器もはずせない」

オッタヴィアが慰めた。

「大丈夫よ、きっと助かるわ。あの子はファイターよ。そうでなければ、とっくに死んでいる。わたしは楽天家なの」

パルマは微笑んだ。

「うん、希望を持とう」パルマは話を再開した。「朝の七時に出勤してきた我らが副巡査部長から、さらにいい報告がある。オッタヴィア、きみが話してくれ」

オッタヴィアは頬を染め、それから言った。

「いいのと悪いのと半分ずつよ。被害者はどのソーシャルネットワークにも登録なし。部屋に携帯電話がなかったので、各電話会社に彼女名義の登録の確認と、あった場合は通信履歴を提出するよう頼んだけれど、時間がかかるわ。要するに、この線は有益な情報がなかった」

「なんだ、いい報告ってこれかよ？」と、アラゴーナ。「だったら、悪いほうはどうなる」

パルマは眉をひそめた。

「早とちりするな。話は終わっていない。オッタヴィア、続きを」

「いい報告はこっち。市にいる移民の大半と違い、ラリーザ・ベルナツカはきちんと届けを出して滞在許可を持ち、税金や保健衛生事業分担金まで納めていた。そのため、ここでの生活をたどることができたの。捜査の糸口になるわ」

ロヤコーノはいつものように無表情ながらも、身を乗り出した。

「どこで働いていたか、わかるのか？」

パルマは報告書をめくって言った。

「最近は……ええと……この四ヶ月半は働いていなかった。ちなみに、遺体が見つかったマンションは大手不動産会社が所有していて、ああした小さな家具付きマンションを法外な値段で賃貸している。被害者は入居とほぼ同時に仕事を辞めた。もっとも、それ以前の働き先は判明している」

オッタヴィアが署長の言葉に続けた。

「被害者はイタリアに来て間もなく、テルトゥリアーノ通り十八番の家で働き始めたの。雇い主の姓はヌビラ」

「高級な地域だよ」ピザネッリ副署長が説明を加えた。「最高級と言ってもいい。うちの管轄ではない」

「この情報を戸籍簿と照合したところ」オッタヴィアは続けた。「夫婦が住んでいて、夫は五十一歳、妻は四十八歳。夫は弁護士。ベルナツカはこの国に到着した少しあとから十ヶ月前までそこで働いていた。その後、やはりお手伝いとしてセルジョ・セナトーレに雇われた。住所はペルゴレージ通り九番。セナトーレは技師で四十二歳。離婚していて独り暮らし」

「どっちも高級な地域で、ここから離れている」ピザネッリは正確を期した。

「セナトーレ家で五ヶ月働いたあとは、無職。少なくとも働いた記録はないわ」

アラゴーナは半ば独り言のように言った。

「ということは、セナトーレが妊娠させたのかな。こいつのソーシャルネットワークに個人情報はあった、おふくろさん《マンミーナ》？　もちろん、見たんだろう？」

オッタヴィアはにっこりした。

「もちろんあったし、もちろん見たわ。自由気ままな高給取りだと、少なくとも本人はそう吹聴している。趣味はヨット、ジム通い、旅行。友人は大半が女で、男はわずかみたい」

パルマが言った。

「まずは、記録にある被害者の雇用主二名に話を聞こう。そのあいだに、オッタヴィアとわたしはウクライナの警察に連絡を取って、故郷での被害者の境遇を調べる。さて、捜査の分担だが、ピザネッリ副署長とアラゴーナは遺体の見つかったマンション周辺で聞き込みをして、被害者と親しい人はいたか、誰かと一緒のところを見た人はいないか、探ってもらいたい。ロヤコーノとアレックスはヌビラ、セナトーレの順で訪問し、被害者がどんな生活を送っていたか調べる。ロマーノは遺体の見つかった地域の防犯カメラを探す。それと病院との連絡を絶やさずに赤ん坊の容態に注意して――万が一……つまり状況に変化があったら、事件はいっそう深刻になる。初動捜査がどれほど重要な意味を持つかは言うまでもない」

「署長、なんでおれがピザネッリ副署長の介護役を?」アラゴーナが口をとがらせた。「女のディ・ナルドのほうが適任でしょ」

アレックスはアラゴーナを睨みつけた。

「わたしがここに飛ばされた理由を覚えてる? やろうと思えば、いつでもできるのよ。それに、今度は的をはずさない」

パルマがなだめた。

「まあまあ、ふたりとも落ち着いて。さあ、分担は決まった」真顔になってつけ加える。「なんで、ぐずぐずしている」

第二十二章

ピザネッリは署の外に出るなり、アラゴーナに言った。

「こら、青二才、きみは人を不愉快にするのが楽しいのか?」

アラゴーナはきょとんとした。

「おれ、なんか間違ったことを言ったかな? ほかのみんなは警官らしく捜査をするのに、一番年取っている副署長と一番若いおれは噂話をかき集めるんですよ。不公平でしょ。こんなことばかりやらされてたら、経験を積めやしない」

「なにを言う。自分の働いている地域をよく知り、地域の人たちと知り合い、情報を得るのは、経験だろう。これからまさにそれをやるんだ。経験は自分より経験豊富な人と仕事をして積むものだよ」

アラゴーナはせせら笑った。

「副署長、気を悪くしないでくださいよ。だけど、老いぼれと経験豊富は別物でしょ。婉曲な言い回しや礼儀はさておいて。ほんとうのことなんだからしょうがない」

ピザネッリは少々のことでは気を悪くしないし、なんの因果か、アラゴーナを気に入っていた。不作法で生意気なうえに、とくに頭がいいわけでもないが、率直で天性の勘がある。少々の運も必要だろうが、鍛えればりっぱな警官になるのではないか、とロヤコーノと話したことがある。

「断っておくが、わたしは経験豊富なのであって、老いぼれではない。散歩をしながら、界隈の商人や建物の管理人、行商人を紹介してやろう。それが署長の指示だしな」

アラゴーナはしばし考えてうなずいた。

「そうか、いいだろう」

ピザネッリは肩をすくめた。

「おれが街の人に妙な質問をしても、見て見ぬふりをしてもらいたいんですよ。友だちに調べてくれって頼まれて、動物について質問しなきゃならない」

「なんだね」

「了解。でも、ひとついいかな」


ヌビラ家は、市の裕福なブルジョワ階級が住む地区にあった。喧騒や雑踏、オフィス、若者を惹きつけるクラブやゲームセンター、カフェとは縁のない、まるで別世界のようなところだ。海岸地区を起点とする幹線道路は、高度とともに広がり冴え冴えと青くなるパノラマを常に伴って丘の頂上に達する。そこから大小の道が枝分かれしながら山や谷へ向かい、屋敷の門や海へ下る石段に通じていた。ほとんどの建物は木立や蔦の絡まる塀の奥にあって、道路からは見えない。四月のよく晴れたその日、植物は誇らかに生い茂っていた。ロヤコーノとアレックスが乗ってきた車のエンジンを切ったとたん、あたりは森閑とし、小鳥のさえずりと遠くの芝刈り機の音がわずかに静寂《しじま》を破るのみだった。

十八と番号が記された入口に向かいながら、ディ・ナルドは皮肉を言わずにはいられなかった。

「人生って不公平ですよね。こんなところに住む貧乏人がかわいそう」

ロヤコーノは言った。

「おれの故郷は、どこもこんな感じだ」

アレックスは疑わしげだ。

「ほんとうに？　実際に見てみなくちゃ。夏休みに行こうかしら」

「夏休みを取っていいと、誰が言った」ロヤコーノは言い返し、インターフォンの表示板を見て、目当てのボタンを探し出した。返答はなかったが、門が解錠された。

庭に入って木々に囲まれた小径を進んだ先に、インターフォンを備えた錬鉄のドアがあった。今度は外国訛りのある声が告げた。「三階です」

建物の内部は壁の額絵、観葉植物、階段の中央に敷いた赤のカーペットなどが、金持ちの屋敷を髣髴させた。三階の踊り場で待っていたインド人の若い女性が、どちらさま、と愛想よく尋ねた。紺のお仕着せに真っ白なエプロンをつけている。そこで身分証を見せて、誰か在宅しているかと訊くと、お手伝いは答えた。

「はい、奥さまがおいでです。いまお呼びします」そう言って、廊下を戻っていった。

アレックスとロヤコーノは玄関広間を見まわした。アンティークの真鍮製鏡のついた棚に、銀製の置物がいくつか飾られ、簡素だが優雅な雰囲気を漂わせている。

不意に女性の声がして、ふたりは跳び上がった。

「こんにちは。どんなご用でしょう？」

クリスティーナ・ヌビラは淑女という言葉がぴったりの、礼儀正しく、しとやかでやさしい人柄を感じさせる女性だった。アレックスはひと目見て、少なくも三ヶ国語を話し、ブラコ、カナスタ（カードゲーム）、緑茶の国際的エキスパートだろうと予想した。五十歳少し手前という年齢そのままの外見で、取り立てて魅力はなく、ほっそりしているとはお世辞にも言えない。ごく平凡な顔立ちで、鼻がいささか長すぎるが、青い大きな目は表情豊かだった。カジュアルでゆったりしているが明らかにオーダーメイドの服を着て、高価なアクセサリーを少しつけていた。

身分証を確認すると、ヌビラ夫人は眉を曇らせ、すまなさそうな顔をした。それから、広大なパノラマが眼下に展開するバルコニーつきのこぢんまりした居間に案内した。指示されたふうはなかったが、インド人のお手伝いがビスコッティ、チョコレート菓子、ミネラルウォーターを運んでくる。ふたりがコーヒーや紅茶を断ると、夫人はがっかりしたようだった。

ロヤコーノは夫について訊いた。

「仕事に行っております」夫人は答えた。「国際取引が専門の弁護士でしてね。いまはたまたま市内におりますが、たいてい出張しているんですよ。わたしでお役に立つかしら」

警部はうなずいた。

「ええ、もちろん。ピッツォファルコーネ署の管内で起きた事件の捜査をしているんですが、ラリーザ・ベルナツカという女性をご存じですね？」

夫人は心配そうに眉をひそめた。

「ええ、存じていますとも！　警部さん、なにかの間違いですよ。ララはとても正直な人です。必要なものがあれば、わたしたちに頼むでしょうし――」

アレックスは素っ気なくさえぎった。「彼女が罪を犯したとは言ってませんよ。なぜ、そう思ったんです？」

夫人はおろおろした。

「だって……さっきおっしゃったのは……ララが……ララはしばらく前までここで働いておりました。とてもよくできた人で、いい思い出ばかり。なにか困っているのでは、と思ったのですよ。そうではありませんの？」

ふたりの刑事は顔を見合わせた。あなたの覚えている、笑ったり、歌ったりしていたあの人はもうこの世にいないと伝えるのは、憂鬱な役まわりだ。

「奥さん」ロヤコーノは低い声で言った。「残念ですが、ベルナッツカさんは亡くなりました」

ヌビラ夫人の様子が一変し、片方の眉を高々と吊り上げたと思うと、刑事たちの前で文字どおり崩壊した。大きく開けた口から声にならない悲鳴が飛び出し、目に涙があふれる。両手で顔を覆った。

呼吸ができないのか、とアレックスは慌てて立ち上がった。

「大丈夫ですか？　気分が悪いんですか？」

夫人は絞り出すようなうめき声をあげた。

「まさか……まさか、そんな」と、むせび泣く。「ララが死ぬなんてあり得ない。なにがあったんです？　事故？　それとも……ああ、神さま……信じられない。嘘でしょう？　あなたたち、嘘をついているのよね。どうして？　なぜ、そんなことをするの？」

ロヤコーノは嘆き悲しむ夫人を黙って見つめて待った。

しばらくして、あらためて言った。

「残念ですが、嘘ではありません。彼女と最後に会ったのはいつですか」

夫人は片手を握って唇に当て、もう片方で目を覆って懸命に息を整えた。少なくとも二分はかかって落ち着きを取り戻すと、ロヤコーノの顔に視線を戻した。

「失礼しました。わたしは……わたしどもはララととても親しくしていたものですから。ここにはそれほど長くいませんでしたが――六ヶ月くらいでしたでしょうか、それでも娘のように思っていました。仕事を辞めたあとも、幾度か訪ねてきました。そのたびにちょっとしたプレゼントをすると、喜んで受け取ってくれました。わたしのことを……わたしのことをママと呼んだくらいです。わたしはあの娘《こ》が大好きでした」

ロヤコーノは質問を繰り返した。

「彼女と最後に会ったのはいつですか」

夫人は記憶を探った。

「たしか……去年の秋、十月か十一月でした。クリスマスはウクライナの故郷に帰りたい、戻ったらわたしどもをびっくりさせると話していました。でも、その後は連絡がなくて。ちょうど一週間前に主人と話していたんですよ、どうしているかしらって……なにがあったんです？ あの娘《こ》になにが？」

「警察は、殺されたと考えています」アレックスが答えた。「彼女がどこに住んでいたか、ご存じですか」

「いいえ。ヴォメロに住んでいる人のところで働いているのは、知っていましたが。たしか技師ですよ。そのお宅に住み込んでいたのではないかしら。殺された？　ララが？　そんなはずありません。ララは……おとなしくてやさしい、礼儀正しい娘でした。殺されるなんて、そんな……」

ふとなにか思い出したかのように、夫人は言い淀んだ。

「話してください、奥さん」アレックスは促した。「なにか思い出したんでしょう？　話してください」

夫人は深呼吸をして、語り始めた。

第二十三章

誰ひとり、ラリーザ・ベルナツカを知らなかった。あのきれいな道の突き当たりにあるマンションに住んでいたのは、空気と埃でできた透明で物言わぬ幽霊ではなく、生身の人間だったのに。

互いに互いのことをなにからなにまで知っていて、プライバシーなど無に等しい界隈に住んでいながら、ラリーザ・ベルナツカは大きなお腹を抱えていてもその存在をうまく隠していた。

ピザネッリとアラゴーナは商店や、四月の暖かい陽気に張り切る花や古本の露天商、建物の管理人をしらみつぶしに当たった。さらには、ガタのきた木の椅子を歩道に持ち出して雑談にふけり、バイクに罵声を浴びせる老人たちにも話を聞いた。誰もなにも知らなかった。

ただし、スーパーマーケットのレジ係が、ためらったあげくにこう語った。ええ、金髪でお腹の大きい若い女性なら、たぶんあの人だと思う。ときどき、買い物に来ていたわ。ある日、お金を払ったあとで牛乳を台の上に忘れていったので、取っておいてあげたのよ。それで覚えているの。ね、刑事さん、ここらの人間がどれだけ正直か、わかるってもんでしょ。人のものを盗んだりしないのよ。それはともかく、あの人だとは断言できないし、いつのことだったかも覚えていない。ひとりで来たのか、連れがいたのかわからないわ。

それに引き換え、アラゴーナの個人的な調査は進展していた。ピザネッリはわけがわからなかったが、約束を守って見て見ぬふりをした。

どうやら管区の野良猫、野良犬はほとんどいなくなったらしい。

ある管理人は、紙皿に牛乳を入れて毎日野良猫に与えていたが、ここ数日で猫の数が著しく減り、以前十数匹いたのがいまは一、二匹だと言う。

タバコ屋の店主は車のボンネットで日向ぼっこをする雄猫を忌み嫌っていたが、最近見なくなったので喜んでいた。

婦人服店の女店員は店の裏でいつも白黒ぶちの仔犬にビスコッティをやってかわいがっていたが、小さな友だちはこの三日間姿を見せていない。

小広場《ピアッツェッタ》の隅にある肉屋の主人は、閉店後のゴミ箱を漁る三匹の野良犬が来なくなったので、せいせいしている。

アラゴーナは、どれも比較的小さな動物であることに注目した。どこへ行ったのだろう。突然姿を消した裏には、黒幕がいるのだろうか。

あの小生意気なガキが正しく、警察が乗り出すべき事件のように思えてきた。

いっぽう、ピザネッリは次第に好奇心を募らせていった。


ヌビラ夫人は語った。

「ララはここで幸せでした。ララがこの国に来て間もないころ、わたしどもはお手伝いが突然故郷に帰ってしまったので、昼のあいだ働いてくれる人を探していました。友人に教わったとおり、彼女たちが集まる場所へ直接出向きましてね。そこでララを見かけて、頼れる人はいるのか、住むところはあるのかと訊いたのです。頭のいい娘で、英語も少し話しましたので、十分お互いを理解できました。そして、滞在許可の取得や税金、納付金などの手続きを全部こちらでいたしました。主人はそのへんのことにうるさいので。主人は弁護士だと申し上げたかしら。ララがいい人で信頼できることは、すぐにわかりました。わたしはこの家にこだわりがあるし、容易に妥協しません。だから、お手伝いがすぐに辞めてしまうのでしょうね。でも、ララは違った。彼女が辞めた理由は、ほかにあります。わたしたちは友だちでした。主人もララと気が合いましたけれど、ほとんど家にいませんからね。ララはいい話し相手でした。わたしは刺繍が趣味で、この分野ではけっこう知られています。むろん、作品を売ってお金を稼ぐ必要などありませんが、友人に結婚プレゼント用の刺繍入りテーブルクロスやシーツを頼まれると喜んで引き受けています。気晴らしにもなりますしね。わかっていただけるかしら。ララにも教えました。そうしたら、夢中になりましてね。そこで横に座って、ひと針ずつ刺し方を教えたものです。ほかの人たちと違ってどんどん上達しました。そんなある日、友人との集まりから帰ってくるとき、ふと見るとララが道端で男の人と口論しているではありませんか。初めは誰だかわかりませんでした。両手を握り締め、肩を怒らせて険しい顔をして……怒っていたのでしょうね。三十分ほどして家に入ってきましたが、わたしはなにも訊かなかった。ララは平静な顔をしていましたが、しばらくすると泣き出したので、なにかあったのかと尋ねました」

ロヤコーノが口を挟んだ。

「どんな男でした？　体格は？　とくに記憶に残っていることはありますか？」

夫人は考え込んだ。

「ひげを生やしていたわ。大柄でたくましく、とても背が高かった。下はたぶんジーンズで、あとはスポーツシャツにジャケットだったかしら……乱暴そうな男でしたが、ララはひるんでいなかった。でも、動揺していたのはたしかです。身の危険を感じるなら警察に通報しなさいと勧めたのですよ。ご覧のように、ここは周囲の家から離れていてあまり人気がありませんのでね。でも、ララは聞き入れなかった」

「ララは男について話しました？」アレックスが訊いた。

夫人はアレックスを見上げて言った。

「ええ、夫だと」

ロヤコーノははっとしてアレックスを見た。

「夫？」

「はい。ウクライナから来たばかりでまだ仕事がなく、お金を借りにきたのです。十七歳という若さで結婚したそうですが、向こうでは珍しくないみたいですね。やがて、別々に暮らすようになって、ララはイタリアで新しい人生に挑戦することにした。でも、いどころを知られてしまったというわけです。また訪ねてくるのを恐れていたけれど、警察に頼ろうとはしませんでした。しばらくして落ち着きを取り戻しましたが、その後何日か不安がっていました。買い物に出るときなど、びくびくしていましたよ。そして一ヶ月も経たないうちに、辞めることになりました。残念だけれど、こうするほかないと」

「夫の名前や住んでいるところを話しました？」ディ・ナルドが質問した。

夫人は首を横に振った。

「いいえ。こちらからも立ち入ったことは訊きませんでした。推薦状を頼まれたので、もちろんすぐに書きましたよ。でも、新しい仕事先の住所ははっきり言いませんでした。夫がわたしたちを脅して聞き出すことを恐れたのでしょう」

「その後も連絡を取り合っていたんですね」アレックスは確認した。

「ええ、そうお話ししたでしょう。何度か会いにきましたよ。元気でしたし、最後に会ったときは体重が増えたように見えました。前はマッチ棒みたいに細かったのに。ほがらかで生き生きしていた。ああ、それなのに……信じられない」

また泣き出すのではないかと、ロヤコーノははらはらした。

「ララは再び夫と会ったんですか」

夫人はハンカチで鼻をかんだ。

「一度それを訊いたら、会ってないとのことでした。わたしはあの男が嫌いだったから、ほっとしました。見上げるような大男ですもの。怖かったわ」

第二十四章

ヌビラ家をあとにして絶景に臨む幹線道路を戻るあいだ、ロヤコーノとディ・ナルドは夫人との会話を振り返った。

「なにかが必要だったら」アレックスは言った。「ララはきっと夫人を頼ったわ。夫人のララへの好意は本物だと思うし、お金もある」

ロヤコーノはハンドルを操《あやつ》りながら、考え込んだ。

「あんないいマンションに住んでいたのだから、ララが金に困っていたはずはない。この市の家賃相場はとんでもなく高いからな。娘のために少し広い家を探しているから、よく知っているんだ。しかも、出産前の四ヶ月は働いていなかった。つまり、経済的な余裕があった」

「働いていなかったとは限りませんよ。市内のこうした境遇の女性の大半みたいに、帳簿に載らない形で働いていたのかもしれない。それにヌビラ家に住み込んでいるあいだはお金を使わずにすんだのだから、けっこう貯めることができたはず」

「単にパトロンを見つけたってだけかもしれない。たとえば、赤ん坊の父親だ。この人物については なにもわかっていない。そうそうもうひとり、ウクライナ人の夫についても調べなくては。あくまでも、ララがヌビラ夫人にほんとうのことを話したという前提だがね。夫でもなければ、ウクライナ人でもない可能性もある」

ディ・ナルドは肩をすくめた。

「推測ばかりですね。もっと情報がなくては、どうしようもない。ほかの人たちはなにか収穫があったかもしれない。どのみち通り道だから、離婚した技師の家に行く前に署に寄りましょうよ。興味深い情報があるといいですね」

やがて捜査班の全員が戻ったので、パルマはこの機を利用して最新情報を共有することにした。

ロマーノは収穫がなかった。被害者の住んでいたマンション内に防犯カメラは設置されていたが、スイッチが切ってあった。被害者の隣人だった口うるさいドメニコ・カンジェーミによると、マンション組合が以前の管理会社と係争中のため、会計上の問題点が解決するまで現在の管理会社は通常の管理、点検のみを行い、防犯カメラの修理はその範囲外だった。カンジェーミはこうもつけ加えた。スイッチが入ってなくても、防犯カメラがあるだけで、悪党避けになるってものさ。ロマーノは言い返した。さあ、どうだか、なにせ殺人事件が起きたんだからね。

大通りに防犯カメラはあることはあった。銀行の支店に一台あったが、あいにくマンション敷地の出入口とは反対の方向に向けられていた。強盗はそちらへ逃げるので、と支店長は説明した。実際、今年三度押し入られましたが、三度ともそうでしたよ。皮肉を交えた苦々しい言葉を聞き流して、ロマーノは支店を出た。結局のところ、逃げていく殺人犯や不審な車の映像は皆無だった。

ピザネッリとアラゴーナは、スーパーマーケットのレジ係があやふやではあるが被害者らしき女性を覚えていたと報告。むろん、野良犬や野良猫に関するアラゴーナの個人的調査については伏せておいた。

さいわい、オッタヴィアは収穫があった。

ウクライナ警察から返事が来たのだ。あっさりした簡単なものだったが、来ないよりはましだ。ドニプロペトロウシク生まれのラリーザ・ベルナツカはナザール・ペトロヴィッチ——一九八五年に同地で生まれ、現在も居住——と婚姻関係にある。そのほか、前科なし、中学校修了証書取得、約十六ヶ月前にイタリアへ転居。報告は主としてベルナツカに焦点が当てられていた。

そこでパルマは、ロヤコーノとアレックスの得た新情報に照らし、夫についての詳細をウクライナ警察に要請することをオッタヴィアに指示した。

オッタヴィアの報告は続いた。科学捜査研究所のビストロッキが電話をしてきて、ロザリア・マルトーネ管理官の言葉を伝えた。被害者の部屋で採取した証拠の検査報告書は例外的に最短の時間で作成する、いくつかの検査結果を前もって非公式に教えるのでディ・ナルド刑事をオフィスに寄越すこと。

現場で科学捜査班に対応したのはアレックスだったから、みなしごく当たり前のことと受け止めたが、当のアレックスは頬を赤らめて目を逸らした。

捜査班全員が一心に考え込んだ。アラゴーナが意見を言った。

「亭主はウクライナに居住しているんだから、容疑者から除外していいんじゃないか？　まれに故郷に留まるやつもいるんだな――」

ピザネッリは首を横に振った。

「それはどうかな。よその国に非公式に移り住もうってときは、これが常套《じょうとう》手段だ。よくて観光ビザを申請するくらいで、たいがいはなにも届出をしないで書類をそのままにしておく」

ロヤコーノがうなずく。

「そのとおりだ。おれはひとつ不思議でならないことがあって、科捜班の意見をぜひとも聞いてみたい。あのマンションにはおしめが少しとベビー服二着のほかは、赤ん坊用のものがまったくなかった。出産を間近に控え、経済的に困窮していなかったのだから、ベビー用品やおもちゃなどを買い揃えそうなものだ。だが、いっさいなかった」

パルマは両手をこすり合わせた。

「よし、事態が動き出したな。マスコミがうるさくなってきたが、本部がいまのところ抑えている。公式発表が必要になった場合は、本部に一任する。アレックス、すぐにマルトーネ管理官のところへ行ってくれ。ロマーノはロヤコーノと一緒に技師の家だ。情報を入手したら全員で共有して、対応しよう。アラゴーナと副署長には、また管区で聞き込みをしてもらうが、オッタヴィアとすぐに連絡がつくようにしていてもらいたい。さあ、狩りが始まるぞ。ピッツォファルコーネ署のろくでなしの働きぶりを、みんなに見せてやろう」

第二十五章

被害者ラリーザ・ベルナツカを最後に雇用したセルジョ・セナトーレ技師は、在宅していなかった。だが、商店街の中心にあるエレガントな高級マンションの若いドアマンは平穏な日常に退屈していたのだろう、警察の来訪を歓迎してセナトーレの事務所の住所をいそいそと教えてくれた。あまり遠くないので、先ほど苦労して見つけた駐車スペースに置いてある車はそのままにして、徒歩で向かった。

気持ちよく晴れた春の陽気に誘われて、ウィンドウショッピングを楽しむ人々が繰り出していた。ちょうど午後の開店時刻になったばかりとあって歩道は混雑し、ふたりの刑事は人混みを掻き分けて進んだ。

ロヤコーノはしばらく前から住んでいるこの街の特徴について考えた。たとえば、薄暗く得体のしれない路地からほんの数十メートルのところにここのような明るい大通りがあって、道端に洒落たベンチが置かれ、きれいに剪定された街路樹が立ち並び、超高級ブランド店が連なっている。また、今朝アレックスと通ったロマンチックな絶景を望む曲がりくねった道もある。ひとつの名前のもとにこれほど多くの顔を持った街が、ほかにあるだろうか。おれの見たことのない顔があといくつあるのだろう。百年生きたとしたら、恐るべき顔、愛すべき顔をあといくつ知るのだろう。マリネッラは根拠なく、本能的にこの街を愛している。かたやラウラはおれと同じように、街そのものや住民に不信感を持っている。どっちが正しいのだろう。

娘と検事補。ふたりの女性のことを考えると、言いようのない不安に駆られた。

黙って横を歩くロマーノもまた、ふたりの女性――同じ名を持つふたりの女性のことを考えていた。

ロマーノの混乱した記憶のなかで、大きなジョルジャは次第にその影を薄くしていた。彼女は人生をやり直す決心をした。気難しい愚かな夫とのしがらみから解放されて、いまごろはこの雑踏のなかで陽気に笑っているのかもしれない。

いっぽう、考える間もなくとっさにジョルジャと名づけた赤ん坊は、体じゅうにチューブをつけられて、見えない強敵と必死に闘っている。チューブがはずされることはなく、四月の昼下がりにウィンドウショッピングをする喜びを知らずじまいになるのだろうか。

新たに落ち着きを得た大きなジョルジャに口出しすることも、生命の危機に瀕しているピッコラ・ジョルジャを助けることもできない。役立たずとしか言いようがなかった。

セナトーレ技師の事務所は、丘を見下ろしてそびえる近代的な高層ビルの最上階にあって、エレベーターは有線放送つきだった。出迎えたのは若い美人で、むっちりした体にブラウス、ミニスカート、ピンヒール、それに眼鏡という恰好はまさに七〇年代のソフトポルノに出てくるセクシーな秘書だった。せっかくの機会を逃して残念だったな、アラゴーナ、とロヤコーノは心の隅で思った。

ふたりが身分を明かしたとたん、美人秘書は顔を曇らせたが、財務警察の脱税調査ではなく、通常の確認業務だと説明されて安心し、ボスを呼びにいった。場合によっては、居留守を使うつもりだったに違いない。

脇のドアが開いてセナトーレ技師が現れ、旧友に思いがけなく出会ったかのように満面の笑みを浮かべて手を差し出した。オッタヴィアのコンピューターでソーシャルネットワーク上の個人情報を見ておいたロヤコーノは、写真は嘘をつく、とあらためて驚嘆した。ミラーサングラスと機能素材のセーリングウェアといういで立ちで、ヨットのデッキから手を振る日焼けしたスポーツマンは、実際は額が禿げ上がり、度の強い近視用眼鏡をかけた、身長百七十センチ足らずの男だった。もっとも態度は大きく、自分の才能と財力をもってすれば、男女を問わず誰でも魅了できると言わんばかりだ。

「やあ、ようこそ。なんでも協力しますよ。なにかあったんですか?」

セナトーレの陽気な態度に隠された不安を、経験豊かなロヤコーノとロマーノは嗅ぎ取った。不安になる理由があるのだろうか。

「どうも、お邪魔します」警部は言った。「ある事件の捜査で情報が必要になりまして。ラリーザ・ベルナツカという女性を雇ったことがありますね」

技師の目が一瞬、泳いだ。

「え、ええ。だいぶ前だけどね。それがなにか?」

「あとで話しますよ」ロマーノが言った。「いまは質問に答えてもらいたい。ベルナツカはお宅で働いていたんだね? いつからいつまで?」

セナトーレは笑みを消し、デスクの下から脚線美を惜しみなくさらして請求書を調べるふりをしている秘書にちらっと目をやった。

「こちらへ。わたしのオフィスで話そう」顎をしゃくって奥の部屋を示す。

案内されたのは、壁や棚など至るところにアマチュアヨットレースの写真、トロフィーが飾られた部屋だった。部屋の広さに比していささか大きすぎるデスクの上は書類や設計図、ページを開いた本でいっぱいだ。

「散らかっていて申し訳ない。プロジェクトの最終段階でいろいろ……ま、座ってください」

書類をどかして二脚の椅子を空け、自分はデスクチェアに腰を下ろした。タバコの箱に伸ばした手が震えている。

「吸ってもかまいませんか?」

少し迷った末に、セナトーレは箱を置いた。

「遠慮してもらえるとありがたい」ロマーノは言った。

「ええと、ララのことでしたっけ。ええ、働いてもらいましたよ。とっくに知っているから、ここに来たんでしょう? でも、正確な日にちは覚えていないが、四、五ヶ月くらい前に辞めましたよ。その後のことはなにも知らない。面倒なことに巻き込まれたんですか?」

「どうしてそう思うんです?」ロヤコーノが訊く。「彼女になにか起こりそうな気がした?」

セナトーレは引きつった笑い声をあげた。

「まさか。だって、警官がふたりも事務所に押しかけてきて以前雇っていたお手伝いについて質問したら、世間話をしに来たと思うかな? ごく論理的に推測したまでですよ」

ロマーノが椅子を蹴って立ち上がった。

「おい、あんた」凄みの利いた太い声で言う。「遊んでいる暇はないんだ。さっさと質問に答えろ。簡単なことだろうが。おれたちを怒らせると、どうなると思う? 論理的に推測してみろよ」

ロヤコーノは制止しかけて、考え直した。ロマーノが地を出した以上、どんな成果が出るか見てみよう。

セナトーレは青くなってつばを飲み込んだ。口を開いたときは、口調が変わっていた。

「は、はい、申し訳ない。いまいろいろあって……金を払わない依頼主や不況やらで……とにかくですね、ララはわたしのところに五ヶ月間いた。よく働きましたよ。わたしは朝から晩まで家にいないので、家のことは全部お手伝いに任せている。そこで無条件に信頼できる人が必要だ。ララは完璧だった。だけど、あいにく……あまりにきれいだった。結局、それでうまくいかなくなった」

「どういう意味です?」ロヤコーノが訊いた。「きれいだといけないんですか」

セナトーレは耳たぶに手をやり、それからタバコに伸ばしたものの、慌てて引っ込めた。

「そりゃあ、きれいな女性が家にいてくれるのは好ましい。わたしは紳士だから、言い寄ったりしない。世の中に女はいくらでもいるし、経済力がそこそこあれば出会うチャンスにも不自由しない。それに……とにかくララとは良好な関係だった。だが、毎日顔を合わせているうちに、冗談のつもりが……たぶん何度か……そのう、あるとき……」

ロマーノがセナトーレの前に立って見下ろした。

「はっきり言ったらどうだ。あんたが彼女の嫌がることをしたせいで、辞めたんだろう?」

セナトーレはもじもじした。広い額にうっすら汗が浮かんだ。

「いや、辞めたのではない。わたしが解雇した。退職金をたんまり払って」

ロヤコーノはため息をついた。

「そうか、どうやら知っておいたほうがよさそうだ。ラリーザ・ベルナツカは遺体で発見され、他殺の公算が高い。伏せていることや言いにくいことがあるなら、いまのうちになにもかも話した方がいい」

セナトーレは目を剝いてぽかんと口を開けた。呆然自失といった態《てい》だ。額に手を当てて言った。

「ララが？　ララが殺された……嘘だ。からかっているんでしょう？　あり得ない。信じるものか。どうやって……誰が？　警察は犯人が誰かわかって……」

ロマーノは険しい視線を据えたまま、表情を変えずに言った。

「いいや。まだわからない。あんたはわかるか？」

セナトーレの目の色が変わった。

「あんたたちはわたしを……バカバカしい！　ララには……四ヶ月前に会ったきりだし、互いに感情的なしこりはなかった。あんたたちがどう考えようと――」

ロヤコーノが口を挟む。

「われわれはなにも考えていないし、考える根拠もない。解雇した理由を聞かせてもらおう」

「ああ、いいとも。包み隠さず話す。弁護士は呼ばない。やましいところはないからね。そこははっきりさせておきたい。いいね？」

ロヤコーノはうなずき、目顔で合図してロマーノを座らせた。彼が高圧的な態度を続けていると証人が委縮してしまう。

セナトーレは話を続けた。

「わたしはララに好感を持っていた。イタリアへ来るウクライナ人女性の大半は結婚相手を見つけて食べさせてもらうのを目的にしているが、彼女は違った。正直でよく働き、持って生まれた優雅さがあって……美しかった。正真正銘の美人だった。わたしは離婚していて子どももいないが、結婚生活は十年続いた。だから……ひとりでいることに慣れていない。家のなかにああいう女性がいると……ある夜、酒を飲みながら音楽を聞いていた……無性に寂しくなる夜があってね。我慢できるときもあるが、いつもとは限らなくて……で、彼女の部屋をノックした。なにを考えていたのか、自分でもわからない。いまの地位を得るためにずっと頑張ってきたのに、なんでお手伝いを口説く気になったんだろう。目配せひとつでなびく女友だちがいくらでもいるってのに。でもあの夜は、独りでは絶対に眠れないと思った。そして、ララがすぐそこにいた。あのとき受け入れてくれたら、一緒になることも考えたのに」

ロマーノは苦々しげに言った。

「だが、彼女は拒絶した」

セナトーレは顔を上げてロマーノを見て言った。

「そうだ、拒絶された。でもララがいる限り、自分がまた同じことをやりそうな気がした。そこで、よそで仕事を見つけてくれと頼んだ」

ロヤコーノがおだやかな口調で質問を引き継いだ。

「ララが妊娠していたことは知っていた？」

セナトーレは心底驚いたようだった。

「うちで働いていたときに？　いや、全然知らなかった」

ロマーノは正確を期した。

「辞めたときは、およそ妊娠四ヶ月だった」

セナトーレは目をぱちくりさせた。

「驚いたな。体にぴったりした服を着るほうではなかったけれど、かなり細身だったから……まったく目立たなかった。それに、自分からはなにも言わなかった」

ロヤコーノは質問を重ねた。

「あとひとつ。彼女が誰かについて話をしたことは？　男がいるようだった？」

セナトーレは眼鏡を取ってハンカチで拭きながら考え込み、それから言った。

「いや、とくに誰かについて話したことはない。しかし、さっきも言ったように、日中はほとんど家にいないで夜遅くに帰宅するから、話をする機会はあまりなかった。だが、退職金——断っておくが一セント残らずきっちり払った——を取りにきたとき、男が一緒だった。彼女は紹介しなかったし、こちらも誰かとは訊かなかった」

ロマーノはロヤコーノと目を見交わした。

「長身でひげ面だったか？」

セナトーレはかぶりを振った。

「いいや。あまり感じのいい男ではなかった。じつのところ、男を連れてきたからいささか気分を害したんだ。まるでこっちが払い渋るか、また口説くと警戒しているみたいじゃないか。黒っぽい髪で、肌も浅黒かった。そうそう、顎のところに傷跡があった。ナイフかなにかで切られたみたいな。よりによって物騒な男とくっついたものだ、と思ったよ」

第二十六章

広域科学捜査研究所の正面玄関へ続く四段の階段を上りながら、アレッサンドラ・ディ・ナルドは初めてここへ来た日のことを思った。あのときはロヤコーノ警部と一緒で、あるマンション窃盗事件を捜査していた。この事件はのちに思いがけない真相が明らかになったが、それはさして珍しいことではない。

物事は往々にして見かけと異なるものだ。

身分証を示すと、警備の制服警官はリストを確認した。

「誰に面会ですか?」

「マルトーネ管理官よ」

警官は眉を寄せた。

「だったら、気をつけるんだな。管理官は、今朝はやたら機嫌が悪い」

アレックスは困り顔をこしらえてうなずいた。ええ、そうでしょうね。十分、承知よ。

エレベーターのところへ行くと、待っている人が三人いた。狭い空間に見ず知らずの人と押し込められるのは、避けたかった。自分の表情を見てどう思われるか、不安だったのだ。階段へと方向転換して、上り始めた。

無意識のうちに、左わき腹につけた二二口径に触れた。制式銃はショルダーバッグのなかだが、二二口径は体の一部であって常に身近に感じていないと気がすまない。いわば、〝安心毛布〟だ。若い女が持つにしては変な〝安心毛布〟だが、どのみちわたしは昔から変な女だった。

白衣や制服を着た人が大勢廊下を歩いている。突き当たりにあるオフィスに近づくにつれ、みな声をひそめてひそひそささやき交わすようになった。原因はドア越しに聞こえてくる、誰かを叱責するマルトーネ管理官のすさまじい怒声だ。

アレックスは深いため息をつき、ノックを省略してオフィスに入った。

ロザリアは電話を耳に当て、窓のほうを向いて立っていた。アレックスはその背中や、肩まで伸ばした濃い金色のつややかな髪を眺めた。左手を握り締めて腰に当てている。

いったん黙ったあと、ロザリアは再び怒鳴った。

「だめよ！　いい加減にしなさい。組織がどうのこうの、人手不足だ、全部の面倒を見ることはできないだとか、泣き言は聞き飽きたわ。これには十二人がかかりきりになっているのよ。わかる？　無能なあなたのせいでその労力を無駄にするわけにはいかない。なんで、たった二通の通達が出せないの？　この日に決めたのは一週間も前でしょう。覚悟しなさい――」

口をつぐみ、片腕を垂らして相手の言葉に聞き入る。このまっすぐ伸ばした背中の反対側には嚙むことを夢想させる美しい胸がある。アレックスは思わず微笑んだ。

「――覚悟しなさい。今度は判事に取りなしてあげないわよ」マルトーネは言葉を継いだ。

「徹底的に絞られてもいいの？　いまから二時間あげる。忙しいから、もう電話をしてこないで」

ロザリアは電話の〝切〟ボタンを押して振り返り、デスクの前に立っているアレックスに気づいた。

はっとして喉に手を当てる。目鼻立ちのはっきりした顔を驚愕、歓喜、悲しみが矢継ぎ早によぎったあと、マルトーネはよそよそしく言った。

「あら、いたのね。ノックが聞こえなかったわ、失礼」

「ノックをしなかったもの。上に報告する？」

マルトーネはちらっとアレックスを見て腰を下ろし、アレックスにも椅子を勧めた。

「あなたがここに来てくれるようないいことを、わたしはしたかしら？」

アレックスは大きなため息をついた。

「あなたがわたしを指名して来させたんでしょう。みんなの前で困ることを知っていて」

ロザリアは大げさに驚いてみせた。

「あらあら、ごめんなさいね。すっかり忘れていた。あなたは非の打ちどころのない優秀な刑事。だから、制式銃の弾倉を空にするか安全装置をかけておくという決まりを無視したどころか、署内で発砲して上司を殺しかけたなんて汚点は勘定に入らない。明るい未来が待っているわ。そんなときに科学捜査研究所の管理官と親しくしていると疑われたら、せっかくのチャンスが台無しになるものね」

「やめて」アレックスは小さな声で言った。「もう、やめて」

マルトーネはかまわず続けた。

「いいえ、最後まで聞きなさい。あなたが親しくしているマルトーネ管理官は、ほんとうの自分を恐れて隠れたりしない。それに――」

「ロザリア、お願い。そんなこと言われても……」

「それに……愛することを恥じない。だって、愛はこの世で一番美しくて貴重だから。幸運にも愛に巡り合ったら、決して背を向けてはいけない――」

アレックスはぴしゃりとデスクを叩いた。かすれた声で言った。

「じゃあ、どうすればいいのよ! どうすればいいか、教えて! 夕食のときにまずいスープを前にして、両親に面と向かって言うの? パパ、ママ、きょうはどんな一日だった? わたしは朝から晩まで犯罪者を追い、射撃の練習もした。そうそう、それにわたしはレズビアンだから、科学捜査研究所のエレガントな管理官の股間を一時間舐めてあげたの。その管理官を死ぬほど愛しているのよ。ちなみに彼女の家で一緒に住むか、共同で家を借りようと誘われているわ。どう思う? うれしい? おめでとうと言ってくれないの? 恋人はできたか、いつになったら結婚する、早く孫を産めって、さんざん言ってたけど、あいにくだったわね」

ようやく聞き取れるほどの低い声で、一語一語を深い苦悩とともに吐き出した。悔し涙があふれた。なんで、わかってくれないの? あなたを愛している。愛しているのよ。

ロザリアは口を挟もうとせずに最後まで黙って聞いた。額に当てた手が震えていた。

「なるほど」と、つぶやいた。「つまり、あなたは三十になっても自分がどんな人間であるかを世間に伝える勇気がない。そして、とくに最大の障害である父親には知られたくない。だからわたしは、あなたが家族と一緒にテレビを見るときは会うことができない。あなたの都合のいい非常識な時間にしか会えない。そういうことね」

アレックスは胸が締めつけられる思いがした。ロザリアが正しいことは承知している。寄宿学校で禁断のときめきを初めて感じ、のちには秘密クラブで素性を隠してセックスをした時期を経た半生は、一メートル足らずのところにありながらはるかかなたに存在する、あの手と口にたどり着くための道のりだった。彼女を失いたくない。でも、手に入れることはできない。愛は幸福だけではなく、深い絶望をもたらすこともある。

「もう少し……時間が欲しいの」アレックスは言った。「勇気を出すための時間が欲しい。あなたの言うとおり、父は……わたしはずっと、父を喜ばせることだけを考えて生きてきた。許してもらいたかった。父は男の子を望んでいた。わたしは父のように軍隊に入れなかった。期待に応えることができなかった。いつも苦しかった……それに、破れかぶれになって打ち明けるのは嫌なの。あなたにも、ほかの誰にも無理強いされたくない。ひとりでじっくり考えて決めたい。わたしを信じて。わたしの気持ちはわかっているはずよ」

ふたりとも目を泣き腫らし、しばらく無言だった。ロザリアの顔には深い悲しみが浮かんでいた。

「ええ、あなたの気持ちはわかっている。それに、あなたがいなくても生きていけることもね。

でも見てのとおり、うまくいかないのよ」

マルトーネはデスクに視線を落として素早く涙を拭い、書類を取って顔を上げた。

「被害者が殺された現場で報告書に署名したのがあなただから、指名したのよ。ピラース検事補の希望どおり最優先事項扱いして、なにもかも差し置いて指紋を照合したわ」

「それで？」アレックスは意気込んだ。

「照合に使える指紋がいくつか検出されたわ。だけど、一致する指紋がＡＦＩＳ――自動指紋照合システムに登録されていないと役に立たないことは知っているわね。認証できたのは親族や友人の指紋だけで犯人には結びつかなかった例はいくらでもあるし、別の事件に関連して一致する指紋が浮上する場合もある。でも今回は運がよかった」

「というと？」

ロザリアは疲れた笑みを浮かべた。

「右人差し指の指紋が、ＡＦＩＳに登録されているものと一致したのよ。おまけに、ＡＦＩＳだけではなく、内部照合システムで研究所独自のリストでも見つかった。十六か十七個の特徴点が一致すれば同一と認証されるのに対して、これは二十七個もあった。この人物に間違いないわ」

アレックスは興奮を抑えることができなかった。「誰なの？」

ロザリアは愛おしげにアレックスを眺めた。

「ドナート・クオコロ、三十二歳、既婚、三人の子持ち。住所はルンゴ・プラターニ通り十二番。ピッツォファルコーネ署の管轄区内ね。警察のお得意さんよ。薬物の保持と密売でしばらく少年院暮らし。強盗で有罪判決が二度。写真を見たけど、特徴のある顔よ。刑務所に入っているときにナイフで切られた傷跡が残っているの。むろん、誤って自分で切ったと、当時は証言したけどね……ともかく指紋は明瞭で、ソファの前のコーヒーテーブルについていた。照合はまだだけど、ほかにもいくつかの指紋がおもに寝室から検出された。あなたたちみたいな名探偵なら、この意味は簡単にわかるわね」

アレックスは手帳にメモを書き終えて言った。

「詳しい報告書をくれるんでしょう?」

「もちろん。でも、すぐ捜査に取りかかれるよう、早く知らせたかったのよ。特別扱いしたことは内密にして。さもないと、市内で事件が起きるたびに、大至急調べてくれと要求されて収拾がつかなくなる」

ロザリアは腰を上げた。

「アレックス、わたしたちのために行動して。あなたを失いたくない。あなたがいないとだめなのよ」

アレックスも立ち上がった。

「あなたを愛してる。わたしに言えるのは、これだけ」

そして、振り返ることなく出ていった。

第二十七章

勤務時間はとっくに終わっていたが、刑事部屋には全員が残っていた。ピラース検事補も、パルマから被害者の夫のことや殺害現場から前科者の指紋が発見されたことを聞いて来ていた。

「捜査が大きく前進したわね」検事補は言った。「短時間で容疑者を複数見つけたのは見事だわ。今後は的を絞る作業になるけれど、夫ペトロヴィッチについての詳報はおそらくあしたウクライナ警察から入ると思う。いまはクオコロと被害者の関係に焦点を当てるといいわ」

「なんらかの関係があったことはたしかだ」パルマが言った。「セナトーレが最後に被害者に会ったときに同行していた男の特徴からすると、男はクオコロと考えていいだろう」

ロヤコーノは考え込んだ。

「クオコロに前科があるからと言って、犯人とは決めつけられない。女友だちが確実に退職金をもらえるようにするために、同行したのかもしれない。セナトーレはその男が気に食わなかっただけで、被害者が彼を恐れているという印象は持たなかった」

ロマーノがつけ加える。

「おれはそもそも、セナトーレが気に食わない。ふたりが一緒にいるのを以前どこかで見かけたので、同行してきたとでっち上げたんじゃないか？」

アレックスは肩をすくめた。

「でも、現場に指紋が残っていた事実は、無視できない。ほかの指紋についても、誰のものか確認して関係性を調べる必要があるわ」

「いまのところ確たる証拠がないので、クオコロを逮捕することはできないわ」ピラースは言った。「被害者の交友関係を徹底的に調べて。被害者は四ヶ月もここみたいな地域に住んでいたのに、見かけた人がいないのは妙だわ」

「妙なことがもうひとつ」オッタヴィアが言った。「ロヤコーノ警部も指摘したけど、生まれてくる赤ん坊のために用意したものが部屋にほとんどなかった。産んだらすぐに手放すことを見越していたのかしら」

パルマはうなずいた。

「よし、こうした疑問については、あとでじっくり検討しよう。いまは容疑者を少なくともひとりは特定しないといけない。クオコロについてはこれといった証拠はないが、なんと言っても前科がある。明け方に急襲する必要はないが、朝一番で連行してもらいたい。ロヤコーノとアレックスが行ってくれ。住所はわかっているな」

ピラース検事補が立ち上がった。

「では、よろしく。捨てられた赤ん坊の件が注目を集めていることを肝に銘じておいて。殺された女性との関係は漏れていないけれど、いつまで伏せておけるかわからない。いったんマスコミに知られたら、しつこくつきまとわれるわよ。そうしたら犯人はきっと逐一報道を追い、警察の先まわりをして足取りを消す。誰になにを話すか、細心の注意を払って。とにかく、急いで。大騒ぎになる前に解決するのよ」

コンピューターの電源を落とそうとしたオッタヴィアは、ピザネッリとアラゴーナがまだ刑事部屋に残っていることに気づいた。

珍しいことがあるものだ。アラゴーナはいつも待ちかねたように帰っていくし、副署長も滅多に残業をしない。

アラゴーナがデスクの前に来て、さりげなく言う。

「ねえ、おふくろさん《マンミーナ》は犬を飼ってるよね」

副署長が書類を片づけるふりをして、聞き耳を立てている。

「飼っているわよ。どうして？」

アラゴーナは無頓着なふうを装った。

「いや、たいしたことじゃないんだけど。じつは……気になる女の子がいて……その、つまり彼女は動物が大好きでさ。それで、デートを誘ったときに犬を飼っているって言っちまったんだ。でも、ほんとうは飼ってないだろ。だいたい、一度も飼ったことがないんだ。それで、今夜デートするんだけど、貸してもらえないかな」

オッタヴィアは目を丸くした。

「貸してって……わたしの……だけど、あとでどうするつもり……シドは息子の宝物なのよ。

わたしだって……」

「大丈夫だよ、オッタヴィア」ピザネッリが口を挟んだ。「わたしは……わたしの家はマルコが彼女と会う場所の近くだ。アラゴーナの叔父ということにして、偶然出くわしたふりをして犬を預かるよ。それなら安心だろう？　わたしなら信用できるだろう？　このできそこないにデートするチャンスを与えてやろうじゃないか。きっと最初で最後だから」

アラゴーナが言い返す。

「ひどいよ、大統領《プレジデンテ》、女なんて選り取り見取りだ。だけど、彼女には……さんざん犬の話をしたからいまさら引っ込みがつかなくて」

オッタヴィアは吹き出した。

「しょうがないわね。いいわ、シドを貸してあげる、ただし、条件が二つある。ジョルジョがうちに来てシドを連れていくこと。リッカルドはジョルジョを知っているから、シドを連れていくのに気づいても騒ぎ立てない。それから、あしたわたしが七時に家を出るまでに、返して。いい？」

アラゴーナは腕を大きく広げた。

「よかった。恩に着るよ。それにしても七時とはね……朝の七時に世界は存在しているんだろうか？」

その少しあと、ピザネッリがオッタヴィアの家に行く用意をしていると、アラゴーナがやってきた。

「さっきは助かったよ、大統領。口添えしてくれなければシドを貸してもらえないで、手ぶらであの娘と会うことに――」

「いいかね、若造。わたしは年寄りだが耄碌《もうろく》はしていない。オッタヴィアの犬をおとりに使って、管区の野良犬、野良猫が姿を消した理由を突き止めるつもりなんだろう。この件をどう解釈しているのか知らないが、きみのしようとしていることは警察の捜査と変わらない。だから、わたしも参加する」

アラゴーナは取ってつけたように目を剝いた。

「捜査だなんて、とんでもない。単にデートのため――」

ピザネッリは上着を脱いだ。

「そうか。だったら、シドは借りてこない。女は選り取り見取りなんだろう？　きみとデートしたくてたまらない九百九十九人のなかから選べばいい」

アラゴーナはふくれっ面をして下唇を嚙んだ。少し考えてから降参した。

「わかった。正直に話すよ。でも、笑わないって約束してもらいたい」

ピザネッリは、ウィリアム少年とアラゴーナを崇拝するその女友だち、失踪した仔犬の話を聞いて、あきれ返った。

「つまり、きみのことを一番優秀な警官だと思っている人が、実際にいるのか？」

失礼な、とアラゴーナは顎を突き出した。

「別に不思議じゃないさ。誰の目にも明らかだけど、ほかの刑事たちに気を遣って口に出さないだけだ。とにかく、話したんだから協力してよ。犬を借りて連れてきてくれればいい。あとはおれがやる」

ピザネッリは再び上着を着た。

「いいや、マルコ。わたしはオッタヴィアに対して責任がある。シドのそばを離れるわけにはいかない。これは一緒にやる。それにきみの行動を観察すれば、愚かな民衆の敬愛する警官になるコツを遅ればせながらつかめるかもしれん」

第二十八章

人通りはまばらだったが、レオナルド・カリージ神父は注目を浴びずに歩いていた。特異な外見を持つ神父としては、珍しいことだった。僧衣にサンダル、丸く剃られた頭頂部、微笑みをたたえた青い瞳。およそ一メートル五十センチの身長で飛び跳ねるように歩く姿は民話の登場人物そっくりで、出くわした人は幻覚ではあるまいかと目をこするのが常だった。むろん、レオナルドは生身の人間だ。生身も生身、サンティッシマ・アヌンツィアータ教会の教区司祭にして、付属する修道院の院長でもある。すべての人の友であり、誰からも尊敬され愛されていた。地元有力紙は、迷路のように入り組んだ路地小路の中心に君臨する裏社会のルポで、『地域の魂』と讃えたものだ。

賞賛を望んだことのない神父だが、このときばかりは秘密の使命が評価された気がしてうれしかった。

ちらりと視線を落として、古ぼけた腕時計で時間を確認した。かなり遅い時刻で、仲間の修道士たちは、院長はとっくに寝たと思っている。だが、どうしても会わなければいけない人がいた。そして、この時刻でないと会うことができないのだ。

秘密の使命は単純ではない。正しく理解したかしないか、身振りや言葉をどう解釈するかといった、微妙で複雑な問題が常につきまとう。未熟だった最初のころは、間違いを犯したことがあるかもしれない。そう考えるとレオナルドは怖くなって、心のなかで主に赦しを請う。すると主は、無限の慈悲をもって自らの道具をお赦しになるのだった。

そう、レオナルドは神の道具にすぎない。人類をもっとも苛み苦しませる〝自由意思〟をコントロールする手段のひとつなのだ。

夜の賑わいはまだこれからのピッツォファルコーネ地区で、建ち並ぶ建物の灰色の外壁に沿って歩きながら、レオナルドは自問した。神はなぜ、自らの姿形を模して創った人間に自由意思という重荷を背負わせたのだろう。魂の宿る神聖な肉体を自ら破壊するのは、神への冒瀆だ。なぜ人間は、もっとも恐ろしい罪である自殺を実行する力を持ち得たのだろう。

自殺は神を侮辱する邪悪な行為だ。人を殺した場合は告解して赦しを求めることができるが、自殺すればそれができずに永久に苦しむことになる。引き返す道はなく、罪の赦しも与えられない。大罪中の大罪なのだ。

レオナルドがこの問題について初めて自らに問うたのは、聖職を授かったばかりの若者だったときだ。地獄をそっくりそのまま模したかのような精神科病院で助司祭を務めていたとき、ひとりの老人を知った。老人は日がな一日、壁に向き合って意味のない言葉をつぶやき、質問にも治療にも反応を示さず、緊張病のような症状を見せていた。そしてある日、無造作に置かれていたシーツと天井の掛金を利用して目的を遂げた。

レオナルドは心を乱され、真摯に考えた。気の毒な老人は地獄の業火で永遠に焼かれるだろう。だが、もし誰かが手遅れになる前に気づいて情けをかけ、あの世に行く手助けをしてやったとしたら？　この手助けは究極の人間愛であり、苦悶する魂に安らぎを与えた行為と定義できるのではないだろうか。そうだ、間違いない。したがって、神はむろん手助けした者をお赦しになるし、その者が神に代わってご意思を成就させたと解釈なさる。その重責を担うことができるのは、神の真の僕《しもべ》、レオナルドのような人物しかいない。

月日を重ねるうちに、レオナルドは悪魔の手先である敵の正体を学んだ。それは簡単に〝鬱〟と呼ばれているが実際は非常に複雑で、取りつかれると次第に深淵に落ち込んで人生に興味を失い、自ら命を絶とうと思い詰めるまでになる。

レオナルドが兄弟のように心から愛している親友の老警官ジョルジョ・ピザネッリは、〝生きていたくない〟と〝死にたい〟は同じではないと主張する。いっぽうレオナルドは、両者のあいだには深淵の底に到達するまでの時間にほんのわずかな差があるだけだと信じている。ジョルジョは同意しないが、深淵の深さに違いがあったとしても、結局は落ちるのだ。

レオナルドは命を絶つ役を引き受けて、数多の魂の地獄行きを防いだ。神の偉大な栄光を代行しているのだから、むろん赦される。それは期待ではなく、確信だった。

むろん、使命を遂行する際はルールに従う。一番重要なのは、候補者が限界に達していると見極めることだ。どれほど深刻で望みがない状態に見えても、一過性の場合は除外される。そこで、対象者が一線を越える寸前に行動することが要求される。殺人鬼ではないのだから。

その点には細心の注意を払っている。次の日の朝、あるいは二日後に朝日に向かって微笑みながら起きたかもしれない人を殺したとしたら、最悪だ。

身震いをして、ところどころ敷石の欠けた歩道を小走りで目的地に向かった。

生きる意志がないと見極めるのは、非常に難しい。長年経験を積み、少なくとも十数回使命を遂行したのちでも、面談と質問を根気よく繰り返して確認している。面倒だが必要不可欠な手順である。

時間を変えて候補者の日常生活を観察するのが、その第一段階だ。いわゆる鬱になっている独り暮らしの人は、その時々で精神状態が驚くほど変化する。たとえば日曜の昼下がりのジョルジョは、レオナルドのように修行を積んでいない人の目には、いまにも死にそうに映るだろう。ジョルジョは何年も週に一度昼食をともにしている相手が、よもや自分が執念深く追い、分署でからかわれる原因となっている人物だとは夢にも思っていない。彼は自分と同じように深淵の縁を歩いている失意の人々のなかに、自身の抱える亡霊を見ている。

これから会う相手も、わけもなく有頂天になったかと思えば鬱々と塞ぎ込むといった具合にジェットコースターのように気分が変化するので、いつ神の忌む大罪を犯してもおかしくなく、気が気でなかった。

人々の寝静まった深夜が重要だった。心の平衡を失いやすく、しんと静まり返ったこのときに、深淵の縁を歩く人の目を覗き込めば多くを理解できる。レオナルドはこうしてこれまでに幾度も、男や女が最後の決心を固めて実行する直前に介入した。

だからこそ、心の安らぎをもたらすべく、リスクを冒し、貴重な睡眠時間を削って深夜に修道院を抜け出したのだった。

インターフォンを鳴らして、開いたドアをするりと入る。長すぎる僧衣をたくし上げて階段を上り、三階の部屋のドアをそっと叩く。見慣れた玄関から闇に沈んだ広い部屋に入った。埃と古い家のにおいがした。

街灯の光にぼんやり浮き上がる家具調度の輪郭を眺めて、闇に目が慣れるのを待った。それからキャビネットの上の電気スタンドを点けた。

「こんばんは」レオナルドは言った。「さて、調子はどうだね？」

女はのろのろと顔を上げて、レオナルドを見た。スタンドの光に射られて目を瞬《しばたた》く。その目は見えていないかのように虚ろだった。

「調子？」女は言った。「どうなんだろう、神父さま。あたしの調子は」

「とてもいいのではないかな？」レオナルドは答えた。「ついに体を洗ったし、清潔な服を着ている。偉いね」

レオナルドは、こうして細かいことを話題にして生きる意志の有無を確認する。刺激を与え、それに対する反応を観察するのだ。

女は両手を膝に置いていたが、それは二羽の死んだ鳥を思わせた。だらりと垂れた髪は糊で固めたかのようだった。

「ほんとうですか、神父さま？　あたしは偉いかね？　あの人にいつも言われるんですよ。いい子にしていなさいって」

レオナルドはにっこりしてうなずいた。

「そうだ、いい子にしていなくてはいけないよ。ところで、わたしが会いにくることは誰にも話してないだろうね？　これは秘密にしておくのだよ。わたしたちだけの秘密だ」

背中を丸めてソファに深々とかけた女は、なにもない空間に目を据えてわずかに頭をうなずかせた。

「ええ、話してませんとも」

神父は部屋の中央にあるテーブルへ向かった。

「あの人にも？　覚えているかな？　あの人には絶対に話してはならない」

テーブルの上に転がっている薬瓶を次々に取って、薄明かりのなかで検分した。ひと瓶がとりわけ気になった。手に載せて重みを量り、蓋を取ってにおいを嗅いだ。

よし。問題ない。

「ええ、あの人にも」女はうなずいた。「あの人はどうせなにもかもご存じですけどね、神父さま。でも、もう知っているからといって、秘密を話してはいけませんよね」

レオナルドはソファの前に行った。座っている彼女と、立っている神父の頭は同じくらいの高さにあった。神父は女の頭をそっと撫でた。

「そのとおりだ。秘密は誰にも話してはならない。決して」

第二十九章

ピザネッリはシドのリードを持って歩いていた。アラゴーナの話と管区の人々からの聞き取りを総合すると、シドではうまくいきそうもない。

シドは大きすぎる。行方不明になった動物は、どれも小型だ。さらった人物が実際にいるとすれば、小型の動物が好きなのか、あるいは運びやすいからだろう。シドは黄金色のふさふさした毛と長い尻尾を持つ、フレンドリーな大型犬だ。

オッタヴィアは息子が眠っていることを確認したあと、自宅マンションのロビーでシドを渡した。ピザネッリは、同僚にして友人のオッタヴィアが毎日黙々と背負っている十字架——息子のリッカルドを知っている。

つい最近、ほぼ一年ぶりに会ったばかりだ。支援教師が早退し、数時間面倒を見るためにオッタヴィアが分署に連れてきたからだ。一年前は幼かったのに、背の高いたくましい少年になっていた。この年ごろの子はあっという間に大きくなる、とピザネッリは自分の息子のことを思った。もっともピザネッリの息子ロレンツォが肉体の成長とともに独立心が旺盛になり、実家の束縛を嫌って自立し、社会との独自の関係を築いたのに対し、リッカルドは自分の世界に閉じこもったまま、虚ろな目をして親指をしゃぶり、たったひとつの言葉をとめどなく繰り返す。マンマ、マンマ、マンマ……

息子といるときのオッタヴィアの目に絶望、悲哀、憂いが浮かんでいるのを見て、ピザネッリは胸が締めつけられた。だが、そこには檻のなかの雌ライオンを思わせる闘志もあった。その日パルマがローマで研修に参加していたのが、彼女にはせめてもの慰めだろう。彼女が息子を恥じていることに心が痛んだ。

とにかく、犬は手に入れた。アラゴーナはいったいなにをするつもりだろう。

いまや夜遊びを楽しむ数人のほか、人通りはほぼない。アラゴーナとの待ち合わせ場所は、サルヴァトーレ神父の教会の近くだ。シドは尻尾を振ってのんびり歩き、あちらこちらでマーキングをしては街灯の光に金色の雫をきらめかせた。前立腺を患っていて頻繁に用を足す必要のあるピザネッリは、いちいちバールでトイレを借りずに放尿できるシドがうらやましくなった。

アラゴーナは街灯の下で待っていた。黒のジャンパーに黒のズボン、黒の防水靴、ごていねいに黒のベレー帽までかぶっていて、最初は誰だかわからなかった。

「なんだ、その恰好は？」ピザネッリは思わず叫んだ。「まるでディアボリック（一九六〇年代のイタリア人気漫画の主人公）じゃないか！」

アラゴーナは深夜であってもサングラスをはずす気はないと見え、青いレンズの奥で懸命に目を凝らした。

「は？　ディアボリック？　誰です、それ？　見つかっちゃまずいから、目立たない色を着たんですよ。なのに、副署長ときたらいつもの上着に大昔のネクタイ？　古代ローマでは最小限の変装も教えなかったのかな」

ピザネッリが言い返す間もなく、騒動が起きた。シドはおとなしい犬だと、オッタヴィアから聞いていた。そのシドがいきなりひと声甲高く吠えてうしろ足で立ち、尻尾をぶんぶん振ってアラゴーナの顔を舐めまわした。

アラゴーナは悲鳴をあげて飛びのいた。

「こいつを止めてよ、大統領《プレジデンテ》。レンズをべたべたにしやがった」

ピザネッリは力いっぱいリードを引いて、ようやくシドを離した。

「おやおや、どうしたんだろう？」

アラゴーナは服の袖で顔を拭って、くんくん鳴いて甘えるシドを睨んだ。

「おれは子どものころから、いつも動物にこうされる。こっちは動物が大嫌いだってのにさ、まったく。で、今夜の計画だけど、動物誘拐犯からよく見えるように、三本の道が交差するここにつないでおこうと思って。おれたちは二手に分かれて、ひとりはあそこの玄関口、もうひとりはあそこの街路樹の陰にあるベンチに陣取る。これならどの道路も視界に収めることができる。あとは、ひたすら待つ」

ピザネッリはアラゴーナの示した地点を確認してうなずいた。

「よかろう。だが、誘拐犯が来たら迅速に動くんだぞ。シドを連れていかれたら大変だ」

アラゴーナはのほほんと説明した。

「そんなことあるわけないじゃないですか。こっちは余裕しゃくしゃくだ。だって、誘拐犯は歩きに決まっている。こいつらを車に乗せたら、そこらじゅう毛だらけになる。大丈夫ですってば」

不安を拭いきれないピザネッリは、提案した。

「では、わたしは足が遅いから、シドに近い木の陰で見張る。きみは怪しい動きがあったら、全力で走れ」

シドは隙さえあればアラゴーナの腕のなかに飛び込もうとした。だが、苦労の末に道路からリードが見えないようにしてパーキングメーターに縛りつけ、それぞれの持ち場についた。

夜はゆっくり更けていった。三十分、一時間、二時間。ピザネッリの瞼は次第に重くなった。その間、尿意に三度負けた。木の陰の持ち場を選んだのは、じつはそれが原因だった。こういう自分が情けないし、もともと夜の外出は好まない。だが、アラゴーナの手腕を見てみたい誘惑に勝てなかった。もっともいまごろはダークナイトもどきの恰好で、居眠りをしているのではないだろうか。あしたはきっと、体じゅうが痛いとさんざんこぼすに違いない。冷え込みが厳しくなってきた。ピザネッリは上着の襟を掻き合わせた。

小さな野良犬が一匹、尾を振ってシドに近づいた。シドも尾を振り、鼻を触れ合わせてにおいを嗅いで、じゃれ合った。十メートルほど離れたところにいるピザネッリは、微笑みながら二匹を眺めた。社会の面倒なしがらみがなければ、こんなにも簡単に仲よくなれるんだ。だが、オッタヴィアのだいじな犬に変な病気をうつすなよ。

そろそろアラゴーナを起こして説得し、引きあげよう。そう考えていたとき、咳き込むようなエンジン音が響いた。数秒後、黒っぽいワゴン車が道路の先に現れた。これが通り過ぎたら、道を渡ってシドをアラゴーナのところへ連れていこう。顔を舐められたら、絶対に目を覚ます。その光景を想像して、ピザネッリは忍び笑いを漏らした。

ところがワゴン車は二匹のそばでエンジンをかけたまま停車した。ピザネッリが動き出す前に、助手席から黒い服を着た男が降り立って野良犬をつかみ上げ、荷室と一体の車内に放り込んだ。ピザネッリは慌ててベンチに飛び乗ったものの、よろめいて転げ落ちた。男がシドのリードをほどいて、車へ導いていく。一石二鳥のチャンスに浮かれて、シドの大きさは二の次になったらしい。

叫ぼうとして口を開けたとき、前方の玄関口から黒い影が飛び出した。アラゴーナだ。ピザネッリは立ち上がって素早く懐に手を入れ、ベルトにつけたホルスターからリボルバーを抜いた。

アラゴーナは懸命に走っているが、まだ距離がある。シドが連れ去られたら、オッタヴィアにどう釈明したものかと、ピザネッリは怖気をふるった。焦っているうちに、こうした場合はままあるが予期せぬ事態が勃発した。シドが開いている窓から飛び出して、嬉々としてアラゴーナに向かって駆けていったのだ。野良犬も逃げようとしたが男に殴られ、シドに続くことはできなかった。

ピザネッリはワゴン車が走り去る前に、ナンバーを読み取った。ナンバー灯は消されていたが、街灯の光がさいわいしてナンバーのほかにも、車体に描かれた興味深い絵を確認することができた。

それから、アラゴーナの両肩に前脚をかけて仏頂面をしきりに舐めているシドに駆け寄った。顔を背けて熱い愛を懸命に避け、アラゴーナが訊く。

「車体になにか描いてあった。なんだったんだろう、副署長」

「虎だ」ピザネッリは上機嫌で答えた。「あれは間違いなく、虎だ」

第三十章

ロマーノは二十四時間営業のスーパーマーケットの駐車場に車を停めて思った。夜型人間には決まった行動パターンがある。

ロマーノの頭にあるのは、グラス片手にうろついて、あわよくば女を引っかけようと企む輩《やから》でも、明け方までソファに座って温かいミルクをすすり、テレビのチャンネルをせわしなく変える不眠症患者でもなく、なんらかの理由で家に帰りたくないが、かといって酒場で時間を潰したくはない人だ。目は落ち着きがなく、服は皺くちゃ。いったん帰宅して着替えることをしないからだ。家には思い出や服、楽しかったころの写真が残っている。もっとも避けたい場所だった。

そこで、カーラジオから低く流れる音楽を友にして当てなく車を走らせ、帰宅を遅らせる。鳴らない携帯電話にがっかりし、空で覚えている番号を押したい衝動と闘いながら。そしてなぜだか、どんな道を通ろうと最後にはいつも同じ住所に行き着いてしまう。

年中無休二十四時間営業のスーパーマーケットは、夜型人間のための新しい施設だ。市内に三、四店舗あって値段はバカ高いが、夜型人間の時間を巻き戻し、世間一般の人と同じように買い物ができるようにしてくれる、一種のタイムマシンとあれば致し方ない。照明、静かな音楽、愛想笑いを貼りつけた寝ぼけ眼《まなこ》の従業員、時間貸しホテルのロビーで出くわしたみたいにばつの悪そうな顔でカートを押すわずかな客。ロマーノは最近、地獄のごとき家に帰りたくない気持ちをぐっとこらえて、この手の店をよく利用する。メネニウス・アグリッパの教訓譚とは違って、頭と心の煩悶を知ろうともせずに我が道を行く、鈍感至極な胃袋をなだめねばならないからだ。

なにを買うか決めていないが、目的もなくうろついていると思われたくなく、カートを取った。どうせ砂を嚙むような味だろうが、電子レンジで温めるだけの調理済み品にしよう。冷凍食品売り場へ行って、外箱の写真すらまずそうなピザをカートに入れた。あとはヨーグルトにカップアイスクリーム一個。これで十分だ。

そうだ、シェービングクリームが必要だった。Uターンをしたら、ジョルジャと正面衝突しそうになった。

ジョルジャのことを考えていなかったのに幻覚を見るとは、頭がおかしくなったのだろうか。固く目をつぶって開いたら、ロマーノと同じようにびっくりした顔をしたジョルジャがいた。相変わらずきれいだった。

どうしたものか、とふたりとも途方に暮れてしばし見つめ合った。ジョルジャははにかんで微笑み、乱れてもいない髪を撫でつけた。化粧はしておらず、見たことのない茶のTシャツを着ている。それに気づいたロマーノは、ちょっと買い物をしにきたのだと論理的に考えたが、早くも新しい服を買っていると思って心中おだやかではなかった。

ジョルジャは言い訳がましく、持っている商品をロマーノに見せた。

「牛乳を」小さな声で言った。「母が買い忘れたの。ないとあしたの朝……困るから」

声がうわずっている。

なんだよ、おれが怖いのか？　動揺しているのか？　興奮しているのか？

ロマーノは身振りでカートを示した。

「そうか、おれも……昼間は時間がなくてさ。いつもぎりぎりになって思い出すんだ……ここはいつも開いているから助かるよ」

「そうね」ジョルジャは言った。

「そうだ」ロマーノは言った。

深夜に偶然久しぶりに出会ったふたりは、向き合って立ち尽くした。

「ねえ……」ジョルジャは言った。「調子はどう？　仕事は……順調？」

ロマーノはわずかに眉を寄せた。

「うん、まあ。どこだろうと、仕事は同じだ。でも、ピッツォファルコーネ署は……たぶん閉鎖されずにすむと思う。捜査班がついにうまく機能するようになってね。変人の集まりだけど……とにかくみんなで頑張っている」

ジョルジャは、少しばかり余分に目を見開き、少しばかり余分に興味を示しておずおずと微笑んだ。

「きみは？」ロマーノは訊いた。

ジョルジャは肩をすくめた。

「法律事務所で働いているわ。いまのところ、正規の職員ではなくパートタイムだけど、でも……」

ロマーノの携帯電話が鳴った。ジョルジャのことしか頭になかった彼には、アラスカかウガンダ、あるいは地の果てにいる人のポケットで鳴っているように聞こえた。そのジョルジャが言った。

「出ないの？　あなたの電話よ」

ロマーノは腕時計を見た。誰だ、こんな時間にかけてきたのは？

携帯電話を出してディスプレイを確認した。登録していない番号が表示されている。

「もしもし、ロマーノだ」

受話器から流れてきた女性の声は明瞭で、一メートル足らずのところに立っているジョルジャにも十分聞き取れた。

「ロマーノ刑事？　すみません……電話なんかして。どうすればいいかわからなくて。ジョルジャのことです。容態が悪いの。ものすごく」

ロマーノは、からかわれているのかと一瞬思った。容態が悪い？　なんの話だ？　ジョルジャはここに、このスーパーマーケットにいる。最後に夢で見たときよりも、生き生きしていて美しい。

はたと気づいた。

「スージー？　スージー先生だね」

ジョルジャがあっけに取られて首を傾げ、眉をひそめる。

「ええ、スーザンです。すみません。忘れてください。では」

「待った！　教えてくれ。なにがあった」

ジョルジャが一歩、二歩とあとずさりする。

「一時間前に容態が急変して。吐血が止まらなくて、ショック状態に陥るかもしれない。大量に失血したので、輸血の用意をしています。胃か十二指腸かまだ確定できないけれど、感染か薬が原因で粘膜が炎症を起こしたのよ。容態が落ち着いて安心したところだったのに……もう」

ロマーノは頭がくらくらした。あの朝、ゴミのなかから拾い上げたときの重みを両手に感じた。

「でも、助かるんだろう？　助かるよな？」

ジョルジャが手を振って離れていった。レジでそそくさと勘定をすませ、振り向きもしないで店を出ていく。

スーザンは告げた。

「手術をするので、外科医が待機しています。わたし……ひとりぼっちのあの子がかわいそうで……あなたに知らせたかった。その……前もって知っておいてもらいたくて」

「でも、助かるんだろう？」ロマーノは繰り返した。愚かだと思ったが、希望を捨てたくなかった。「あの子は生き延びる。そうだろう？　助けてやってくれ。助かるんだろう？　助かると言ってくれ」

医師は沈黙した。

「もしもし？　もしもし？」ロマーノは必死に繰り返した、「答えてくれよ！　助かるんだろう？」

痩せっぽちの男と老婦人がロマーノに視線を向けた。果物を並べていた店員がオレンジを手にしたまま固まって、じっと眺める。ロマーノは近代美術館にいるかのような気がした。照明と夜――エドワード・ホッパーの絵のなかかもしれない。

「なんとも言えない」しまいに医師は言った。「ほんとうに、わからないの」

涙声だった。

「これから行く。いますぐ」

ロマーノはカートをほったらかして、駆け出した。

第三十一章

この街は女だ。疑問の余地はない。

早朝の目覚めたばかりの街を見ればわかる。まどろんではいるが、呼吸のリズムや深さが眠っているときとは違う。朝の弱い光が夜の闇をまだ残す塀やよろい戸の下りた建物に射し、街を斜めの縞模様に染め上げる。

新しい一日が始まったばかりのときはむろん美しい。闇のなかで語られる謎に満ち、防護カバーをかけられて丸みを帯びたやわらかな輪郭を見せる修理中の建物は、目を閉じて傲慢に微笑んで愛撫を待っている。

約束を平気で破り、やさしいふりをする。そこには初めて知るぬくもりや芳香、しっとりした感触と昔ながらのメロディーがある。朝の光を求めて丘を上る車のやかましいエンジン音が響くいっぽうで、海に面した窓に反射する夜明けの陽光のなかで、遠くで歌う人の声が聞こえる。

この街は女だ。そして、窓に反射する陽光は彼女が朝一番に鏡の前で試す宝石だ。

愛を理解できないなどということがあり得るだろうか。恋に落ちるのがどういうことか、わからないはずがない。

誰も彼もがわたしを責めたてたくて、うずうずしていることだろう。雑誌や深夜のテレビでポルノを見たことも、車の窓から街娼を品定めしたことも、ごてごて飾り立てた売春宿に行ったこともないような顔をして説教壇に立ちたがる。どうせそのあと、愛人や寝取られ夫と連れ立って特権階級専用クラブやパーティー、劇場、映画館へ行き、作り笑いを浮かべて当たり障りのない会話をし、トイレでこっそり密会のメールを打つのだろう。自分の身近にいる人のことは、これっぽっちも頭にない。これはどんな重要性を持つのか？　身近にいる人がいつも同じとは限らないということだ。

身近にいる人について語りたい。

恋に落ちる、というのはほんとうだ。実際に起こる。それが問題なのだ。暗黙の了解のうちにことが進んでいるあいだ、納得ずくで楽しい時間と人生の一部を分かち合っているあいだは問題ない。地獄をネタにした古いジョークがある。罪人《つみびと》が首までクソに浸かっている。サイレンが鳴って休憩時間が終わるとともに、全員が再び膝をつく。それと同じで、束の間息を吸って元気を出すための休憩時間だ。

ところが、恋に落ちると大変だ。予測していないから、大打撃を食らう。眠ることも食べることも笑うことも、いつもしていることもできなくなる。仕事中でも家でも恋人のことを考える。ほかの人に電話をしているあいだも考える。

これは誰にも予測できない。うまくあしらえる、ほかの情事と同じだ。宝物みたいに秘密の箱に隠し、気の向いたときに眺めればいい。そう思うかもしれない。ところが大きすぎて箱に入らず、心のなかの秘密の場所に移して鍵をかける。だが、そうするとそこから動きたくなくなるのだ。

すべきこと、すべきでないことをリストにしたところで役に立たない。これは誰の手にも負えない不治の病であって、完治は望めない。

予測ができないから、準備はできない。いきなりつかまる。わたしを非難しようと待ち構えている人たちもわたしと同じ経験をしたら、きっと幸せを感じる。恋人を愛撫するときのめくるめく喜びや昔の自分に戻ったうれしさを得たこと、それにあの素晴らしい微笑を浴びたことで自分を罰しようとは思わない。

わたしは五十歳だ。なぜ人は、それが重大な罪であるかのように繰り返し言うのだろう。わたしは五十歳だが、生きていて赤い血が流れている。食事とクルーズ、教会の集会だけを楽しみに生きていくには、まだ早い。転生を待たなくても、わたしの心には恋をする情熱が残っている。

妻のいる身であることは認める。だから？　会話のない結婚生活がどういうものか知らないのか？　目を合わせることもなく、互いに依存しているものの、軌道を異にする同心円を描いて生きている。これがどういうことかわかるか？　軌道は決して交差しないのだ。

わたしは専門職を持ち、おもしろみがなく虚しい仕事で多額の収入と尊敬を得ている。数限りない未完成の書類を次から次に読んで書き加え、完成するまであと何人の手を経るのか知らないが、次の人に送る。

わたしには娘がいて、赤ん坊だったころはよく抱いた。何千年も前のことのような気がする。その娘はいま、キーボードを叩く音とテレビドラマが成す、自分の世界に閉じこもっている。娘と妻。

わたしを非難する人たちだって、視線や微笑を向けられて生きていることを実感したいと心の底では願っている。それを自覚していないだけだ。

あれはわたしの自宅で起きた。互いに目を合わせ、すぐに逸らした。視線が絡んだのは、意識する間もないくらい短い、一秒の何分の一か。

先に目を逸らしたのは、わたしだ。ほめられたことではないが、うろたえたのだ。これを境に世界が一変した。わたしは常に彼女の姿を追い求め、彼女も自ら姿を現した。世界が一変して手遅れになったあとも、家族の友人である彼女はわたしの自宅にいた。

恋人が家族の友人の場合は、どうなるか。事態はよりいっそう悪くなる？　街やバーで出会ったのなら、違うだろうか。そんなことはない。

愛は許可を求めないからだ。突然やってきて人生の真ん中に居座り、ほかのすべてを従わせる。

わたしと恋人はあんなところを見つかるとも、聞かれるとも思っていなかった。彼女が突然帰ってくることを予想していなかった。

遠くへ駆け落ちする予定だったから、やがては周囲に知られることになっただろう。恋人といつも話していた。いつか偽名で船に乗って、ここみたいに時代遅れではない、言語の違う、もっと包容力のあるところへ行こう。

わたしを非難する人たちが実際に非難しているのは、愛だ。わからないのか？　愛だ。真の愛。

異なる言語を話す国の海辺で、わたしたちは貯金を取り崩して暮らしたことだろう。

家族に見つからなければ。だが、誰もが知っているように見つかって、わたしはかえって安堵した。ただ、なぜ彼女に会わせてもらえないのか、理解できない。彼女は、わたしの愛だ。なぜそれがわからない。わたしの肉体は彼女のそれを必要としている。

眉をひそめるな。彼女がほんとうはどんな人か知らないくせに。第一印象で決めてはならない。

彼女は家族の友人だ。わたしの娘のクラスメイトだ。十三歳。だが、女だ。とても女らしい。

女。この街は女だ。

それを実感するのは、太陽が高く昇って、海岸線に沿って長く延びる街の隅々まで輝かせる昼間だ。空気と光をまとってしゃべり、泣き、涙が出るまで笑う。戸外が明るくさわやかなときでも、暗く湿った路地という路地で噂をささやき、公然の秘密を語って影を落とす。きらきら輝く海岸線と緑成す二つの丘で身を飾り、山を抱く島々に微笑みかける。

この街は女だ。


娘。

女はたいてい娘を欲しがる。ほかの家族がそれぞれの道を進んでいっても、母と娘はいつまでも近い関係を保つ。女の子が生まれてがっかりするのは、血筋とありがたくもない家名を継ぐ男の子を望んでいた舅姑、それにおそらく夫くらいだろう。

女の子ですよ。出産してそう告げられたとき、とてもうれしかったのを覚えている。わたしのようにソナー検査を受けるゆとりがあっても、当時ははっきり見えなかったのだ。だが、だいじなことはほかにある。五体満足で〝ふつう〟であることだ。

〝ふつう〟。〝ふつう〟とはなんだろう。なにをもって〝ふつう〟と言うのだろう。

娘は愛によって生まれた子ではない。その点をなるたけわかりやすく説明する。そうすれば、何年ぶんもの記録をひっくり返したり、議論を重ねたりしなくても、これが起きた原因を容易に理解できるだろう。原因などなかったのかもしれないし、星の数ほどあったのかもしれない。

長いあいだ婚約していた末の結婚というものがある。八年、あるいは十年、十二年も一緒にいたら、なにができるだろう？　双方の家族がひとつの家族になってファーストネームで呼び合い、どちらも卒業証書を取得し、家を買って家具も入れ、日取りも決まった。完璧に計画された将来が待っている。

そして、誰がいつ決めたのかもわからない人生設計に従うことを拒否する勇気がなかったら、盛大に祝福されて結婚することになる。

祝福の次は、男の子の誕生を期待される。

とんでもない。わたしは女の子が欲しかった。望みは叶った。学校で机を並べていたころからのつき合いで、数多の誕生日やら記念日を飽き飽きしながら一緒に祝ってきた、兄妹のような関係の夫との冷めたセックスの末にできた子だ。

夫への愛はなかった。夫を見てときめきを感じたことはない。それどころか、些細なこと、たとえば毎回食事のあとにすうすう音を立てて歯のあいだから息を吸ったりするのが、耐えがたかった。

夫が他界したときの解放感は忘れられない。みながわたしを心配し、同情した。ずっと一緒だったのに、これからひとりで生きていけるのかしら、かわいそうに。彼女が夫と一緒でなかったところを、見たことがないわ。

わたしは娘が心配だった。どうすればいいのだろう。無防備な娘を世間に出すことはできない。

娘がほんとうに無防備なことを理解してもらいたい。内向的で自分の殻に閉じこもり、男女を問わず、友だちはひとりもいない。問題を抱えているから、無理もないのだが。

娘の問題は幼いときから顕著だった。大きな問題だ。とてつもなく大きな。

とにかく食べるのだ。大量に。いつも口を動かしている。

おいしいからでも、楽しいからでもない。一種の逃避手段であって、食べ物で内も外も囲んで安心感を得たいのだろう。自己防衛のために、食べるのだ。

夫は問題の解決に努めて、クッキーやジャムなどを戸棚の最上段に隠した。それでも、手段を講じて盗み食いをするので、とうとう冷蔵庫に鍵をかけた。娘はかわいそうに泣き叫んだ。「お腹が空いた！　お腹が空いた、ママ！　助けて」わたしは母親として、どうすべきだったのだろう。

さいわい、夫は他界した。娘にひもじい思いをさせる人はいなくなった。略奪者であり看守であった夫は、死んだ。

わたしは娘にいくらでも食べさせた。わたしは母親だ。母親なら、子に食べ物を与えるのは当然だ。餓死はさせない。アフリカの貧しい子たちの母親だって、食料がふんだんにあれば子どもに与えるに決まっている。

やがて娘がどうなったかは、周知のとおりだ。娘は巨大になった。八十キロ、百キロ、百五十キロ。娘が起き上がることができなくなってからは、何年も量っていない。手に余る事態になる前にいまのマンションに移ったのは、賢明だった。丘の、前とは違う地域のきれいな住宅街にあって、窓から島と海を見ることができる。もっとも、寝たきりの娘はそのことを知らない。わたしは、窓からの眺望が気に入っている。

引っ越したおかげで、ときおり訪ねてくる友人や親戚に、娘は留学中だと偽ることができた。娘は減量して、きれいになったのよ。そう言って、用意しておいた他人の写真を見せた。ある時点から、子どものいる家族写真を見せるようになった。娘の夫、子ども、外国人の義両親を想像し、わたしの欲しかった、自分と娘の人生を作り上げた。

穿鑿《せんさく》好きの近所の女がいなければ、誰にも知られずにすんだことだろう。管理人は多額のチップに満足して、五階のアパートメントのなかになにがあるのか、見ようとしなかった。だが、悪臭は防ぎようがない。娘は起き上がることができないが、用を足さないわけにはいかない。わたしが掃除すべきだったが、年が年だし腰痛もあって、しばらく様子を見にいっていなかった。

でも、食べるものは手の届くところに置いておいた。娘がひもじい思いをしてはいけないから。

なぜ、ドアに鍵をかけておいたかって？　当たり前でしょう。娘を守るためですよ。悪党が忍び込んで襲わないように。山のように巨大でも、中身は小さな女の子です。

申し訳ないけれど、なにを責められているのか、まったく理解できない。わたしは自分の娘を守り、食べ物を与えていた。まともな母親なら、誰でもする。

わたしは運がよかった。男の子はいずれ離れていく。でも、わたしには娘がいる。

女の子がいる。


この街は女だ。

まだ疑っているなら、夜を待て。夜になれば、汚れてくたびれた仕事用の服を脱ぎ捨てて、きれいに装う。足元からはるか遠くまで、そして島々や岬にも幾千の光が瞬《またた》く。化粧をし、服を着てアクセサリーをつけ、外出する。

では、においはどうだろう。千変万化だ。ときには、いくら遠くへ逃げようと、有害な耐えがたい悪臭を重低音の音楽みたいにぶつけてくる。

女だから、いったん狙いを定めた相手を逃がさない。

そして待ち伏せして懐柔し、闇に引きずり込んで好きなようにいたぶる。

この街は女だ。


ぼくみたいな男子は、サッカーをしない。

こういうタイプはクラスにたいてい三、四人いて、いつも一緒にいる。陽気でのんきなほかの男子は屋外でスポーツをしてたくましく日焼けし、ガールフレンドを作る。それに引き換え、ぼくらはゲーム機やコンピューターが光る薄暗いところでキーボードやジョイスティックを操作し、ギターを爪弾き、ぼくらを見向きもしない学校の女子の誰彼について噂をし、ああしよう、こうしようと妄想の赴くままにあけすけな話をする。

不運は人々の結束を強くする。叶わない夢は不運中の不運だ。そして、これについて話していると、孤独を分かち合うことができる。

ぼくらオタクにはほかの連中には真似のできない共通点があって、それに惹かれ合ってともに成長していく。ニキビ、脂ぎった髪、分厚いレンズの近眼鏡、あえて流行をはずした服。シャツのボタンを上まできっちり留めること。涼風が立ったとたんにマフラーを巻くこと。オタクはひ弱なんだ。

成績は抜群にいい。口述試験のことではないよ。あがって声が裏返ったり、小さすぎたりするし、注目されるのが苦手だ。それに、ほかの子たちが青春を満喫しているあいだに何時間も勉強していると思われるのも嫌だ。だが、筆記試験はほぼ完璧だ。

ぼくらは四人グループで、全員がビデオゲーム、ヘヴィメタ（これはヘッドフォンをつけて大音量でかける）、数学、コンピューターサイエンスが好きだ。そして、深夜に起きてインターネットでポルノを探し、にやにやしながら情報交換をする。いっぽう母親たちは、教師との懇談会でみんなにうらやましがられる。

でも、ぼくらはみんなのことをうらやんでいる。

これが、ぼくらだ。バカにされ、からかわれ、廊下で転ばされ、スナックや本を盗まれても黙って耐える。これが、ぼくらだ。

だが、運命はときにぼくらにも光を当てる。想像するだけでも恐れ多いプレゼントをいきなりくれて禁断の光景を垣間見せ、状況を一変させる。ふだんぼくらは、夜は誰かの家に集まっておしゃべりをする。あとはせいぜい、仲間のひとりの耄碌《もうろく》した祖父のガレージで、ディスコにいるつもりになって土曜の夜を過ごすか、絶対に手に入らないものについて妄想する程度だ。

彼女はすごい美人だった。学校でもっともきれいな部類に入る。ほがらかでエレガント、輝く笑顔、息を呑むボディライン。

ガールフレンドに不自由しないサッカー少年たちも、夢中になった。教師たちは振り向いて彼女を見つめた。体育館のなかを歩いているときの彼女は、ファッションショウのモデルみたいだった。夢で見ることさえ、憚られた。

彼女は数学が苦手だった。

運命はときに奇跡をプレゼントしてくれる。彼女はEを続けて三回取った。数学の教師は干からびたオールドミスで、若くてきれいな子を目の敵にしているのだ。彼女はぼくらを頼ってきた。心の裡は読めている。宿題はいつもほぼ満点の惨めな四人のオタクくん。わたしのためにひと働きしてよ。家庭教師代を倹約したいの。

彼女は正しかった。千夜一夜の姫を連想させるあの口をにっこりさせれば事足りた。ぼくらはただちに、絶対にないと信じていた機会が訪れたことを悟った。

彼女は訊いた。一年を無駄にしないですむ程度になるまでどのくらいかかるかしら。彼女は補習なんか望んでいなかった。ぼくらと一緒に勉強して理解が進んだことを教師に知ってもらい、落第を逃れようという魂胆だった。

要するに、彼女が求めているのは、教師への口添えだ。それ以上でも以下でもない。干からびたオールドミスへの口添え。

うん、いいよ、とぼくらは答えた。

そして、長い時間をかけて微に入り細に入り空想していた夢を実行に移すときが来た。彼女はとにかく美しい。想像を絶する美人だ。こういう美女は、車と金があって少なくとも二十二歳になっている男としか、デートしない。

彼女はぼそぼそと説明した。両親は、今度の金曜にわたしがあなたたちと試験勉強をすると思っているの。それを利用して、夜はボーイフレンドと街の外へ遊びにいくわ。

例のガレージに準備をした。彼女はぼくらの臭くて汚い寝室よりも、こちらを好んだ。本、コンピューター、それに飲み物用の小さな冷蔵庫もある。彼女はいつもと変わらない様子でやってきた。きれいで、退屈していた。ブラジャーをつけずに、薄いカシミヤセーターを着ていた。ぼくらの親には、静かで勉強しやすい海辺のルカの家に行き、週末はずっとそこにいることにしてある。どこの親も、友だちとのつき合いが少ないことを心配していたので喜んだ。

シャッターを閉めると同時に、音楽を流した。それから彼女に襲いかかった。

ポルノで学んだすべてを実践した。ひとり、全員、ふたりとふたり、三人。ひとりが終わると、別のひとりが始めた。長いあいだ拒絶されてきたぼくらには、三日間では足りないくらいだった。

彼女には猿轡をしておいて、口を使いたいときだけ取って音楽のボリュームを上げた。悲鳴を聞くのはけっこう楽しかった。マルツィオの祖父は耳が聞こえないし、周囲に家はなかったしね。

彼女の体にはいっさい痕を残さなかった。彼女が話したとしても誰も信じず、成績も素行もいいぼくらにみんなが同情すると思っていた。そもそも、これで落第する心配がなくなったのだから、話すわけがない。

ところがバカ女は話し、警察がやってきた。

法医学検査が行われ、ぼくらはヤバいことになっている。

でも、いまは哀れみではなく恐怖を浮かべた目で見られるから、前よりもずっといい。

それにしても、黙っていればいいものを。話す前によく考えろって言いたいよ。

だが、ああいう人はなにも考えない。

女だから。

この街は女だ。夜になると数多の夢と数多の悪夢とのあいだに留まって、温かい寝息を吐いてまどろむ。矛盾を隠して、か弱く無防備なふりをする。

相手がようやく安心した瞬間、いきなり金切り声をあげてとがった爪をやわらかな肉に食い込ませて闇と光が渦巻く深淵に引きずり込み、希望や戻る手段を取り上げて狂気に追いやる。

この街は女だ。

第三十二章

パルマを除いた全員が、ロマーノのデスクを囲んでいた。遅刻してきたアラゴーナさえもが刑事部屋の重い空気を感じ取って、なにも訊かずに同僚に交じってデスクに置かれた二つの品をしげしげと眺めている。

ロマーノの妻の額入り写真、ペン皿、デジタル時計に囲まれる恰好で、よだれかけとピンクのベビー服が置かれていた。

「すてきな刺繡ね」オッタヴィアがつぶやいた。「なにかしら？　雌の仔犬？　かわいいわ」

「被害者を最初に雇った女性が刺繡を教えたのよ」アレックスが言った。「きっと手先が器用だったのね。とても上手」

病院から返却されたその二品は、証拠物件として保管庫に入れなければならない。だが、刑事たちは赤ん坊までもが一緒にしまわれるような気がして、ためらっていた。

「容態が急変した」ロマーノは全員に向かって話したのだろうが、実際は独り言に近かった。「今夜、手術をする。おれはずっと病院にいた。赤ん坊は生死の境をさまよっている」

顔を上げてロヤコーノを見つめる。

「母親を殺したやつは、赤ん坊を殺したも同然だ。クソったれを絶対につかまえてやる。あの子にはなんの罪もない。ほんの小さな赤ん坊だ。悪いことなんか、なにひとつしてないのに」

憑かれたような目をして、かすれ声を絞り出す。髪は汚れてぼさぼさで、無精ひげが顔色をいっそう悪く見せていた。

「家に帰りたまえ」ピザネッリが言った。「家に帰って、少し寝るといい。そんな状態では、誰の役にも立たないぞ。きみがしっかりしていてくれないと、困るんだ」

オッタヴィアもピザネッリを支持した。

「そのとおりよ。ここにいて悩んでいたってどうにもならない。あなた、三夜続けて病院で過ごしているのよ。実の父親でもできないわ。休まなくてはだめよ」

アレックスが空咳をして言った。

「ふたりが正しいわ、フランチェスコ。わたしが送っていくから、車はここに置いておくといい。あなたの家まで五分くらいだもの」

ロマーノは首を横に振った。

「いや、どうせ眠れやしない。ここにいたほうがましだ。なにか……なにか起きたときに……」

声を詰まらせて、顔をこする。

そのとき、数分前に来て刑事部屋のドアの陰にたたずんでいたパルマが声をかけた。

「帰れ、ロマーノ」ロマーノのところへ行った。「これは命令だ。しっかり仕事ができるようになるまで休んでから戻ってこい。きみは重要な戦力なんだ」

ロマーノは立ち上がった。

「重要？　冗談でしょう、署長。手遅れになる前に彼女を見つけることができなかった。おれは失敗ばかりしている。なにか欠けているんだ。おれの手は……」初めて見るかのように両手を見つめた。「おれの手は悪さばかりする」

「バカを言うな」ロヤコーノが言った。「そんなことはない。おれたちはチームだ。だからおまえの手はおれたちの手でもある。ないと困るんだよ。ちゃんと休んで、さっさと戻ってこい」

アラゴーナが顔をしかめた。

「それにさ、臭うんだよ。もともと衛生状態が悪いところへもってきてこれじゃあ、やってられない。せめてシャワーを浴びてもらいたいね」

全員が思わず吹き出した。アラゴーナが口をとがらせる。

「え？　なにかおかしなことを言ったか？　みんなだって、臭うだろ」

ロマーノはうなずいて、ベビー服とよだれかけに目をやった。

「署長、これは保管庫に入れないでください。いまはまだ」

パルマは重々しい口調で答えた。

「心配無用だ。入れないよ。赤ん坊の具合がよくなったら、寄付を募ってほかのものも揃えてやろう」

ロマーノが出ていくが早く、パルマはてきぱきと指示を下した。

「さあ、行動開始だ。ロヤコーノとディ・ナルドはクオコロの聴取。いくつも前科のある男だ。警察が来たことを察して逃げようとするかもしれない。注意してくれ。アラゴーナとピザネッリ副署長はオッタヴィアとここにいて、被害者の夫に関する情報が本部から届くのを待つ。ロマーノがいないあいだ、病院との連絡を頼みますよ、ジョルジョ。赤ん坊になにかあったら、すぐに連絡を」

ほかの刑事たちが出ていくのを待って、アラゴーナはオッタヴィアのところへ行った。

「シドを貸してくれてありがとう、おふくろさん《マンミーナ》。すごくいい子にしてたよ」

オッタヴィアは好奇心をそそられた。

「あら、そう? では、デートは成功したのね」

アラゴーナは心外そうに答えた。

「このマルコ・アラゴーナがデートに失敗するとでも? 落とすと決めた女は、必ず落とすに決まっているじゃないですか」

オッタヴィアはあきれ顔で頭を振った。

「でも、シドがいたから成功したんでしょう。そうそう、ジョルジョにちゃんとお礼を言いなさいよ。今朝、リッカルドが起きる前にシドはご機嫌で戻っていたわ」

アラゴーナが目をやると、副署長は低く口笛を吹きながら、古い自殺案件の写真を整理していた。

「うん、わかった。あのさ、もうひとつ頼みがあるんだ。友だちっていうか、知り合いが追突されたんだけど、相手のワゴン車は停車しないで逃げてしまった。ナンバーがわかっているから、誰の名前で登録されているかコンピューターで調べてもらえる？」

オッタヴィアは眉をひそめた。

「もちろん！　ここは当て逃げが多いのよ。どうせ保険会社が払うのになんで逃げるのかしらね。ナンバーを教えて。二、三調べることがあるから、そのあとやってあげる」

アラゴーナはオッタヴィアに紙片を渡した。ピザネッリは自分のデスクの前から動かずに、耳をそばだてて見守っていた。

小動物の失踪事件はピザネッリの好奇心を久しぶりに搔き立てた。事件は管区全体に及び、失踪したのは無防備で忘れられた存在の生き物だ。こうした野良の動物は、孤独で絶望し、さして経たぬうちに自分か他者の手で非業の死を遂げる地区の高齢者を連想させた。また、思い違いの甚だしい無礼で無知なアラゴーナが弱者を無視せずに思いやっていることを知って、驚いてもいる。

それにしても、自分の目で見たのでなければ、動物をさらう者がいるとは信じなかったことだろう。オッタヴィアの大切な犬をあわや失うところだったことを思い出して、背筋が寒くなった。あの足の曲がった黒い野良犬はワゴン車から逃げ損なったあと、どうなったのかと心配になった。

ふたり。動物をさらったのは、ふたり組だった。頭のおかしな単独犯ではなく、組織による犯行だ。組織は金を意味する。非常に興味深い。ワゴン車の所有者は何者だろう。

ピザネッリは口笛を吹きながら上着のポケットから手帳を出し、ページをめくってある電話番号を探した。

備えあれば憂いなし、である。

第三十三章

その前日、パルマは件《くだん》のドナート・クオコロについて、旧友のマフィア対策班指揮官に問い合わせを行った。前科を見ると、どこかの組織の中級または下級構成員と考えられた。

違法薬物の密売には常に犯罪組織が絡んでいる。となると、ベルナツカ殺害とその後の赤ん坊遺棄にこれまでとまったく違った光を投げかける。クオコロは、ベルナツカがセナトーレから退職金を受け取る際に同行した男と見てまず間違いなく、被害者との関係が明確になれば事件は新たな様相を見せるかもしれない。

旧友からの情報はパルマの推測を裏づけた。クオコロはやはり、スペイン地区を支配する組織の下級構成員だった。その役割は使い走り程度で、大物はこうした連中に小規模な取引は許すが、莫大な利益の絡む戦略を決定する場には参加させない。クオコロは理性を失いやすく女好きという欠点があるため、組織内で出世する見込みはなかった。

現場からは彼の指紋が検出されている。それだけでは逮捕できないが、ララを知っていて、彼女の家を訪問したことを証明するには十分だ。

ルンゴ・プラターニ通りは、交通量の多いまっすぐな幹線道路と広場とのあいだにある長い《ルンゴ》とは名ばかりの狭い路地だった。車で入るのは無理なため、アレックスに駐車を任せて、ロヤコーノはひとりでクオコロの居住する十二番の建物へ向かった。

二つの目は四つの目に劣る。そのため、目的地までの半分ほどを進むあいだに、一軒の貧民《バッソ》の家の外で椅子にかけて新聞を読んでいる老人と、その正面のベランダで洗濯物を干している女とが交わした目配せに気づかなかった。さらには、そのあと短パンとTシャツ姿の少年が路地を駆けていったのも見逃した。

一瞬の油断が災難を招くことになった。

ロヤコーノの前方で妙な光景が展開した。若者ふたりがスクーターに相乗りして走り去り、そのスクーターから落ちた小さな包みを先ほどの少年が拾い上げて、アパートへ入っていく。少年のあとを追うと、入口に十二と番号が記されていた。なかに入ったところ、真っ暗でなにも見えないなか、足を突き出された。前のめりに倒れる寸前に腕を顔に当て、衝撃をやわらげた。目の前の急な階段を駆け上がっていく音が聞こえた。

ロヤコーノは立ち上がって怒鳴った。「警察だ！　止まれ！」たちどころに一戸のドアが開き、肥満体の老婆が出てきて方言でわめき、進路を阻む。ロヤコーノはあっという間に野次馬を装って出てきた住人に囲まれた。

野次馬を押しのけて階段のてっぺんに着くと、金属製のドアがいまにも閉まろうとしている。ドアの隙間に足をこじ入れて強烈な衝撃に悪態をつき、屋上に出た。

まぶしい陽光に目を細め、足を引きずって平らなアスファルト屋根の上を進んだ。テレビアンテナが数本、干したシーツ、捨て置かれた家具。物音はしなかった。住民たちは役目を果たして家に戻ったのだろう、背後で聞こえていた騒々しい声も止んだ。

銃を抜きかけたが、先ほど顔をかばった腕がしびれていて指先の感覚がなかった。あきらめて目を凝らし、逃亡者の痕跡を探した。

なにもない。逃亡者は跡形もなく消えてしまった。

屋根伝いに逃げたに違いない。周囲を見まわした。ルートを知っていれば簡単に逃げられる。走り去ったスクーター、包みを拾い上げた少年が頭に浮かんだ。どうやら違法薬物を配達している最中に行き合わせたらしい。

あーあ、とため息をついた。そのとき、シーツの陰からにゅっと出た拳骨が右目に命中した。ロヤコーノは尻もちをついた。

目の前に星が飛び、なにも見えず、なにも聞こえず、一瞬なにが起きたかわからなかった。経験したことのないすさまじい痛みが、頭のなかで爆発した。

気がついたら、仰向けになって太陽を見上げていた。男が胸に馬乗りになって、なにかを振り上げている。大きなレンガだ。頭を殴る気だ。

いいほうの目を細めて襲撃者の顔を見ようとしたが、まぶしい太陽が邪魔をする。おれは死ぬ。マリネッラにラウラのことを話さないうちに、死ななければならない。

突然、銃声が轟いてレンガが砕け散った。ささやきに近い静かな声が聞こえた。

「動くな。じっとして。さもないと、今度は額を撃ち抜くわよ」

ロヤコーノはどうにか頭を動かした。屋上に出るドアの横にアレックスの華奢な姿があった。足を踏ん張って両手で構えた小型の銃から、細い煙が立ち上っている。馬乗りになって両手を高く挙げている男に視線を戻した。「おまえ、ドナート・クオコロだな」

そこで意識が途絶えた。

第三十四章

ピザネッリはアラゴーナが昼休みに外出するのを待ってオッタヴィアのところへ行き、適当な口実をこしらえてワゴン車の持ち主を聞き出そうとした。だが勘の鋭いオッタヴィアに問い詰められて、洗いざらい白状した。

「つまり、こういうこと?」オッタヴィアは言った。「わたしがなによりも大切にして愛しているシドを借りたのは、動物の生体解剖をしているかもしれない異常者をおびき出すおとりにするためだった」

オッタヴィアはかんかんだ。ピザネッリは、面目ないとうなだれた。

「いや、違う」もごもごと弁解に努めた。「少しも危険はなかった。すぐそばで、アラゴーナと見張っていたんだよ。シドを危ない目に遭わせるわけがないじゃないか。それに警官の飼い犬は警察犬と同じようなものだ。ほら、シェパード犬刑事レックス（オーストリアの人気テレビドラマ〝レックス〟の主人公である犬）みたいにさ」

オッタヴィアは両手を握り締め、署長室にいるパルマの耳を憚ってささやき声で責めた。

「シドがレックスの役をしなければいけないって、誰が決めたの？　まったくもう、信じられない。なにかあったら……リッカルドにどう説明したらいいのよ。ジョルジョ、頭がどうかしたんじゃない？　愚かな真似はアラゴーナの専売特許だと思っていたのに、あなたまでが……その年で……」

ピザネッリが抗議する。

「おいおい、年の話はやめてくれ。それに、なにも起きなかったんだ。いや、起きなくはなかった。管区の動物がさらわれているんだよ。野良か、野良と思《おぼ》しき動物が。さらったあとどうしているのかは、不明だ。この件を最初につかんだのがアラゴーナだからといって、放っていいことにはならない。そうだろう？　だから、頼む。ワゴン車の持ち主を教えておくれ」

オッタヴィアは険しい顔で唇を嚙み締めていた末に、キーボードを叩いた。

ある会社の名がモニター画面に現れた。

インターネットで少し調べた結果、詳細がある程度判明し、ふたりは怖気をふるって顔を見合わせた。

その後、オッタヴィアはネットでの調査を続けた。

ピザネッリは楊枝で歯をせせりながら戻ってきたアラゴーナに目配せして、先に記録保管室へ向かった。少しして、アラゴーナがやってきた。

「なんですよ、目配せなんかしちゃって？　ホモだと思われたら嫌だな」

副署長はアラゴーナの腕をつかんだ。

「外の通りまで聞こえるじゃないか。オッタヴィアの耳に入ったらどうする。シドを借りたほんとうの理由がばれたら、ただではすまないぞ」

アラゴーナは頬をぽりぽり掻いた。

「はいはい、それで？」

「オッタヴィアのデスクをこっそり見たら、例の車体に虎の絵が描かれたワゴン車の登録者がわかってね。だが、あとでオッタヴィアが教えてくれたら初めて知ったふりをするんだぞ」

アラゴーナはぽかんとした。

「いいですよ。そういうのは得意だから。だけど、なんだってこんなところでホモの真似をしているのか、理解できない」

ピザネッリはしびれを切らした。

「きみがぼろを出さないためだろうが。友だちの車に追突した人物を知りたいという口実でオッタヴィアに調査を頼んだのを忘れるな」

「〝野生のジャングル〟という有限会社だった。本社はミラノの冴えない会計事務所。さて、これはなにをする会社かな？」

アラゴーナはあっけに取られて、青いサングラスの奥で瞬《まばた》きした。

「ちぇっ、まいったな。今度はテレビのクイズ番組ときた。そんなの、わかるわけないや、大《プレ》統領《ジデンテ》」

ピザネッリはにんまりした。

「答えはサーカス。サーカスの興行だ」

ふたりが沈黙すると、アラゴーナの脳みそが虚しく回転する音が聞こえてくるようだった。

「つまり、野良犬や野良猫を集めてサーカスの見世物にする？　ふうん、そんなの成功するかな」

ピザネッリが頬をふくらませる。

「いや、そうではない。このサーカスは数日前、一週間の興行をする予定で街の外にテントを設営した。客の入りはよくないけどね。それはともかく、見世物用の動物はいる。猛獣も含めて」

アラゴーナはまったく呑み込めない様子で、口を半開きにして見つめるばかりだ。

「だったら、野良の小さな動物をなにに使う。小さければ餌代は節約できる……げっ！　まさか……」

やっとわかったか、とピザネッリは微笑んだ。

「そのまさかだよ」

アラゴーナはよろよろと壁にもたれた。

「行かなくちゃ。いますぐ、止めてやる」

「待て、アラゴーナ。ひとりで対処するのは無理だ。相手は性悪な連中だ。用心してかからなければならん」

アラゴーナは、厚底靴も含めた一メートル七十センチの身の丈をまっすぐ伸ばした。

「いや、大統領、忠告はありがたいけど、これはおれが始めたことだから、ひとりでやり遂げる。あのクソいまいましいガキはおれを頼りにしている。正式に被害届を出したわけではないし、移民で未成年だけど、おれを頼ってきた。法を信じる気持ちを失わせるわけにはいかない。そうだろう、大統領？」

ピザネッリは説得を試みた。

「危険だ、マルコ。わたしが武装してきみと――」

「それにさ、ジェイソン・ラッシュは危険を前にしても尻込みしない。絶対に」

ピザネッリは目をぱちくりさせた。

「ジェイソン・ラッシュ？　何者だ」

アラゴーナは優越感を滲ませて笑った。

「やっぱりね。〝フィラデルフィア・コード〟を見たことがないんだ。高齢者向けではないもんな。心配してくれるのはありがたいけど、大丈夫。任せてください。それより、このことは他言無用ですからね」

ピザネッリは若さゆえのヒロイズムに感じ入って、渋々うなずいた。

「そうか、しかたがない。だが、作戦はあるのかね？」

アラゴーナは下唇を噛んで考え込んだ。それから言った。

「ごく単純にやる。勤務が終わったら現地へ行く。サーカスの近辺に隠れてあたりが静かになるのを待ち、動物の立てる物音を頼りに闇に紛れて近づく。動物を何匹も一緒にしておくとかなり騒々しいから、簡単だ。そして、やつらの不意を襲って徹底的に追及してやる」

ピザネッリはうなずいた。

「なるほど。だが、今夜は興行があるから、ふだんより警戒しているだろう。あしたの夜がいい。片がついたら、教えてくれるね？」

アラゴーナはピザネッリの気遣いに感激して、腕をきつくつかんだ。

ちょうどそのとき、トイレから戻る途中のパルマが通りかかった。ちらりと横目で睨んで嫌味を言う。

「いいかね、最近は警察でさえ、なんでも受け入れる。こそこそする必要はない。きみたちの関係をおおっぴらにしたまえ」

互いに慌てて飛びのくふたりを尻目に、パルマは大笑いして歩み去った。

第三十五章

アラゴーナは耳を疑った。

「十メートル離れたところから二二口径でレンガを木っ端みじんにした？　それも、たった一発で？」

捜査班の全員が、また顔を揃えていた。ロマーノもシャワーを浴びてひげを剃り、清潔な服に着替えて戻っていたが、目には疲労が現れていた。いや、疲労ではなく悲哀かもしれない。

アレックスは弁解でもするかのように、小さな声で言った。

「大きなレンガだったのよ」

アラゴーナは両腕を大きく広げた。

「きみは超人だ、アレックス！　オリンピックに出るべきだ。そして金メダルを獲る。いいな？」

「いくら大きなレンガだって」オッタヴィアが言った。「二二口径で確実に当てられるのは、せいぜい三メートルか四メートル先よ。六メートルなら、まず当たらない。十メートルなら、予測不能。北を狙ったら弾は南って具合。いったい、どうやったの？」

アレックスは署長室の閉じたドアを盗み見て、肩をすくめた。

「ラッキーだったのよ。それに、ああするほかなかった。動くな、と警告するだけだったら、あいつは仰向けに倒れている警部にレンガを振り下ろしていた。別の銃を持っていてよかった。制式銃を出していたら、間に合わなかったわ」

「それで、警部は医者に診てもらったのか?」ロマーノが訊く。「顔色が悪かった。それに失神したんだから――」

ピザネッリは首を横に振った。

「いいや。シチリア人は強情だというのは、ほんとうだな。なんともない、娘を無用に心配させたくない、と言い張って聞かないんだよ。そしてなにか思いついたらしくて、最初にパルマとふたりきりで話し、そのあと容疑者を署長室へ連れていった。かれこれ三十分になるな」

「たいした怪我はしなかったもの」アレックスがつけ加える。「片目に青あざができて、数ヶ所擦りむいた程度よ。あとで救急室へ行って診てもらうと約束してもらった」

すみません、と男が刑事部屋の戸口に顔を覗かせた。ブルーのスーツに白のワイシャツ、濃紺のネクタイ、きっちりとうしろへ撫でつけた髪、眼鏡。隙のない身だしなみだ。年恰好は五十絡み。

「こんにちは。若いウクライナ人女性が面倒を起こした件ですが、担当している人を教えてもらえませんか」

ロマーノが立ち上がって男のほうへ行った。

「『面倒を起こした』なんて、そんなふうに言っちゃいけない。ま、とにかく話を聞きましょう。ええと、おたくは……」

「弁護士のヌビラ、ファウスト・ヌビラです。警官が家に来たと妻が――」

アレックスが話に加わった。

「ええ、わたしが伺いました。奥さんはどうなさっています？」

ヌビラ弁護士は力なく首を横に振った。

「あまり具合がよくなくて。妻はとても感じやすい質でしてね。映画を見ていて涙を流すほどなのに、現実にこんなことが起きるともう……きのうから泣きっぱなしですよ。ララはわたしたちにとってまるで……わたしたちには子どもがいないので……」

アレックスはうなずいた。

「ええ、奥さんも同じことをおっしゃっていました。こちらでなにか、お役に立てることはありますか」

ヌビラは当惑顔で周囲を見まわした。

「そうですね……じつは妻が赤ん坊のことをとても気にしていてね。きのうの朝、ニュース番組で捨て子の赤ん坊がララに関係があるかもしれない、赤ん坊はいまだ入院しているが容態は不明と聞いたものだから。わたしたちは金に不自由していないし、ララをとても気に入っていて……妻はとくに……そこで赤ん坊に援助をしたくて……たとえば遠方の病院で手術が必要といった場合など、いつでも費用を負担しますよ」

ロマーノとアレックスは言葉を失って顔を見合わせた。少し間を置いてロマーノが言った。

「なんとまあ、親切な。あの子はおれが見つけたという事情もあって、病院と頻繁に連絡を取っています。残念ながら予断を許さない状態ですが、なにか必要になったらお願いします。病院でとてもよく面倒を見てくれているし、信頼のおける担当医がついているので安心してください」

ヌビラはロマーノのデスクにまだ置いてあった、よだれかけとベビー服に目を留めた。心を動かされたのだろう、下唇が震え始めた。

「妻があの娘に刺繍を教えたのですよ。妻は刺繍にかけては極めて優秀ですが、ララも上手だった。理想的な弟子だと、クリスティーナは何度も話した。この刺繍はあの娘がしたのでしょう？　哀れなララが」

「座ったほうがいいんじゃありません？」アレックスが勧めた。

ヌビラは一瞬どこにいるのか忘れたように、アレックスを見つめた。いや、けっこうと首を振って言った。

「妻がララの夫のことを話したでしょう？　ララはかわいそうに、すっかり狼狽していました。ララを捜して、わたしたちのところまで来たんですよ。建物の入口まで。ガードマンを雇うことまで考えたのですが、二度と来ないから必要ないとララに断られて。ところが、結局夫から逃げるためにうちの仕事を辞めた。辞めなければこんなことには……やはりガードマンを雇っていれば……ララが亡くなったのは、わたしたちのせいかもしれない」

「そんなふうに言っちゃいけない」ロマーノは先ほどの言葉を繰り返した。「それに、夫は無関係だった可能性がある。いま捜査をしている最中です。犯人は必ずつかまえますよ」

「家に帰って、奥さんを安心させてあげてください」アレックスが口を挟む。「なにか必要になった場合は、必ずお知らせします。夫についての手がかりはまだありませんが、目撃したのは奥さんだけなので、面通しをお願いするかもしれません」

ヌビラは険しい面持ちになった。

「あいつが犯人に決まっている。ララの目に恐怖が現れていることに、わたしも妻も気づいた。夫に会ったあと、恐れおののいていた。間違いない」

第三十六章

パルマ署長は鉛筆でコツコツとデスクを叩きながら、むっつりと考え込んでいた。その向かい側には、手錠をかけられたクオコロとロヤコーノが座っている。

ロヤコーノの片目は周囲が青紫色に変色していた。

パルマはクオコロを睨みつけた。

「ロヤコーノ警部は、きみをアパートから連れ出す際に転倒したと主張している。玄関ホールの電球が切れていて薄暗かったため、階段でつまずいたそうだ……スペイン地区ではこうして電球が切れているのは、珍しくないらしい。妙なことだ……とにかく、きみは抵抗しなかった。

つまりきみは、違法薬物が自宅で発見されたために手錠をかけられ、そして起訴される」

クオコロの目にはなんの感情も現れていなかった。骨ばった顔立ちで深い眼窩《がんか》に黒い瞳、豊かでつややかな黒髪。魅力がなくはない。

パルマは言葉を継いだ。

「だが、わたしの見解はこうだ。きみは逃走を試み、逮捕に抵抗して警部を殴った。それ以上の暴力を振るわなかったのは、ディ・ナルド刑事がきみの持っていたレンガを銃で粉砕したからにほかならない。あいにく証明は不可能だ。何者かがのちに薬莢を拾って隠してしまったらしいのでね。それに、きみが自ら宝探しの案内役を買って出て、違法薬物を見つけたと聞いている。コカインが四百グラム——少量とは言えない」

クオコロは無言だ。署長は続けた。

「現場にいたのはロヤコーノだから、彼の言い分が通るだろう。だが、まだ話を聞いてないディ・ナルド刑事に確認したうえで、ロヤコーノ警部を説得して真実を聞き出すこともできる。では、なぜここでこうしているのか? なぜ、検事が来ていないのか? なぜ、きみはポッジョレアーレ刑務所で旧友たちと再会を果たしていないのか? 理由がわかるかね?」

これはロヤコーノが署長に頼み込んだ作戦だった。署長は最初、ただちにピラース検事補に報告して、前科ある身での密売目的での相当量の違法薬物所持、警官への暴行致傷、逃亡未遂の重罪で起訴する手続きを開始することを望んだ。しかし、そうすればクオコロは弁護士を要求し、裁判が始まるまで沈黙を守るだろう。結果、ララに関する重要な情報を得られなくなる。

そこでロヤコーノは再考を促した。

前科者は警察に対して不信感を抱いている。まずはそれを払拭《ふっしょく》しなくては、とロヤコーノは主張した。こちらの欲しい情報は、クオコロから聞き出す以外ない。そのためには、青あざのひとつや二つ、安いものだ。苦笑いしてそうつけ加えたのだった。

「言い換えれば」パルマが再び口を開く。「きみは弁護士を呼ぶこともできる。その場合こっちは検事に報告してしめしめとほくそ笑み、きみは先ほど話した罪状をすべて背負って塀のなかへ送られる。証人はいくらでもいるし、きみには前科がある。無料のバカンスが十年は期待できるな。もしくは、いまここでいくつかの質問に答え、四百グラムのコカインを所持していた罪のみで刑務所に入る。状況を考えれば、軽いものだ。さあ、どっちか選べ」

クオコロはずっと無表情だ。ロヤコーノのほうを見ようともしなかったし、ロヤコーノもそっぽを向いている。まるで兄弟みたいだ、とパルマは思った。片方は手錠をかけられ、もう片方は目のまわりにあざを作っているという違いはあるけれど。

クオコロはようやく心を決めて言った。

「あとでほかの罪状を持ち出さないという保証がどこにある」

パルマがデスクを叩きつけ、鉛筆が転がり落ちた。

「ふざけるな！　取引できる立場ではないだろう。ロヤコーノ警部の言葉がなければ、とっくに刑務所に放り込んでいた。今度は鍵を捨てさせるぞ！　さっさと決めろ。取引を白紙にしてもいいのか」

不意にクオコロはにやりと笑った。笑うと、ずいぶん若く見える。

「なあ、署長さん、そんなに怒り狂わなければ、罠だと思うところだったぜ。いいだろう、わかった。だけど、ひとつ条件がある。密告はごめんだ。仲間の誰かの情報が欲しいなら、さっさと弁護士と検事を呼んだほうがいい」

パルマは、きみのせいでこんな立場に追い込まれた、と責めるような目でロヤコーノを見た。それからクオコロに向き直った。

「いや、きみの仲間に興味はない、いまのところは。もっとも、遅かれ早かれ一網打尽にしてやる。その前に仲間どうしで殺し合って全滅しているかもしれないが。とにかく、興味はない。さて――」

一分後、ロヤコーノはクオコロを連れて刑事部屋に戻り、並んだデスクのあいだに座らせた。パルマはオッタヴィアに手短に指示をして、誰も刑事部屋に通してはならないことを警備のグイーダに伝えさせた。受話器を置いたオッタヴィアが同僚たちのほうへ向き直ったところで、話し始めた。

「シニョール・ドナート・クオコロが何者であるか、諸君は知っているな。ディ・ナルド、きみは午前中にありがたくも遭遇した。彼は自らの意思によって、われわれの質問に答える。まずはわたしが質問する。家事手伝いを職業とするラリーザ・ベルナツカというウクライナ人女性を知っているか?」

予期せぬ質問だったのだろう、クオコロの目が一瞬光った。時間稼ぎを試みた。

「誰だって？　ちょっとわからないな。ウクライナ人の女は大勢知ってるけど」

その顔に浮かんだ薄笑いを見て、ロマーノの怒りが爆発した。

「殺されたのはひとりしかいないだろ、バカ野郎。おまえが殺したんじゃないか？　死者に敬意を払って、真面目に答えろ。それとも、ぶん殴られたいか？」

こいつは本気だ。クオコロはただちに悟った。脅しを実行に移したら、誰にも止めることができないだろう。それに検事を呼んでいないところを見ると、殺人容疑をかけられているのではないらしい。

口調を変えた。

「ああ、ララなら知ってる。友人だ」

「いつから？」と、オッタヴィア。

「一年以上前だ。名前は忘れたが、彼女がポジリッポの弁護士の家で働いていたとき、土曜の夜にディスコで初めて会ったんだ。彼女は女友だちと来ていた」

「友だちの名前は？」アラゴーナが訊く。

「覚えてない。そのとき会ったきりだ」

「ララとはどんな関係だった？」これはロヤコーノ。

「ララは美人だった。おれはひと目で気に入った。話をして、ビールを奢った……何度かデートをしたし、寝たこともあるけれど、恋人にはならなかった。友だちになったのさ。彼女は賢かった。ものすごく。話していると楽しかったよ」

「だけど、あなたは結婚しているんでしょう？」アレックスが言った。

「だから？　女房は女房だし、ガキだっている。そいつはまったく別の話だろ。女なんてとっかえひっかえさ。でも、ララは違った。友人だった。なにか頼まれれば、いつだって力を貸していた」

「なにを頼まれた？　金か？」ロマーノが質問する。

クオコロは首を横に振った。

「いいや、一度も。金を無心されたことは一度もない。そりゃあ、デートのときはおれが払ったけど、自分で使うための金を借りたいとか欲しいとか頼まれたことはない」

アラゴーナは納得がいかなかった。

「だけど、彼女は何ヶ月か仕事をしていなかった。そのあいだ、どうやって生活していたんだろう？　それに最後に住んでいたマンションの家賃は目玉が飛び出るほどだぞ」

「おれだって知らないよ。とにかく、金銭的な援助を頼まれたことはない」

「だったら、どんなことを頼まれた？」ロマーノが再度訊く。

クオコロは考え込んだ。

「そうだなあ、たとえば家探し。彼女はこの界隈が気に入っていたんで、知り合いの不動産屋を二軒ばかり紹介してやった。だが、選んだのは彼女だ」

「しょっちゅう会っていたのかね？」と、ピザネッリ。

「うん、まあな。足りないものがあるといけないだろ。赤ん坊が生まれるんだから」

「きみの子か？」

クオコロは仰天して目をみはった。

「まさか、冗談じゃない。夢でもあり得ない。なんなら、検査したってかまわないぜ。関係があったのは、最初のうちだけだ。初めてできた女友だちだった。ララは……ふつうの女とは違った。そりゃあ最初は……すごくきれいだったからやっぱり……だけど、とにかく友だちになったんだよ」

ピザネッリが追及する。

「だったら、誰の子だ？」

「知らないよ。訊いたけど、彼女は言いたがらなかった。にっこりして、こう答えたんだ。そんなことは考えないで。わたしだけの秘密よ。それに正直なところ、どうでもよかったし」

「彼女が殺されたとき、どこにいた。きっと、女房子どもと家にいたんだろうよ」ロマーノが当てこする。

クオコロは皮肉を聞き流した。この警官はどことなく恐ろしい。

「いや、街にはいなかった。プラハへサッカーの試合を見にいっていた。出発したのは金曜で、挨拶に寄ったときララは元気だった。戻ったのはきのうだ。飛行機のチケットだとかホテルの予約券が取ってあるし、一緒に行った友だちや、おれがよく行く熱狂的ファン御用達クラブの名前を教えてやってもいい。サン・ガエターノ署のあんたらの同僚ふたりもいたな」

「えーっ、マジで？」アラゴーナが目を丸くする。

クオコロはにんまりした。

「熱狂的ファンってのは団結心が強いんだよ。ララが死んだことはこっちに戻ってきて知った。手を下したゲス野郎がどこのどいつにしろ、おれがいなくなるのを待っていたんだ」

「犯人に心当たりは？」ロヤコーノがぼそっと訊いた。

深い悲しみの翳がクオコロの顔をよぎった。

「いや、見当もつかない。ララは気立てがよく、それにいつもにこにこしていた。見ているおれまで、うれしくなったもんさ。そういうことって、滅多にないだろ、警部。こっちを夢中にさせる女、結婚してもいいと思わせる女なら出会うことができる。だけど、話をしたくなる女、こっちが口に出す前に気持ちを理解してくれる女は滅多にいない。こういう女を殺すとしたら、心底惚れ込んでいるのにすげなくされた場合だろうな」

アレックスが訊く。

「ララは誰かについて話したことがある？　たとえば――」

クオコロはかぶりを振って否定した。

「ない。ララに敵はいなかった。そもそも、出産間近の女を誰が殺す？」

パルマとロヤコーノは目配せを交わした。クオコロは事件の起きた正確な日時を知らない。さもなければ、出産したばかりの女と言う。むろん裏は取るが、ふたりともクオコロの無実をほぼ確信していた。

ロマーノはあきらめなかった。

「つきまとわれている、しつこく口説かれている。そんな話をしたことは？」

クオコロは思案した。

「しばらく会わない時期があったけど、ヴォメロ地区の技師の家に住み込んでいたときはそいつに迫られた話をしていた。バカな野郎だ、すっかりのぼせていたらしい。ふたりでさんざん笑ったよ。そのあと、仕事を辞めたんだ、妊娠しているせいで疲れやすくなったし、腰も痛くなったから。退職金を受け取りにいくから一緒に来てくれと頼まれたんで、もちろん行ったさ」

「そのとき、いざこざは？」

クオコロは思い出し笑いをした。

「あいつときたらすっかりびびっちまって、おれの顔をまともに見ることもできなかったんだぜ。すごく丁重だった。ララのことをお嬢さん《シニョリーナ》なんて、呼んでさ。夜は部屋に鍵をかけて寝ていたって、ララは話していたけどな。だけど、あいつは犯人じゃない。たしかにララに下心を持っていたけど、あいつは腰抜けだ。人殺しをする度胸があるもんか」

度胸がなくても人は殺せる、とロマーノは思った。いや、度胸がないから殺すのだ。臆病な卑怯者だから殺す。即座に心の声が言った。それに引っぱたくんだろう？　女房に手をあげるんだよな？　それは度胸か、恐怖心か？

質問を続けた。

「友だちだったなら、彼女はほかの男のことを話したんじゃないか？　男がいるとか、誰とヤッたとか」

下卑た言葉遣いに、誰もがいささかたじろいだ。

クオコロは厳しい面持ちで返答した。

「さっき話したように初めのうちはデートを楽しんでいたけど、そのあとしばらく会っていなかった。そしてある夜、映画館でばったり会ったんだ。彼女はひとりで来ていた。仕事を変え、妊娠していた。そのときだよ。いろいろ話をして、友だちになったのは。彼女は誰ともつき合っていなかった。それ以前のことは知らないし、赤ん坊が誰の子だったのかも知らない。そんなことよりも刑事さん、ララは殺されたんだよ。その言葉遣いはないんじゃないか?」

手錠をかけられた前科者にたしなめられて、ロマーノは赤面した。違法薬物を密売する札付きのワルではあるが、言い分は筋が通っている。

ロマーノは動揺を押し隠して確認した。

「では、誰かを紹介されたことはないんだな?」

「そうは言ってない」クオコロは落ち着き払って言った。「亭主のナザールを紹介された。それで、働き口を見つけてやった」

刑事たちは顔を見合わせた。ロマーノはパルマに言った。

「いやはや、あきれた野郎だ。被害者と関係のあった男について何度も質問したのに、いまになってやっと亭主を持ち出してきた」

クオコロはびくともしなかった。

「ナザールとララは一緒に暮らしていなかった。故郷《くに》にいるときに別れて、何年も会っていなかったし、互いの消息も知らなかった。亭主はイタリアに到着すると、必要に駆られてララを捜し出した。で、ララはおれに仕事探しを頼んだ。それだけのことさ。あきれるもなにもないだろ」

「ナザールについて話してくれ」

ロヤコーノはおだやかに言った。「最初から頼む」

「話すったって、ろくに知らないんだよ、警部。紹介されたのは、ララとつき合って間もないころで、こう頼まれた。ドナート、手を貸して。夫がウクライナから来たの。仲間四人とひと部屋で寝起きして、働き口を探している。真面目な人だから、決して迷惑はかけない。そこで会ってみたら、実際にいいやつだった。でかくてごついが童顔で、見せかけでなくにこにこしていて、やる気があった。だから、工事現場の監督をしている友だちに紹介してやった。そこで石積み工を三ヶ月くらいやったあと、おれの……仲間のディスコで用心棒になった。いまもそこで働いているよ。真面目だからな、うまくいっているみたいだ」

ロマーノが当てこする。

「つまり、おまえのお仲間はナザールを重宝していて、出世街道を歩ませているんだな。最初はディスコの客、次は学校の外で若者たちに少量の薬物を密売し、やがては大きな取引をするって寸法か。そりゃあ、やる気も出るだろうよ」

クオコロは歯ぎしりしてロマーノを睨みつけた。

「同僚に囲まれて、手錠をかけられた男を前にしているとずいぶん大口を叩くもんだ。感心したよ。訊かれたから答えてやったんじゃないか。気に食わないなら、ほかのやつに訊けばいいだろ」

ロマーノが一歩詰め寄った。アラゴーナがクオコロとのあいだに割って入る。

「かまうな、ハルク。こいつはどうせ刑務所行きだ。手を汚すことはない」

ロヤコーノは何事もなかったかのように質問を続けた。

「彼の住処は？　ララが死んだことは伝えたのか？」

クオコロは肩をすくめた。

「いや、住処は知らない。それに、ナザールに最後に会ったのは二ヶ月くらい前、ディスコに遊びにいったときだ。歓迎して、ビールを奢ってくれた」

オッタヴィアはコンピューターに入力する手を休めずに訊いた。

「なんというディスコ？」

「〈ブルー・ムーン〉。丘の上のほうの地区にある」

このくらいで十分だ、とパルマは判断した。

「よし。約束は守るぞ。アレックス、アラゴーナ、客人を部屋に案内してくれ。クオコロ、言うまでもないが、必要とあれば何度でも来てもらう。いいな？」

クオコロはうなずいた。

「ああ、わかった」それからロヤコーノに話しかけた。「さっきは悪かった、警部。条件反射ってやつで、つい逃げたんだ。なあ、ララを殺したクソ野郎を絶対につかまえてくれよ。立証できないときは、正体を教えてくれたらおれが始末をつける。彼女は最高に心がきれいだった。あんなふうに死んでいいわけがない」

第三十七章

クオコロがアラゴーナとアレックスに連れていかれると、パルマは今後の方針を示した。

「いくらか見通しが立ってきたな。言うまでもなく、クオコロのアリバイの裏を取る必要がある。これはオッタヴィアに任せるから、サン・ガエターノ署のサッカー好きの連中に、非公式に訊いてもらいたい。ついでに、これもあくまでも非公式にだが、遠征試合の応援に行く際の連れは慎重に選べと忠告してやるといい。気づいたのがわたしたちピッツォファルコーネ署のろくでなし刑事たちだったから、まだよかった。それから、例のディスコへ今晩行って、被害者の夫が実際に働いているか、確認する」

オッタヴィアがつけ加える。

「署長、クオコロの聴取の最中に本部からメールが来ました。ウクライナ警察によると、ナザール・ペトロヴィッチは消息不明。不明になった時期はわからない。こちらのつかんだ情報が正しければ、少なくとも一年前に誰にも知られずに出国したことになるわ」

ピザネッリが肩をすくめる。

「別に妙でもなんでもない。悪いことをしていないなら、捜す必要はないからね」

「いつ出国したにしろ」オッタヴィアは続けた。「到着後の記録は皆無よ。つまり、ララと違って故国でビザを申請したり、こちらで滞在許可を取ったりしていない」

パルマは頬を掻いて思案した。

「ということは、おそらく自分に近づいてくる者を警戒している。逃げようとするかもしれないな。要注意だ。誰が行く？」

「おれが行きます」ロヤコーノが志願した。

「冗談じゃない」パルマは首を横に振った。「きみはさっさと家に帰ってベッドに入り、ステーキ肉を目に当てて休むんだ。気分がよくなったら、出てきてくれ」


ロヤコーノは表情を変えずに言った。

「いや、署長、おれが行く。この事件のことは、最初から追っていたおれが一番よく知っている。心配無用ですよ。どこも具合は悪くないし、この目だって海賊みたいで迫力がある。ロマーノと行けば、今朝のアレックスみたいにお守りをしてくれるだろうから安心だ」

「うん、喜んで」ロマーノは唇の隅に笑みを浮かべて言った。「坊やのお守りをしてやるよ」


パルマは両腕を大きく広げた。

「しかたない、わかった。ただし、いまは家に帰って少し休め。夕食後に落ち合って行くといい」

さて、目のあざや、足を引きずっていること、いまだにしびれている右手についてどう説明したものか。ロヤコーノは、マリネッラがショックを受けない方法をさんざん考えたが、徒労に終わった。

家に帰ると、マリネッラはテーブルの前で黙りこくっていた。レティツィアもいる。レティツィアに会うのは久しぶりだ。ある夜レティツィアは、アパートの上階に住む青年とデートをするマリネッラに頼まれて、彼女が自分の店にいると偽った。それを知って激しい口論をして以来だ。最初の怒りが収まったあと、いくらか信頼度の減った娘とは仲直りをしたが、この街に来て初めてできた、そしておそらくはただひとりの親友とのあいだには修復不可能なまでのひびが入った。

なんでレティツィアがここに？　それもおれが帰宅するはずのない時間にいる？　ロヤコーノは大いに面食らった。

マリネッラが勢いよく立ち上がって叫んだ。

「ひどい怪我じゃない、パパ！　なんで病院に行かないの？　パパを殴ったやつは刑務所にぶち込まれたんでしょうね？」

ロヤコーノはあんぐりと開けていた口をいったん閉じた。それから言った。

「もう知っていたのか。誰から聞いたか想像がつく」

今度はレティツィアが立ち上がった。地味な色合いの服を着ているが、最上の料理とともに彼女の店の目玉になっている、すてきな肢体の魅力は伝わってくる。背中に垂らした長い黒髪、整った目鼻立ちを引き立てる薄化粧。こんなにきれいだったのか、とロヤコーノは認識を新たにした。

レティツィアは挑戦的な目をロヤコーノに向けた。

「ええ、あたしが話したのよ。ほかの人から聞いたり、テレビやラジオで知ったりする前に教えておきたかった。学校へ迎えにいってじっくり慎重に話して聞かせて、あなたの無残な顔を見てもびっくりしないよう、心の準備をさせたのよ」

「問題はそこではない」ロヤコーノは言い返した。「きみはどうやって知った。この件は県警本部にも検察にも伏せてある。いったい、どういうことだ」

マリネッラが苦々しげに口を挟んだ。

「じゃあ、パパのだいじなピラース検事補も知らないの？　あらあら。誰がほんとうにパパのことを思っているか、わかるわね」

レティツィアは、ロヤコーノが口を開く前に素早く言った。

「それは関係ないわ、マリネッラ。あなたのパパはしたいようにする権利がある」ロヤコーノに話しかける。「ここらの巷《ちまた》の情報網がとりわけ発達していることは、あなたも承知でしょう。あの男を屋上から連行した十分後には、顚末が全部耳に入っていたわ。そして、あたしったらバカみたいに病院へ向かった。医者に診てもらうくらいの分別はあると思ったけど、無駄足だった。それで、マリネッラを迎えにいったのよ」

マリネッラは、椅子に座った父親の目にタオルに包んだ氷を押し当てた。

「いたっ！　もっとそっと頼むよ。ああ、病院には行かなかった。たいした怪我じゃない。このいまいましい街ではなにもかも筒抜けになるんだろうが、警察の事案だからなにも話せない。マリネッラには知られずにすむと思っていたのに――」

マリネッラはため息をついた。

「ねえ、パパ。角にあるデリカテッセンのおじさんも、向かいのバールの店員も、それにもちろん管理人のおばさんも知っていたのよ。先にレティツィアが教えてくれなかったら、二時間前に分署に駆けつけていた。みんな、レティツィアみたいなお母さんを欲しがるだろうな」

ロヤコーノは、やれやれと頭を振った。

「誰も彼もあることないこと、尾ひれをつけて話していたんだろうよ。いつもみたいに。とにかく、見てのとおりなんともない。目のあざと足の打ち身だけだ。歩道に無数に空いている穴につまずいたようなものだ。実際、そう説明するつもりだった」

レティツィアは微笑んだ。

「まだわかっていないのね。マリネッラはもう子どもじゃない。ひとりの女性として扱うべきなのよ。とにかく、落ち着いたみたいだから店に戻るわ。客に出すディナーの用意をしなくちゃ」

マリネッラがすかさず立ち上がる。

「そんなこと言わないで。せっかく来たんだから、まだ帰らないで。ねえ、ここでディナーを作ってよ。お願い」

ロヤコーノは、マリネッラの熱意に水を差したくなかった。

「うん、そうしてくれないか。久しぶりだし、このところずっとマリネッラの料理で我慢していたんだ。この世代は料理に向いていないみたいだが、打つ手がない」

マリネッラは父親の肩を拳骨でとんと叩いた。

「パパ、つり合いが取れるように、もう片方の目にもあざを作る？　毎日頑張っているのに、失礼しちゃうわ。冷蔵庫になにがあるか見てくる。レティツィア、一緒に来てちょうだい」

ロヤコーノはぼやいた。

「まいったな、おれの母親にそっくりだ。こういうのも遺伝するんだろうか」

レティツィアはロヤコーノの目を覗き込んでささやいた。

「あたしはあなたのために料理するのが大好きなの。前からずっと」

つと身を屈めてロヤコーノの唇に軽くキスをするとにっこりし、視線を彼に留めたままマリネッラの待つ台所へ入っていった。

第三十八章

彼らは仔犬だ。仔犬そのものだ。

疑うことを知らないつぶらな瞳、いまにも笑い出しそうな顔、春の雨のような涙。みんな同じに見える。

　彼らは仔犬だ。勢いよく走ったと思うと、さて、どこへ行くんだっけと急に立ち止まる。大切な用事や探し物がわんさとあっても、口笛を吹かれたら、星を目にしたら、ころっと忘れてしまう。

　道端にいる仔犬。


　アラゴーナは両手をポケットに突っ込んで物思いにふけりながら、ホテルへと戻っていった。サーカスが実際に絡んでいるのなら、少人数の流れ者がどうせばれやしないと高をくくっての犯行だろう。各地を転々としてテントを張り、ペテンまがいの芸当を見せる連中だ。みすぼらしい故国へさっさと送り返してしまえばいいものを、なんで手をこまねいているんだろう。

　角を曲がったとたん、犬捜しを頼んできたウィリアム少年に出くわして腰を抜かしそうになった。こいつも故郷のスリランカに送り返してしまえ、とショックから立ち直ったアラゴーナは思った。

「こん畜生、礼儀を知らないのか、おまえ。なんてことをする。待ち伏せして人を脅かしていいと思っているのか？　とんでもないガキだ。頭がおかしくなったのか？」

　ウィリアムはシーっと唇に指を当て、戸口の陰にアラゴーナを連れていった。

「アルトゥーは見つかった？　あいつはチビだから、たくさん食べなきゃいけないんだ。果物売りのおじさんが言っていた。おじさんは故郷《くに》で何匹も犬を飼っていたんだって。さらったやつが餌をやらなかったら、アルトゥーは死んじゃうよ」

　アラゴーナは不安になって、きょろきょろした。さっきは分署で同性愛者と誤解され、今度は薄暗い戸口で少年と一緒にいたために小児性愛者と糾弾されたら、まさに踏んだり蹴ったりだ。

「訊きまわってやる、と約束しただろう？　ちゃんと訊きまわった」

　少年はきっぱりとうなずいた。

「うん、みんなもそう言っていた」

　アラゴーナは息まいた。

「なんだと？　おれを監視していたのか？　よくもそんなことを。みんなとは、誰だ？」

「ここらの人たちはおしゃべりだから、耳を澄ませていたんだ。約束を守ってくれたのはうれしいけど、アルトゥーを取り戻してくれなくちゃ」

「約束どおり調べている最中だ」アラゴーナはためらった。「だからといって、犬が見つかるとは限らない。いろんな条件が重なって……」

　少年の目に涙があふれ、頬を伝い落ちたそれを鼻水と一緒にすすり上げる。アラゴーナは慌てふためいた。

「泣くなって。めそめそするな。男だろ。やってみるって、言っただろ。取り戻せるかもしれない。だが、もし……その、間に合うかどうか――」

　ウィリアムは顔をごしごしこすって涙を拭いた。

「だったら、ポケットに手を入れてのんびり歩いてないで、アルトゥーを捜してよ。餌をやらないと死ぬかもしれないんだよ。まだ仔犬なんだから」

アラゴーナは唇を嚙み締めた。飢えて死ぬほうがましだと思うが。

「あのな、調べるのはおれの仕事だ。わかるだろ。おれは警官なんだ」

その口調に気おされて、少年は壁にぴたりと背中をつけた。こっくりして小さな声で言う。

「うん。あんたは警官だ。一番優秀な警官だ。だから、お願い。ぼくの犬を助けて。アルトゥーを助けて」

あーあ、あのとき約束するんじゃなかった、とアラゴーナは大いに後悔した。ピザネッリの忠告に逆らうことになるが、今夜決行しよう。あしたでは、ウィリアムの心配が当たって手遅れになりかねない。

ぶっきらぼうに訊いた。

「それにしても、なんでアルトゥー（アーサー王）なんて名前にした？ なんで、たかが犬ころがアルトゥーなんだよ」

ウィリアムは泣き笑いして答えた。

「王さまだからさ。アルトゥーは仔犬たちの王さまなんだ」

彼らは仔犬だ。仔犬そのものだ。

自分がおとなの人生に与える影響を理解しない。それが大きいのか、小さいのかさえも。

彼らは来ては去っていく。なかには到着できない仔犬もいて、自分だけの世界で生き、周囲の静寂には無頓着に、崖っぷちを喜び勇んで走りまわっている。

そして、誰とも分かつことのない夢を見て眠る。

オッタヴィアは部屋の戸口に立って、眠っている息子をしみじみ眺めた。息子を見ていると、いつも愛情と苛立ちの入り混じった不思議な感情が湧き、それに伴って良心がちくりと痛むのだった。

リッカルドはドアに背を向けて横たわり、縮こまって寝ていた。オッタヴィアのところからは見えないが、例によって両のこぶしを顎の下に当て、不快な物音が聞こえるかのようにかすかに眉をひそめているのだろう。

ずいぶん大きくなった。あと少しで十四歳だ。同じ年ごろの子たちは、女の子に興味を示し始め、タバコを吸い、ダンスをし、親にバイクをねだる。それに自慰もする。

リッカルドにはどれも縁がない。

声変わりはしたが、出てくる言葉は変わらない。マンマ、マンマ、マンマ。

マンマ、すなわちオッタヴィアだ。

オッタヴィアは人生で与えられるすべてを喜んで受け入れたことだろう。リッカルドの母親であること以外は。だが、現に母親であり、常にそうであることを求められ、しかもそれはおそらく死ぬまで続く。マンマ、マンマ、マンマ……

リッカルドの親でいたくない。いずれはあの子を施設にひとり残していくのが、嫌だから。もっとも、モンスターだかなんだかが跋扈《ばっこ》する世界に閉じこもっているリッカルドは、なにも気づかないのかもしれない。

いや、自分をごまかしてはいけない。リッカルドがいるために、わたしは不自由を強いられている。だから、親でいたくないのだ。女であることができないから、自分自身であることができないから。

リッカルドの体が軽く痙攣した。これは目覚めているときも起きる。まるで誰かにいきなり肩を叩かれたかのように、びくっとする。

この状態は、前からずっと変わらない。

変わらない——それが一番つらかった。よくもならなければ、悪くもならない。リッカルドは縦にも横にも大きくなって体毛も生えてきたが、中身は以前と変わらない。

息子の背中を見ながら、オッタヴィアは何千回目かになる自問を繰り返した。成長に伴って衝動的な暴力や行動、痙攣はなくなるという意見の医師もいるが、ほんとうだろうか。永久に続くのではないだろうか。

わたしがいなくなったらどうなるだろう、と脈絡もなく考えた。

ここ数ヶ月は、この疑問がしょっちゅう頭に上る。夫のガエターノは平然としているだろうか。顔にはあまり出さないだろうが、傷つくに決まっている。だが、日に日に陰鬱になる妻からようやく解放されて、かえってほっとするかもしれない。

では、リッカルドは？　間違いなく傷つく。理性とは関係なく傷つき、それを周囲に伝えることもない。トラウマをおとなになっても引きずる心配はない。決して、おとなになることはないのだから。ふつう使われる意味では、傷つかない。だが、深く傷つく。母親に触れることも、やわらかい肌を手のひらに感じることも、へその緒でつながっていたときを再現するかのように母親の服を引っ張ることも叶わなくなれば。

マンマとリッカルド。

それはオッタヴィアを縛りつける鎖、牢屋の鉄格子だ。運命によって投げ込まれた、二度と浮上できない深淵でもある。

でも、もしかしたら。

当然のようにパルマのことを思った。オッタヴィアは日を追うごとにパルマを身近に感じていた。その言葉やまなざしに新たな熱意、意味合いを感じた。うっすらと化粧を施し、何年もしまい込んであったアクセサリーをつけ、新しい靴を買って、その視線に応えた。あるかなきかの変化の兆し。失われた女らしさを取り戻す小さな一歩。春へ近づくささやかな動き。

オッタヴィアを求める気持ちが、パルマのまなざしや声に現れていた。未来を予感させる火花のように。

リッカルドのベッドへ行って、痙攣したときにずり落ちた毛布を掛け直した。マンマはここにいるわよ。どこにも行かないわ、わたしの大切な息子、わたしの鎖。

マンマはここにいるわよ。

いまのところは。

彼らは仔犬だ。仔犬そのものだ。

いや、正直なところ違う気もする。地球へ来るのが間に合わなかった小さな天使かもしれない。

彼らは誰かの空想のなかだけで呼吸をし、声を出し、泣き、血肉を持つ。

彼らを待っていた人、育てた人、失った人。そうした人の夢のなかで、生命も安らぎも持たずに、常に目を覚ましている。


ピザネッリは共同玄関の呼び鈴を鳴らした。

「チャオ。わたしだよ」

階段を上って三階のアパートメントに入り、闇に目が慣れるのを待った。

あしたからしばらくは捜査で忙しく、時間を取れないだろう。そう考えて、家に帰る前にアンニエーゼのところへ寄ったのだ。

アンニエーゼを知ったのは何ヶ月か前、失意の人を殺す犯人を突き止めるための戦略を変更したときだ。見つかるとも思えないほころびを死亡現場で探し、新聞や雑誌の記事の切り抜きを集め、おざなりに作成された調書を読むよりも、頭のおかしい犯人が狙いそうな人、次の犠牲者になりそうな人を捜すことにしたのだ。

ピザネッリを信頼している仲のいい友人でもある管区の薬剤師は、向精神薬常用者のリストを作ってくれた。そのなかに、国立図書館の庭園で小鳥に餌をやるのを日課にしているアンニエーゼがいた。

アンニエーゼは口数が少なく何事にも無関心で、自身の創り出した亡霊とともに、母親の遺した独り暮らしには広すぎるアパートメントに住んでいた。

殺人者の恰好の標的になることを危惧したピザネッリは彼女に接近し、その人懐こくてやさしい性格を知った。流産で息子を失い、結婚生活が破綻して何年も前に心は壊れたが、生きている。奇矯で、病んでもいる。だが、まだ生きている。

アンニエーゼは息子に話しかける。この世に生まれることのできなかった息子が雀になって、彼女の撒くパン屑を毎日もらいにきていると信じ、ライモンドと呼んでいる。なにもかも失ったわけではないと希望を持つための手段と言えよう。やがてアンニエーゼは支離滅裂ではあるが思いを打ち明け始め、ピザネッリはできる限り相手をして彼女の不安定な心を見守っていた。

アンニエーゼは調子の悪い日といい日がある。殻に閉じこもって悲嘆に暮れ、ひと言も口を利かない日もあれば、打ち解けて長々としゃべる日もある。そうした日は、将来に不安を抱いてはいても打ちひしがれていない中年女の顔を覗かせた。

室内が真っ暗なところを見ると、きょうは悪い日だ。つまり、危険度が高い。アンニエーゼは失意の果ての自殺願望を口に出したことはない。息子の魂がまだこの世にいると信じているからだが、ピザネッリと親しくなったことも一因だろう。だが、安心はできなかった。

ソファのあたりで声がした。

「ジョルジョなの？　ここよ」

いささかよそよそしいが、おだやかな口調だ。ピザネッリはほっとして肩の力を抜いた。

「ねえ、あたしは秘密を守れると思う？」アンニェーゼは言った。

「そりゃあ、守れるさ。どうして？」

「ライモンドに内緒にしておきたいことがあるの。ライモンドは怒るかしら」

「怒るものか。ライモンドはきみをとても愛している。隠し事をしても怒らないよ。母親はいつも子どもに隠し事をするものだ」

アンニェーゼは闇のなかで微笑んだ。

三十分後にアパートメントをあとにして外に出たとき、ピザネッリの目の前をアラゴーナが車で通り過ぎた。あの乱暴な運転は、彼に間違いない。ふだんに輪をかけて乱暴だ。

ピザネッリは携帯電話を取り出した。


彼らは仔犬だ。仔犬そのものだ。

なにも権利を持たない。なにも言うことを聞いてもらえない。

彼らは無自覚のうちに未来を運んできて現世に捨てられた、もっとも小さな運び手だ。

無関心という闇に沈んだ孤独な仔犬。人生の片隅に無造作に捨てられて常に危険にさらされている、精巧で緻密な存在。
細かに構成され、無言で苦しむ病んだ仔犬。
虐待される仔犬、愛される仔犬、苦しむ仔犬。

ロマーノはガラス越しにピッコラ・ジョルジャを見つめていた。腹部にガーゼが当てられ、保育器のなかでチューブにつながれている。予測はできない、今後二十四時間が山だろうと、女医は帰る前に告げた。母乳がないので、なおさら難しいとも言った。

ロマーノはささやいた。ジョルジャ、ピッコラ・ジョルジャ。声に出すと、ほんの小さな声でも不思議な影響を与えた。妻の顔は一瞬たりとも思い浮かばなかった。〝ジョルジャ〟とは、苦しみながら必死に生きようとしている、目の前の小さな赤ん坊のことでしかなかった。

母乳。何者かがジョルジャの母親を殺した。何者かがジョルジャを連れ去った。何者かがジョルジャをゴミ集積所に捨てた。どれほどの憎しみがあれば、こんなことができるのだろう。どれほどの苦悩があれば、こうした形で世に吐き出すことができるのだろう。

ポケットのなかで携帯電話が振動した。ディスプレイを確認したものの、しばらく意味がわからなかった。ジョルジャ？　あ、そうか、もうひとりのジョルジャだ。

「もしもし」
「フランチェスコ？　チャオ。わたし。いま話しても大丈夫？」

きみが誰だかわかった。きみのことを思い出したよ。

「ああ、大丈夫だ。いま病院にいる……おれはなんともない。おれではなく……赤ん坊が……」

「はいはい、わかっているわよ。きのう電話をしてきた女医さんに会いにいったんでしょう？ ずいぶん熱心だこと。手が早いわね。お見事」

笑い声が聞こえた。ジョルジャがなにを言おうとしているのか、ロマーノはさっぱりわからなかった。

「どういう意味だ。なにかあったのか？ なにか――」

「いいえ、別になにも……ただ――きのうは久しぶりに顔を合わせたのに――そうなったときのことを何度も考えていたのに、あなたときたら新しい女友だちと電話で話してばかりいた」

「おいおい、いったいなにを考えている。からかっているのか？ 彼女はこの病院の医者で……まさか本気で思っているんじゃないだろうな、おれが彼女と――」

「別に悪いことでもなんでもないわ。お互いさまだもの。でも、わたしはいつかまたふたりで幸せになることを願っていた。遠く離れていても、そして――」

「ジョルジャ、ジョルジャ。そうじゃない。誤解しないでくれ。おれは……この赤ん坊を……ニュースで見ただろう。何度も報道していたから。この赤ん坊はおれが見つけたから、それで――」

「ええ、知っているわ。赤ちゃんはもう大丈夫なんでしょう？ 病院でちゃんと――」

「いや、手術を受けたばかりで危険な状態だ。それで来たんだよ」

ジョルジャは沈黙し、少し間を置いて言った。

「でも、あなたは医者ではない。新しいお友だちに任せておけばいいじゃない。夜中にあなたに電話をしなくても、ちゃんと仕事をするはずよ。まあ、どうでもいいけど」

「どうでもいいなら、なぜ電話をしてきた。なにが望みだ」

また、しんとなった。「別に。なにも望んでないわよ。電話するんじゃなかった。じゃあね」

再び、沈黙。それが破られることはなかった。

ロマーノは表示の消えたディスプレイをまじまじと見た。何ヶ月も待ち望んだ電話だったのに。幾夜も寒さをこらえて、車内であの窓を見つめたのに。

「クソっ」と、つぶやいた。

そして、こんこんと眠る本物のジョルジャに目を戻した。

第三十九章

ロヤコーノはロマーノと落ち合うために家を出た。マリネッラは簞笥に置いた電気スタンドの下で読書をしていた。あしたは日曜だが、昼近くに起きていいことにはならないぞ。そう舌の先まで出かかったが、考え直した。言っても無駄だろう。

一種独特な夜だったことは認めざるを得ない。夕食を作ったあと、レティツィアが当然のように一緒にテーブルについたので、どぎまぎした。極上の料理を前にして、いつもそうしているかのように笑い、冗談を言い合ったが、じつはこれが初めてだった。

そこで、一度ならず思った。ピラースとこうした時間を持つことができるだろうか。ふたりの女性は考え方、教養、性格、態度のすべてにおいてまったく異なる。ピラースとの関係は次第に深くなっているが、家庭的な雰囲気がないことをいまさらながら自覚した。レティツィアとマリネッラとの夕食には、思いがけずそれがあった。

マリネッラはどう思っただろう。どんな意見を持ち、どんな行動を取るだろう。ロヤコーノは頭をぶるぶる振って、雑念を捨てようと努めた。分署の前に来ていた。いまは捜査に専念しなくては。

ロヤコーノはここが正念場だと感じていた。獲物が近くにいるにおいがする。なぜ、どうやって嗅ぎつけることができるのか、うまく説明できない。おそらく、見たか聞いたかした、そのときは気づかなかった重要な手がかりが、ぬかるんだ記憶の底から浮かび上がろうとしているのだろう。いつもこうだ。

ロマーノは運転席に座ってロヤコーノに目をやった。

「ひどいザマだな、警部。拳骨をまともに食らうとはね」

ロヤコーノはにやっとした。

「それでも、きみよりましだ。休息を取っていないだろう。正直に話せ。また病院へ行ったな。あの赤ん坊のところへ」

「ジョルジャ」ロマーノは小さな声で言った。「赤ん坊にジョルジャという名をつけたんだ」返事がなかったので、言い訳をするようにつけ加えた。「名前はだいじだと、担当の女医が言ったんですよ。だって……つまり、名前がないと存在していないことになる。だから、あの子にも必要だった。それで、発見したおれに……ま、要するに、あの子はジョルジャという名になったというわけで」

ロヤコーノはうなずいた。

「ジョルジャか。すてきじゃないか。いい名前を選んだな」

ロマーノはしばらく無言で運転したあと、言った。

「じつは女房の名前なんですよ。いや、もう女房じゃないか。法律上はまだそうだけど、別居中だから」

ロヤコーノはむろんそのことを知っていた。ロマーノもそれは承知だ。だが、話題にしたことはない。そもそも、プライベートな話をしたことは互いに一度もなかった。

ロヤコーノは前方の道路に目を据えて淡々と言った。

「何事にも始まりと終わりがあるものだ。おれなんか、別れた女房の顔をまったく思い出せない。少し前までは人生の道が定まって、一生変わらないと信じていた。それがどうだ。故郷を遠く離れた街で暮らし、いまは娘も一緒にいる」

ロマーノは顔をしかめた。

「目に青あざもできたしね」

ロヤコーノは真顔で正した。

「違う、特大の青あざだ」

ふたりとも吹き出した。ロマーノが言う。

「しまった、忘れていた。きょう、警部がクオコロと署長室にいるあいだに、弁護士のヌビラが来たんですよ」

「ああ、ララがイタリアに来た直後に雇われた家の主人か」

「そう、その男。ララを娘のように愛していたので、赤ん坊のためにできることがあればなんでもすると言いにきたんです」

「被害者は誰にでも愛される人物だったんだな。札付きのワルのクオコロでさえ、ララに頼まれれば見返りを求めずに手を貸していた」

ロマーノは前を走る車の尾灯を凝視して言った。

「それにしても、しっくりこないな。被害者は刺繍が大好きだった。現場にあったテーブルクロスやドイリーを見たでしょう？　でも、赤ん坊にはよだれかけにしただけだった……赤ん坊を望んでいなかったみたいに。誰にでも愛されるやさしい女性なのに、娘のためになにもしてやらなかった」

「そうとは限らない」ロヤコーノは言った。「全容がはっきりするまでは、なにも断定できない。赤ん坊を連れ去った人物が服やゆりかご、哺乳瓶なども持っていったのかもしれないじゃないか。たくさんではないにしろ、なにかしらはあっただろう」

ロマーノは納得しなかった。

「そうですね。でも、なんで連れ去った赤ん坊を道端に捨てたんだろう。しかも母親を殺して、赤ん坊のものをなにもかも持ち去った」

「同一人物の仕業とは限らない。二つの出来事は関連がないのかもしれないよ。こっちの仕事はなにが起きたのか解明することだ。動機の解明はほかの誰かに任せよう」

「赤ん坊は生死の境をさまよっているんですよ。それなのに、そばにいてやる人がひとりもいない。母親は殺され、父親は赤ん坊が生まれたことさえ知らないのかもしれない。そいつが犯人じゃなければの話ですがね」声を詰まらせながら続ける。「ほかの……あの集中治療室に入っているほかの子たちには……父親や母親、祖父母がいる。でも、あの子はひとりぼっちだ」

ロマーノがこれほど長く話をしたのは初めてだ。ロヤコーノは少し考えてから答えた。

「ひとりぼっちではないよ。きみがついている。あの子を見つけてからずっと、そばにいてやっているじゃないか。そうだ、こうしよう。これからは、〝赤ん坊〟や〝あの子〟ではなく、名前で呼ぼう。ジョルジャ、と。名前はだいじだと、きみ自身が説明したように」

ロマーノははっとして、警部を振り向いた。それから微笑んだ。滅多にないことだ。少なくとも十歳は若く見える。

「大賛成だ、警部」ロマーノは言った。「ジョルジャ。せっかく名前があるんだから、使わなくちゃ」

角を曲がると、駐車スペースを探す車で渋滞していた。百メートルほど先でネオンサインが光っている。〈ブルー・ムーン〉

第四十章

アラゴーナの育った田舎町ではサーカスがやって来るのは一大イベントで、子どものころは何度か出かけていった。だが、久しぶりのせいか、長年のあいだに大都市で華やかなエンターテイメントを経験したせいか、目の前のそれはうらぶれて見えた。

度重なる長旅でくたびれ、傷だらけになったスピーカーから流れる大音量の音楽、ろくに交換をしていない油で作る揚げ物と安いポップコーン。馬の糞尿で汚れた砂山が吐き気を催す悪臭を放つ。だが土曜の夜とあって、かなりの観客が集まっていた。

アラゴーナは人混みに交じって周囲を眺めた。汗を浮かべた肥満体の母親、髪の毛がふわふわ立っている丸々太った幼児。タトゥーを施したがりがりの父親はほかに夜を過ごす手段が思い浮かばないのだろう、退屈そうな顔でつき合っている。ストローを差した瓶入りコーラと青のサングラスが邪魔をしてあとはよく見えなかったが、どうせ役に立たない光景だ。

鍵をかけて屈強なガードマンを配備している小部屋はないか、犬や猫の鳴き声は聞こえないかとうろうろしたが、とくに不審な点はなかった。ただし、虎の絵が描かれたワゴン車が駐車禁止ゾーンの歩道に前輪を乗り上げて停まっている。やはり狙いは正しかった。さらわれた動物を見つけ、やつらの目的を突き止めてやろう。

観客が無理に楽しもうとしている場所にありがちな、物悲しさが終始つきまとうショウだった。十人ほどの芸人が演目ごとに衣装を変えて入れ代わり立ち代わり円形リングに登場した。大きな口ひげを生やした太鼓腹の男が、司会と火喰い男、さらには調教師も兼務する。

動物の芸が一番おもしろく、うとうとしていたアラゴーナも目を覚ました。虎一頭と馬二頭が芸を繰り広げたあと、大蛇《ボア》二匹が登場して、先ほど空中ブランコに乗っていた見事な胸の金髪女と思わせぶりに絡み合った。動物のほうが芸人よりもはるかに健康的で手入れが行き届いている。ふだんは細かいことに無頓着なアラゴーナが気づくほど、その差は際立っていた。

ショウが終わってぞろぞろ出ていく観客をよそにアラゴーナがぐずぐずしていると、テントの一隅に集まっている男女数人が目に留まった。グループの人数が次第に増えていく。例外なく身なりがよく、すぐそばの空き地に駐車した高級車からも富裕層であることが窺われた。ここでの一夜を無駄にしないために、せめて彼らの素性を突き止めよう。そう決心して、ガラクタを積んだ陰に隠れて待った。

長くは待たなかった。数分後、まだ調教師の衣装をつけている口ひげの男が現れて、新たに来た客たちにもったいぶって挨拶したのちに、大テントに比して小さく、照明を落としたテントへ案内した。客は口ひげの男に現金を渡してテントに入っていった。入口の両側でふたりの巨漢、剛力男とナイフ投げが監視している。

高額な料金を取るほんとうのショウが、これから始まるのだ。それにしても、ずいぶん厳重な警戒だ。

物陰を伝い歩いて近づき、高価なブランド服、金縁眼鏡の中年男が五十ユーロ札を重ねて払うところを目撃した。どんな出し物にしろ、とんでもなく高額だ。

テントのなかでなにが行われているのだろう。

音を立てないよう注意してテントの周囲を歩き、なかを覗くことのできる布やパネルのつなぎ目を探して一ヶ所見つけた。二列に並んだ椅子に座った観客の一部と、少し離れたところにある檻の鉄格子が見える。

出し物の内容は、観客の表情から推し量るほかない。

口ひげ男がこちらに背中を向けて、口上を述べた。

「紳士淑女のみなさま、ようこそ。大変遺憾ながらご面倒をおかけしましたが、ご承知のようにみなさまのご趣向の特殊性を鑑み、秘密保持を第一に考えた次第です。さて、全員お揃いになったところで、始まり、始まり！」

遠慮がちな拍手に続いて録音された音楽が流れた。口ひげ男が声を張り上げる。

「ご紹介いたしましょう！　麗しのミス・ヴァニア！」

アラゴーナの目の前をボア使いの金髪女が通り過ぎた。豊かな胸をビキニトップから解放し、乳首にラメを貼りつけての登場だ。なかなかの光景だが、高額な入場料に見合うほどではない。まだほかにあるはずだ。

司会の横で深々と礼をしたミス・ヴァニアに向かった視線はごくわずかで、ほとんどの観客の視線は、アラゴーナからはごく一部しか見えない檻に据えられていた。ヴァニアが尻を振って歩み去り、司会が再び話し出す。

「みなさま、ここにいますのはボリスでございます！」

その言葉に応じるかのように、檻の主は腹の底に響く唸り声をあげた。正規の公演のあいだ、柵囲いのなかで歩きまわっていた虎に違いない。観客は見るからに緊張して、魅せられたように檻を凝視した。なにが始まるのだろう。

司会は続けて言った。

「ボリスは六歳で体重二百七十キロ。ご覧のように元気でたくましい。なぜ、元気でたくましいのか？　われわれがボリスに虎の本質を保たせているからにほかなりません。みなさまが動物園やほかのサーカスでご覧になる、本能を失った巨大なぬいぐるみとは大違いなのです。ボリスはいまだに獰猛《どうもう》な真の肉食獣、殺し屋でございます。われわれは本能を発揮できる環境、すなわち殺しの機会を、ボリスに与えています」

外国訛りがわずかにある鼻にかかった抑揚豊かな大音声は、催眠術的な効果を発揮した。アラゴーナは観客を観察した。両手を握り締め、眉を寄せ、唇を噛み締めた様子から、異常な興奮が見て取れた。

「そして、みなさまに特別なショウをご覧に入れるためにわれわれは移動を繰り返します。同一の場所に一週間以上留まることはありません。また、ボリスは各地で一度しか食事をしません。このイベントは極秘裏に行われ、真実を尊重するかたのみに参加する特権が与えられます。前もってお知らせしましたように、今夜の観客はとりわけ運がいい。ふだんは中型の獲物一匹ですが、今夜は小型の獲物を複数与えます。ショウがますます盛り上がるように、獲物の逃走防止用のネットを檻の下部に設置しました。最前列にお座りのかたには、お召し物が血で汚れるのを防ぐために、ミス・ヴァニアがこれからビニールカバーを配ります」

アラゴーナは事態を悟った。ウィリアム少年の涙で濡れた顔が脳裏に浮かんだ。必死に知恵を巡らせた。ボリスが猫や犬を生きたまま食らうところを見に集まった人々は、いずれも重要人物の雰囲気をまとっていた。彼らがもっとも恐れているのは、急を突かれて立ち去る機会を逃すことだ。不意に目覚めた良心に駆られて、助けの手を差し伸べる人はまずいないだろう。

司会の男とミス・ヴァニアが相手ならひとりで闘えないことはないが、入口にいたふたりの見張りは難敵だ。かといって、ここを出て携帯電話で応援を要請しても、たぶん間に合わない。

余計なことに首を突っ込むとどうなるか、よくわかった。親父は正しかった。おれは愚か者だ。おまけに移民のガキのため、虫唾の走る野良犬のためとくる。どうしようもない愚か者だ。だったらいっそ、ずっと夢見ていたことをやってやろうじゃないか。

深呼吸をひとつして布を引き裂き、制式銃を手にしてテントに飛び込んだ。〝フィラデルフィア・コード〟の主題曲が頭のなかで鳴り響く。同時に、見張りのひとりがカートを押して入ってきた。カートに載せた袋の中身がもぞもぞ動き、盛んに吠えている。

「動くな」アラゴーナは叫んだ。「警察だ！」

アドレナリンが血中を巡って鼓動が耳朶《じだ》を打ち、心臓が飛び出しそうになりながら銃を振りかざす。残念ながら警官バッジは持っていない。もう片方の手で見せたら完璧なのに。まあ、しかたない。

心の片隅で考えた。あの袋に入っているのはウィリアムの犬、アルトゥーだろうか。

見張りの片割れはどこにいるのかとは、あいにく考えなかった。

そこで後頭部へ一撃を食らったときは驚きが先に立ち、それから意識を失った。

第四十一章

ロヤコーノもロマーノも、土曜の夜のディスコがどんなものか失念していた。いや、じつのところまったく知らなかった。

喧嘩だ、刃物を振りまわしている、薬物の過剰摂取だ、酔っぱらいが暴れている、などの通報を受けて酒場やクラブに赴くことはあるが、混乱して騒々しいのが常態である場所は未経験だった。警察が酒場やクラブに到着したときは、もっと静かだ。加害者なり密売人なりは組織の者であろうがなかろうが、血まみれの負傷者や泡を吹いている中毒者を残して消え失せ、酔っぱらいは意識を失って倒れている。

ところがここでは、この種の店に客が押し寄せるにはまだ早い時刻だったが、狭い入口の前にできた騒々しい人だかりの渦に巻き込まれた。人出が最高潮に達するのは午前二時半前後だろうが、〈ブルー・ムーン〉は旬の店とあって、確実に入店したい若者たちが前後の隙間なく列を作っていた。

ふたりは顔を見合わせて、列に加わった。用心棒に身分を明かしてペトロヴィッチについて尋ねるのはリスクを伴う。用心棒が当人の場合もあるし、そうでなくても警官と話をしたくない事情があって予期せぬ事態が突発しかねない。週末の夜を踊り明かしたい肌色のさまざまな若者たちに紛れ込んだほうが確実だった。

だが、いい年の男が女も連れずにふたりきりで並んでいるのはやはり目立ち、胡散臭げな視線が四方八方から飛んできた。ロヤコーノの青あざのできた目とロマーノのよれた風体がたまたま変装の役目を果たさなければ、正体を見抜かれていたことだろう。

入口まで十メートルほどのところまで列が進んだとき、先頭のほうが騒がしくなった。若い女が金切り声で連れの男を罵っている。あんた、あのミニスカートの女の尻をいやらしい目で見てたでしょ。もう帰る。帰りたいんだってば！　あんたなんか最低、大嫌い！

男は必死になだめた。落ち着きなよ、大声を出すな。だが、女はますます興奮してしまいに泣き出した。どうしたものか、とふたりの刑事は困惑した。すると突然、スキンヘッドにイヤリング、年は二十かそこらのたくましい若者は、ガールフレンドに往復びんたを食らわせた。

彼女の頭が左右に激しく揺れ、長い髪がなびく。ロマーノは前に出ようとして、人垣に阻まれた。男はガールフレンドの腕を鷲づかみにして殴り続ける。いっぽうミニスカートの女は、自分が喧嘩の原因になったとはつゆ知らず、キャバレーの余興でも見ているかのように、脇に避けて笑っていた。

警察だ、とロヤコーノが怒鳴ろうとしたとき、大男の用心棒が人垣を掻き分けて喧嘩をしているふたりのほうへ向かった。禿頭、濃いひげ、〝Blue Moon Staff〟とプリントされた黒のTシャツ。身長は少なくとも二メートル、横幅もそのくらいある。慣れっこなのだろう、またか、と言いたげな面持ちだ。用心棒は若者のうしろに立つと、ジャンパーの襟をつかんで軽々持ち上げた。若者のシャツのボタンがはじけ飛ぶ。近くにいた連中は三人を遠巻きにして、見物を決め込んだ。いまや、若者は二十センチくらい宙に浮いていた。ロヤコーノは仲裁に向かおうとしているロマーノに、待て、と身振りで伝えた。

すると、ついさっきまで口を極めて若者を罵っていた女は、痛い目に遭わされたのを忘れたのか、用心棒を殴りつけてあっちへ行けとわめきたてた。用心棒はびくともしなかった。驚愕と息苦しさとで目を白黒させている若者の顔を引き寄せて睨みつけ、低い声で言った。

「帰りな。クズ女を連れて帰れ。いいな?」

若者はおとなしくうなずいた。地面に下ろされると、土曜の朝のアニメの主人公よろしく、両の頰を赤く腫らしたガールフレンドの手を取って、こそこそ逃げていった。

騒ぎが治まって列はゆっくり進み始め、用心棒は入口の横に陣取った。その男こそが目当ての人物であることは明らかだった。両刑事は列に従って進んで用心棒の両脇に立った。男の背後には壁、前には若者たちの列。こうして逃走経路を塞いだが、この用心棒の怪力をもってすれば容易に蹴散らすことができるだろう。

「やあ、ペトロヴィッチ」ロマーノが話しかける。「警察だ。おとなしくしろ。無用な騒ぎを起こすな」

ロヤコーノは、巨漢の困惑した表情に気づいた。怯えでも怒りでもない。警察に見つかった、追い詰められた、という表情ではなかった。いかなる態度で応じたものか、と単に迷っている。

「おれはなにもしていない」巨漢は先ほどの痴話喧嘩のことだと思ったらしい。「あいつが女の子を殴ったから止めただけだ……あれ？　なんでおれの名を知っている」

ロヤコーノは手を挙げて彼の言葉をさえぎり、おだやかに説明した。

「少し話をしたい。話のできる場所はないか？」

巨漢はしばし思案して、少し離れたところでタバコを吸って雑談に興じている、同じTシャツを着たふたりの従業員のところへ行って話しかけた。従業員は招かれざる訪問者を横目で睨み、入口の両脇に立った。ペトロヴィッチは刑事たちを店内に導き入れた。

一歩足を踏み入れたとたん、音の波状攻撃に襲われた。ペトロヴィッチの巨大な背中を見ながら通路を進んで、狭い事務室に入った。ドアが閉まると、音楽はようやく耐えられる程度になった。

ペトロヴィッチは堰を切ったように話し始めた。

「滞在許可は申請してある。いまは仕事もあって――」

ロヤコーノは再び手を挙げた。

「それはどうでもいい。ララの件で来た」

ペトロヴィッチの顔色が変わった。涙ぐんで唇を噛み、赤みがかったひげを神経質に引っ張った。こいつがピッコラ・ジョルジャの父親だろうか、とロマーノは秘かに考えた。

「そうか。うん、ララになにがあったか、知ってる。テレビのニュースで見たからね。ほんとうは警察に行くべきだったけど。まだ滞在許可がないから怖くて」

ロヤコーノは彼を安心させようと努めた。

「その件は心配するな。話をしたいだけだ。きみの名はナザールだね？　最後にララに会ったのはいつ？」

「ここで働いて三ヶ月になる。その前は石積み工をやっていた。ララの友だちのドナートって男のおかげだ。いいやつなんだ」

「ああ、たしかにいいやつだろうよ」ロマーノは鼻で嗤った。「くだらない話は聞きたくない、ナザール。クオコロが何者かも、誰と話をつけておまえの働き口を見つけたのかも、こっちは承知している。訊かれたことにさっさと答えろ」

ペトロヴィッチはおどおどして、しきりに瞬《まばた》きをした。たくましい外見からは想像もつかない、気弱な性格と見える。

「二ヶ月前に、ララに会って礼を言った。ここの仕事をもらった一ヶ月あとだ。そのあとは会ってない」

ロヤコーノが訊く。

「ララとはどんな関係だった？　なにか聞いてないか？　彼女が妊娠していたことは知っているね？」

「もちろん、知ってたさ。腹を見りゃわかる。誰の子か訊いたけど、教えてくれなかった。おれはララが好きだったし、ララもおれのことが好きだった。おれを助けてくれた。金も貸してくれた。たくさんではないけど、おれがこの国に来たときに。だけど、きちんと返したよ」

ロマーノは言った。

「ララと別れたんだろう？　縁を切ったわけだ。だったら、好きでなくなったということだ。もう好きではなかった」

ロヤコーノがちらっと目を向けたが、ロマーノは気づかなかった。

ペトロヴィッチは首を横に振った。

「違う。そうじゃない。結婚したとき、おれたちはまだ子どもだった。そして、後腐れなく別れた。よくあるだろ。おれたちは兄妹みたいだったんだ。それで一年前イタリアに来てすぐ、ララを捜して会いにいった」

「そのとき、口論をしたかね」と、ロヤコーノは訊いた。

「いいや、全然。仕事中に会いにいったから少し怒っていたけど、ちゃんと助けてくれた。全部返したんだ。一セント残らず」

「いくら借りた?」と、ロマーノ。

「最初のときは、ララもあまり金がなかったから二百ユーロ。そのあと、ドナートが石積み工の仕事をくれたとき、千ユーロ貸してくれた。ララは返さなくていいと言ったけど、おれは全部返した」

借金のないことをしきりに強調している。ロヤコーノは金銭問題に的を絞った。

「〈ブルー・ムーン〉ではいくらもらっている?」

ずばりと訊かれて、ペトロヴィッチはうろたえた。

「頼むよ、ここは最高なんだ。実入りがいいから、クビになりたくない。おれにぴったりの仕事なんだよ。ほら、こんなに図体がでかいだろ。それに、おっかなく見えるようにひげも生やして――」

ロマーノは最後まで聞かずに言った。

「警部は、給料の額を訊いたんだ。おまえの見てくれなど、どうでもいい」

ペトロヴィッチは目を伏せた。

「毎晩働いたら、月に二千ユーロだ」

「たまげたな。おれより多いじゃないか」ロマーノはあきれ返った。「しかもこいつは税金を払っていないんですよ、警部。頭にくる」

ロヤコーノはロマーノに同感したが、顔には出さずに質問を続けた。

「では、今週の月曜から火曜にかけての夜はどこにいた?」

ペトロヴィッチはよどみなく答えた。

「ここさ。店にいた。月曜は誕生パーティーがあって、貸し切りだった。おれはバーテンダーをしていた。いま習っている最中なんだ。月曜の午後に来て、次の日の午後までいた。そのあと家に帰った。おれはルーマニア人の女の子と暮らしていて、あともう一組のカップルも一緒に住んでいる。ガリバルディ広場八番だ。たしかめてくれよ」

ロマーノは全部書き留めた。

「言われなくても、たしかめるさ。ところで、ララを殺した人物に心当たりは?」

ペトロヴィッチは真剣な面持ちで考え込んだ。

「見当もつかない。ララはいい人だった。みんな、彼女のことが好きだった。でもさ、ひとつ言わせてくれ。ララは幸せじゃなかった。おれはララのことをよく知ってる。最後に会ったとき、目が笑ってなかった」

第四十二章

顔に冷たい液体を感じて、アラゴーナは瞬《まばた》きした。

「わっ、わっ、やめてくれ! なんだ、これは? コーラか?」

声がした。

「これしかなくてな、アラゴーナ。そこに座っていた男が飲んでいたのを、もらったんだ」

アラゴーナはずきずきする後頭部をさすりながら、上半身を起こした。ここはどこだ、と周囲を見まわすと、ピザネッリがコーラのコップを持った制服警官とともに顔を覗き込んでいた。

「大統領《プレジデンテ》じゃないか！」

「おお、ヒーローが目を覚ましたぞ。しかしまあ、まずいことをしてくれたものだ。わかっているのか？」

アラゴーナは目を凝らしたが、視界がぼやけていてほとんどなにも見えなかった。周囲を手探りしてサングラスを探し当てたところ、奇跡的に無事だった。

サングラスをかけて初めて、自分が生きていて、先ほど大立ち回りを演じたテントのなかにまだいることに気づいた。

「なにがあったんだ？　おれはテントのなかに入って……そうだ！　大統領、ろくでなしのロマの連中ときたらひどいことをしていたんだ。野良の犬猫を……そう言えば、なんでここに？　連絡した覚えはないけど」

ピザネッリは横にいる制服警官に言った。

「ここはわたしに任せて、向こうを手伝っておいで」

警官は不安げだ。

「大丈夫ですか？　この人、まだぼうっとしていますよ。救急車を呼んだほうがいいんじゃないですか？」

「きみはこいつのことを知らないから、そう言うんだよ」ピザネッリはアラゴーナに目を留めたまま、答えた。「こいつはいつもぼうっとしているんだ。心配無用だ。わたしが確認する。さあ、行った、行った」

警官は腰を上げて、頭を振り振り離れていった。

アラゴーナは言った。

「大統領、おれをコケにして満足したところで、なにがあったのか説明してもらいたいな。覚えているのは、あいつらが……ああ、反吐《へど》が出そうだ！　間に合ったんでしょ？　間に合ったと言ってくれ」

ピザネッリは微笑んだ。

「安心したまえ。きみがヒーローになる決心をした直後に、パトカー二台で駆けつけて急襲をかけた。殴られたのが頭でよかった。きみの体でもっとも役に立っていない部分だからな」

アラゴーナは再び後頭部をさすった。

「たくましくて、運動神経が発達しているから無事だった。そのくらい言ってくれてもいいのに。殴られたのが副署長だったら、おれたちはいまごろ輪になって、誰が追悼文を書くか話し合っていただろうな。それはともかく、副署長はどうしてここへ？」

「きみが車に乗って通り過ぎていくのをたまたま見かけて、なぜだか虫が知らせたのだ。あの愚か者は自分でなにもかもやろうとしている、おまけにわたしの忠告を無視して、明日まで待たずに、今夜決行しようとしている。そんな気がして、パルマを電話で叩き起こし、本部のパトカー二台を要請してもらった。パルマは友人たちに手をまわしたものの、最初はみんな本気にしなくていささか手間取ったが、どうにか間に合った。わたしがここの住所を手に入れたことを覚えているかね？」

アラゴーナはうなずいた。

「さらった動物をどうしていたかも、そのときに？」

「それはオッタヴィアのおかげだ。じつは、オッタヴィアも全容を知っている。連中がロマではなくイタリアの各地から来たことも、虎に生餌を与えるショウのことも。あいつらは入場制限までかけていて、一枚三百ユーロの券が五十枚さばけたところで販売を停止する。信じられないだろうが、客はいくらでもいるらしい。あきれたものだ」

アラゴーナはテント内を見渡した。もう、誰もいなかった。

ピザネッリは話を再開した。

「今回はぎりぎりのところで、あいつらを止めることができた。きみをぶん殴ったやつを始め全員が逮捕されたし、動物は獣医に預けてある。野良の犬猫は動物保護センターに収容された」

「白茶のぶちの仔犬がいなかったかな」

ピザネッリは両腕を大きく広げた。

「さあねえ、わたしはほかのことにかかりきりで、そっちは見ていなかった。不運な観客全員の住所氏名を手に入れたから、なんらかの罪状で立件できるといいのだが」

情報をつなぎ合わせて全体像を理解したアラゴーナは、ふと不安になった。

「パルマを叩き起こしたって言いましたよね。じゃあ、洗いざらい説明したわけだ。パルマはなんて？」

副署長は眉を寄せた。

「うーん、快くは思っていなかった。きみは犯罪が起きていることを知りながら、報告を怠った。そして、ひとりで勝手に行動して危険を冒し、本来ならもっと円滑に行われたであろう捜査を失敗に終わらせるところだった。かいつまんで言えば、各方面に迷惑をかけた」

「でも、全部ぶちまけなくてもよかったのに」アラゴーナはがっくりと肩を落とした。

ピザネッリは道理を説いた。

「では、どうすればよかった？　警察が駆けつけなければ、きみは殺されていた。わたしに感謝すべきだろうが」

アラゴーナは思案した。

「うん。浅はかだった。だけどあの袋を見たら……おれは動物が大嫌いだけど、虎に八つ裂きにされるのを黙って見ていることができなくて」

副署長はアラゴーナに手を貸して立たせた。

「立っていられるか？　大丈夫かね？　大きな瘤《こぶ》ができるだろうが、さいわい出血はしていない。ほんとうのことを知りたいか？　わたしがきみの立場だったら、やはり同じことをする。もっとも、老いぼれ上司に同行を頼むけどね」

アラゴーナはため息をついた。

「大統領、白状するよ。親父の言ったとおりだ。おれは愚か者だから、警官には不向きだ。クビになったら故郷に帰って、家業を継ぐ。おふくろが喜ぶだろうな」

ピザネッリはアラゴーナの肩を叩いた。

「まあ、どんな処分になるか、あしたまで待つんだな。停職くらいですむかもしれないぞ。停職処分の一度や二度、どうってことないだろう？ ……なにしろ、ピッツォファルコーネ署のろくでなし刑事なんだから。さあ、帰ろう。もう遅いし、ここにいてもしょうがない」

第四十三章

日付が変わって日曜になってから数時間が経っていたが、ロヤコーノは寝つけなかった。右手が痛み、足も目も文句をつけてくる。だが、窓から射し込んで天井を照らす、高速で通り過ぎていく車のヘッドライトを見つめて悶々としているのは、それが原因ではない。考えるべきことが、あまりに多かった。仕事、心配事、自分の感情、家庭。ラウラ、ペトロヴィッチ、マリネッラ、クオコロ、パルマ、レティツィア、ヌビラ夫人、前妻のソニア、セナトーレ技師、ロマーノ。面立ち、言葉、キス、微笑、殴打、握手。

少し前、〝ピッツォファルコーネ署のろくでなし〟でなかったころは、さっさとベッドに入ってすぐ眠り、なるたけ長く夢の世界に留まっているよう努めていた。それは、考えるべきことがないという事実から逃れるためだった。いま振り返ってみると信じがたいが、しばらく前は楽しい思い出など、幸せな家庭生活を送っていたはるか昔まで記憶を遡らないと見つからなかったのだ。

それに引き換え今夜は、休息が必要なのは百も承知だが、考えるべきことがたくさんあって眠ることができなかった。加えて、疲れてぼうっとしているとあってどれもこれもが等しく重大に思えて、耐えがたいプレッシャーを感じた。

マリネッラがラウラに反感を抱くいっぽうで、ラウラはどのような状況でも自分自身であり続けようとする。どうすれば、どちらも失わずにすむのだろう。陽気でグラマーなレティツィアが唇にした軽いキスや、ラウラに秘密の恋人として扱われていることをどう受け止めたものか。ロマーノが信頼してくれている気がするときが、たまにある。どうにか力になってやりたいものだ。

それに、ペトロヴィッチの話が真実かどうかたしかめなくては。

捜査についてまた一生懸命考えることができるようになったのがうれしかった。これで、突如筋道が通ったときや勘がひらめいたときに感じる、脳や血管に生命が吹き込まれた喜びを再び味わうことができる。だから天井を見上げながら、筋骨隆々たるペトロヴィッチの悲しげな顔が瞼の裏に浮かんだのは、ごく自然な成り行きだった。

寝る前に飲んだ二錠のアスピリンが効いてくるのを待つうちに、推論の表面に入った小さなひび割れ――質問を重ね、現場検証を繰り返し、報告書を読み返して再構築した推論にかすかな歪みがあることに気がついた。無関係にも見えるその小さな矛盾、もしくは些細な間違いは、大勢《たいせい》とは反対の方向を示していた。

アラゴーナの大好きなテレビ番組の主人公や推理小説の登場人物のようになることができれば、さぞかし楽だろう。もっとも、推理小説はほとんど読まない。手がかりを惜しみなく残していく殺人犯、天才刑事に探偵、身の毛のよだつ残酷性などが現実離れしていて耐えがたいからだ。現実はそんなものではない。絞殺された若い女性、ゴミ集積所に捨てられ、生死の境をさまよっている赤ん坊、いまだつかまらない殺人犯。これが現実だ。

あざのできた目が、ずきずき疼く。だが、疲労と寝不足でできた隈を隠してくれるから、よしとした。

殴られたことやその後のことは、ラウラに伏せてある。心配させたくないからだが、正直なところ、無関心だったらどうしようと恐れてもいた。ラウラは自分ほどふたりの関係に熱心ではないと感じるときがある。関係を秘密にしているのは分署の存続のためでもあるが、公表する前にうまくいくかどうかを試す目的もあるのだろう。

自尊心が頭をもたげた。ラウラにその気がないなら、こっちから願い下げだ。誰がひざまずいて愛を請うものか。おれには娘がいるし、熱意と興味を持つことのできる仕事もある。目に青あざができたとしても、一時的だ。何様のつもりだ、ラウラ？　おれを窮屈な場所に閉じ込めて飼い慣らし、気が向いたら外に出してかわいがるのか？

果たして、ペトロヴィッチは出まかせを言ったのか。刑事を出し抜くほどに悪賢いのか。ララに捨てられた恨みを晴らしたのだろうか。それとも誰かをかばっている？　だとすれば、誰をかばっているのか。

マリネッラの問題もある。これに関しては、ラウラとレティツィアの奇跡的に一致した意見のとおりだ。マリネッラはもう子どもではない。肩車をして歩いた思い出が強すぎて、娘を見くびっていた。親をだます計画を立て、嫉妬し、反抗する年齢になったのだ。レティツィアとしたように、ラウラを交えて夕食を楽しむのも悪くない。むろん、かなり違った形になる。ラウラは冷凍ディナーを電子レンジで温めるのがせいぜいだから、レティツィアとの比較を避けるためにレストランに、それも高級な店に連れていこう。マリネッラは変化を喜び、母性豊かなレティツィアの家庭的でひなびた店よりも、贅沢な雰囲気や新しいドレスを好むかもしれない。

ペトロヴィッチはララを思って涙ぐんでいた。あの悲しみが本物だとしたら？　では、誰がどんな嘘をついているのか。

ソニアも頭痛の種だ。離婚がまだ正式に認められていないので、ロヤコーノは書類上では既婚だった。ソニアは、この街で父親と暮らすことにしたマリネッラの決心が固いのを知って渋々了承した。ここは一種独特で物騒な街だが、マリネッラは生き生きしていて親しみやすいと感じている。だが、ソニアがおとなしく引っ込むはずがない。絶対に攻撃してくる。いますぐでもおかしくないが、おそらく二ヶ月後の学年末のあたりに。厄介なことになるのが目に見えている。弁護士を雇って、慰謝料と親権を要求してくるだろう。人生をめちゃくちゃにされかねない。それも徹底的に。

――クオコロ。ペトロヴィッチはクオコロをかばおうとしている？　あいつは札付きのワルだ。屋上へ逃げたあげく、ぶん殴ってきた。アレックスの超人的な射撃の腕がなければ、おれはいまごろ自分のではなく病院のベッドの上、悪くすれば解剖台の上にいた。

この街――ディスコの入口でガールフレンドを殴っていた、たくましい若者が目に浮かんだ。マリネッラをここに置いておいていいのだろうか。ねえ、パパ、出かけてくるわね。じゃあ、あとで。そしておれがテレビを見ているか、寝ているあいだに殴られる。あるいはバッグを盗まれる、酔っぱらった金持ち坊やの集団にレイプされる。だが、こうしたことはよそでも起きる。それが六百キロ、七百キロ離れた、助けにいくことのできない遠方で起きたら？　そっちのほうが最悪ではないか？

手がかりの少ない事件だ。被害者のことを悪く言う人はいない。諍《いさか》いや口論の話もない。ララは美人だった。美人であることが災いして、死を招くこともある。ヨットと社交の好きな独身男のセナトーレ技師は、ララに言い寄った。クオコロは短期間、肉体関係を持っていた。ララを恨んでいたのは、誰だ？　赤ん坊を奪い、母親を殺すほどの恨みとは？

あきらめて時計を見た。うんざりする日曜になりそうだ。

ため息をついて箪笥の上の携帯電話を取る。スクロールして緑色のボタンを押して待った。

「チャオ。起こしてしまったかな？」

第四十四章

アラゴーナは日曜が非番のときは、実家に帰っておふくろの味を堪能するか、〈メディテラネオ・ホテル〉のルーフガーデンでいつもより一時間余分にかけて朝食をとり、火山、茫漠たる海原、水平線まで延びる半島から成る絶景を満喫する。そして、憧れのイリーナの微笑に対して、海原を前に沈思黙考している敏腕刑事を装ってうわの空で微笑を返す。濃いダブルエスプレッソをマグカップでもう一杯——いや、ミルク少なめで砂糖なしのマキアートだ。タフな男はこうして胃炎を防ぐ。

だが、その日曜は例外だった。想像するだけで心が晴れる彼女の青い目に、見せたくない有様だったのだ。前の晩は寝ては覚めてを繰り返すうちに、時間が容赦なく過ぎていった。断続的な夢のなかに父親とパルマが代わる代わる登場する。似ても似つかないふたりだが、アラゴーナに対する怒りは共通していて、厳しく叱責した。ピザネッリの言ったとおりで判断を誤ったことはたしかだし、過去の素行は決してほめられたものではない。

どの程度の処分が下るか予見できないが、停職はまず間違いなく、ただでさえ見栄えのしない経歴に消すことのできない汚点がつくだろう。免職ともなれば一族全体の不名誉だ。県知事の叔父はこれまでなにかと便宜を図ってくれただけに、その反応を想像することさえ憚られた。

警官になる夢を支え、応援してくれた母親が嘆き悲しむのは、言うまでもない。母親がなにかに夢中になると、父親は必ず嫌味を言い、アラゴーナがふたりのどちらに似ているか、それを見れば一目瞭然だった。もっとも母と息子は目配せを交わして、笑い飛ばしていた。

だが、これは笑い事ではすまされない。夢ばかりか、家業から距離を置いて独立する可能性も失われる。尻尾を股のあいだに挟んですごすごと家に帰り、事務所でデスクを与えられ、考えられる限り最悪な上司のもとで働くことになるのだ。

こうした理由で、アラゴーナはイリーナの前に顔を出さなかった。可憐で聡い彼女に、絶望と苛立ちを読み取られたくなかったのだ。そもそも、無鉄砲が引き起こした騒動をまるきり無駄に終わらせないためのだいじな用が控えていた。

そこで朝早く車に乗り込んで、前の晩に書き留めた住所をカーナビに登録した。街の少し外だが、日曜とあって道路は空いていた。

道のりを半分くらい進んだあたりから建物がまばらになり、やがて庭先に色とりどりの洗濯物を翻《ひるがえ》すトタン小屋、道路で遊ぶ子どもたち、農産物を市場に運ぶトラックが目につくようになった。そのうち、それも見えなくなった。

道幅が狭まるとともに、カーナビの位置表示が消えた。アラゴーナは通行人に何度か道を尋ねたが、理解できるイタリア語を話す人はいなかった。それでもようやく、半分に割った梁に名前を記した看板を見つけて小径を進み、錆びた門の前にたどり着いた。クラクションを数回鳴らすと、退屈そうな顔をした老人が現れて門を開けた。

車を降りたとたん、ワンワンキャンキャンとけたたましく吠える声に囲まれた。眼鏡をかけた五十絡みの男がやってきて、にこにこして握手を求める。ジーンズにTシャツ、髪はほとんどない。施設の運営責任者、ガブリエーレだった。アラゴーナは名乗って、警官バッジを見せた。こうして見せることができるのもあと少しだと悲しくなった。一等巡査マルコ・アラゴーナ——なにが一等だ、びりじゃないか。

もともとは共同農場だったらしく、正面に小さな家が密集していた。動物の姿は見えず、騒々しい鳴き声はうしろから聞こえてくる。ガブリエーレは近くにいた青年と少女ふたりを呼び寄せて紹介した。ジュリアーナ、ローザマリア、マッシモは動物保護センターの手伝いをするボランティアグループのメンバーだった。三人はいそいそと握手の手を差し出した。

「ゆうべのことは知っていますよ」ガブリエーレが口を切った。「大活躍だったね。きみに会えて、わたしを始めみんな大喜びなんだ。市内の動物を取り巻く状況は承知しているつもりだったが、まさかあんなことが起きていたとはね」

アラゴーナは少々居心地が悪かった。

「ええまあ。おれ……警察は別件の捜査中に偶然この件を知って、さいわい無事に……ところで、救出された動物を見てもいいかな。ここに運ばれたと聞いたんだが」

マッシモが答えた。

「ええ。きのうは当番だったので、ぼくが受け入れました。こっちです、どうぞ」

髪をくしゃくしゃにした十代のジュリアーナが興味津々で、マッシモのあとに続くアラゴーナに訊いてくる。

「どうしてわかったんです？　あの連中は一ヶ所に一週間以上はいなかったんですよね。どれだけの犬や猫が虎の犠牲になったのかしら。かわいそうに。もちろん、虎は悪くないわ。本能に従っただけだもの。だけど、見世物にするなんて最低」

アラゴーナが答える前に、小太りのローザマリアが騒がしい環境で鍛えられたらしいよく通る声で、耳元で叫んだ。

「あなたたち、大いに自慢しなくちゃ。消えた動物のことを調べようと思う人は、ほかの街にはひとりもいなかったんだもの。いくつかの動物愛護団体にインターネットを使って知らせたら、みんな絶賛していた」

通路を進んでいくあいだ、両側に並んだ檻の犬たちはアラゴーナを歓迎して、鉄格子に体当たりして喜んだ。ガブリエーレと三人のボランティアは目を丸くした。ガブリエーレが叫んだ。

「こいつは驚いた！　仲間を助けたのがきみだとわかっているみたいだ」

アラゴーナはにべもなく言った。

「いや、まさか。いつものことでね。犬は顔じゅう舐めまわすし、猫は脚にすり寄ってズボンを毛だらけにする。やつら……動物はおれのことがやたら好きらしい。子どものころからそうだった」

ふたりの少女はいたく感じ入って、憧れの目でアラゴーナを見つめた。

「だったら、しょっちゅう会いにきて」ジュリアーナが熱を込めて誘う。

「学校訪問をしようよ」マッシモが口を挟んだ。「子どもたちに手本を見せるんだ。犯罪に断固として立ち向かう警官でも、動物を愛し――」

アラゴーナはさえぎった。

「冗談じゃない、勘弁してくれ。動物について話すなんて、めっそうもない。おれには向かないよ」十匹ほどの犬がいる檻を指さす。「あれがそうだろ？」

アラゴーナに駆け寄りたくて騒いでいる集団のなかに、待ち伏せをしていた夜にシドとじゃれ合った脚の短い黒の野良犬がいた。さらには首に赤い紐をつけたぶちの仔犬も。

アラゴーナはガブリエーレに言った。

「あれだ、あそこの仔犬。あれはガキ……じゃなくて市民から盗まれた犬なんだ。連れ帰ってかまわないかな」

ガブリエーレは微笑んだ。

「本来はマイクロチップの有無を確認したうえで、里親として登録するまで待つ決まりだけど、哀れな動物を救ったヒーローは例外だ。きみたちも異存はないね？」

ジュリアーナが檻を開けると同時に、すべての犬が雪崩を打ってアラゴーナに飛びついた。

ゲームセンターはまだ閉まっていた。アラゴーナは、ちぎれんばかりに尾を振る仔犬の王アルトゥーの首に巻いたリード代わりの紐を手に、途方に暮れてシャッターの前にたたずんだ。最悪の気分で始まった朝は、我が子のごとく愛して磨き上げているスポーツカーの助手席にアルトゥーが漏らした悲劇を経て悪化の一途をたどり、その仕上げがこれだった。

どうしたものかときょろきょろしているところへ、携帯電話に入った分署からの呼び出しメールがとどめの一撃を加えた。

すぐそこのバールが開いていた。入ってコーヒーを注文する。店主が渋面をこしらえた。

「動物は入店禁止だ」

相手が悪かった。むしゃくしゃしていたアラゴーナは声を荒らげた。

「動物がだめなら、なんでおまえがここにいる。警察だ。ピッツォファルコーネ署のアラゴーナ刑事だ。おとなしくコーヒーを出して犬をかわいがるか、そこのトイレのごまんとある衛生法違反で閉店するか、どっちがいい」

コーヒーを飲み終えて、あらためて店主に話しかけた。

「ウィリアムっていうスリランカ人の子を知らないか？」

店主は共通の知り合いがいると知って、喜んだ。

「ああ、そりゃあもう。前のゲームセンターで手伝いをしている子だろ。いい小僧っこだ。なにかあったのかい？」

アラゴーナはかぶりを振った。

「いや、別に。これはあの子の犬で、迷子になっていたのを連れてきてやったんだ。だけど、待っていて渡してやる時間はない。ここに置いていくから、あとは頼めないか？」

店主はいそいそと言った。

「もちろん。あとは任せてくださいよ。心配無用」

アラゴーナは仔犬を預けて店を出た。大きなため息をついて分署に電話をかけた。オッタヴィアが出た。

「あら、マルコ、遅かったじゃない。署長が呼んでいるわよ、すぐ来て。急いで」

腹の奥底がぎゅっと締まって、嫌な音を立てた。ついに、そのときが来た。

アラゴーナはもうひとつ大きなため息をついて、歩き始めた。

第四十五章

その日の午前中の勤務はアレックスとオッタヴィア、午後はロマーノとピザネッリのみに割り当てられていたが、全員が顔を揃えていた。署長と一対一の話し合いを予期していたアラゴーナは、うろたえて周囲を見まわした。

「みんな、なんでここに？　異端審問でも開くのか？　いくらおれでも、そこまで悪いことは――」

ピザネッリが厳しい口調でさえぎった。

「ウクライナ人女性殺害事件で招集がかかったのだ。進展があったと見える」

「いや、進展とまではいかない」ロヤコーノが正す。「ララの夫の聴取について話し合った結果――」

パルマが供述書を持って、刑事部屋にせかせか入ってきた。

「非番の人たちには、休みを台無しにさせてすまない。承知のとおり、ロヤコーノとロマーノは昨夜、ララ・ベルナツカの夫ナザール・ペトロヴィッチを聴取した。報告書はすでに作成され、担当のピラース検事補にも連絡済みだ。検事補は昨夜の時点では緊急性はないと判断したが、ひと晩熟慮した結果、明け方に全員の招集を要請してきた。間もなく到着する」

「別に用があるわけではなかったからかまわないが」ロマーノがぼやく。「久しぶりに眠ったところだったんだ」

アレックスはオッタヴィアとうなずき合った。

「女どうし、つまりインテリどうしで朝を過ごすのは楽しいわよね。ところで、なぜペトロヴィッチがそんなに重要なの？」

ロマーノはロヤコーノを見て、肩をすくめた。

「新事実はない。少なくとも、おれはそう思う」

中国人《チネーゼ》の表情は変わらず、また否定も肯定もしなかった。

パルマはアラゴーナに言った。

「きみにはあとで――」

まさにそのとき、ピラースがいつものように集中して、せわしない足取りで入ってきた。

「おはよう。日曜なのは承知だけれど、深刻な状況なのよ。それから、マスコミの関心が日増しに強くなって――」ロヤコーノの顔に視線を落とし、青あざに気づいて言葉を失った。口をぱくぱくさせ、それから空咳をして平静を装ったが、ショックを受けているのは誰の目にも明らかだった。「ロヤコーノ警部、いったいその目はどうしたの？」

パルマが口を挟んだ。

「たいした怪我ではないので報告するまでもないと思いましてね、検事補。きのう、ドナート・クオコロを連行する際に、警部が――」

ロヤコーノは冷静にあとを続けた。

「まったく間抜けな話だが、ドアの脇柱にぶつかった。心配無用。見た目ほどには痛くない」

ピラースは口を閉じてロヤコーノをしげしげ眺めた。警部は感情をいっさい見せなかったが、誰もが妙に張り詰めた空気を感じ取った。ピラースはつと視線を逸らして、中断した箇所から話を再開した。

「マスコミの関心が日増しに強くなっているので、捜査を急ぐ必要がある。残業を正式に許可し、残業代を支給します。パルマ署長、あとはあなたが」

サルデーニャ訛りがふだんよりも強いのは、怒っている証拠だ。怒りの対象はロヤコーノだろう。

署長はうなずいた。

「ロヤコーノとロマーノの報告書にあるとおり、ペトロヴィッチはララとは友人関係で仲がよかったと供述した。しかしながら、被害者が夫を恐れていたとの相反する証言もある。またペトロヴィッチ自身も認めているが、被害者は金を渡し、さらにはクオコロに頼んで働き口を見つけてやった。最初は工事現場での肉体労働、次は現在の働き先でもあるディスコ〈ブルー・ムーン〉だ。被害者の死亡推定時間帯にはそこにいたと、ペトロヴィッチは証言している」

ラウラが再び口を開いた。

「被害者とペトロヴィッチの関係が実際はどうだったのかを、調べる必要があるわね。被害者を最後に雇用したセナトーレをもう一度聴取して、ペトロヴィッチを目撃したことがあるか確認して。それから留置中のクオコロからさらに話を聞き出す。ここにポッジョレアーレ刑務所の面会許可証があるわ」

パルマがあとを引き取った。

「セナトーレ技師は前回聴取をしたロヤコーノとロマーノに任せる。アレックスとアラゴーナはクオコロ。きみたちのほうが話を引き出せる気がする。わたしとピザネッリ、オッタヴィアはここに残る。病院から連絡があった。残念ながら、赤ん坊の容態は好転する気配がない。十二時間以内に自発呼吸が戻らなければ、助かる見込みはなくなる。そのためもあって、ここに残ることにした」

刑事たちは思わず、ベビー服とよだれかけの載ったロマーノのデスクを振り向いた。

ピラースは刑事たちの視線を追って言った。

「発見したときにこれを着ていたのね?」

ロマーノは険しい顔でうなずいた。

「ええ、保育器のなかでは……なにも着せないんで」

ピラースはデスクへ行き、よだれかけを取り上げてじっくり見た。

「上等な品質だわ。高級品よ」

刑事たちは怪訝な面持ちで顔を見合わせた。

「これはわたしが預かるわ」ラウラはオッタヴィアのほうを向いた。「調べたいことがあるの。カラブレーゼ刑事、一緒に来て。ほかの人たちは調査結果を委細漏らさずただちに報告すること。さあ、行動開始よ」

第四十六章

セナトーレの居場所は、頻繁に更新するブログにセーリングの準備をしている写真が載っていたので簡単に割れた。湖を背景にして日焼けした顔をほころばせている写真に映っているのは、観光客に人気のある有名なヨットハーバーだった。

セナトーレはすぐに見つかった。金髪の中年女性を伴っていた。昔はきれいだったのだろうが、首に寄った皺は隠せない。

湖上ランチ用の食料と飲み物を小さなキャビンに積み終えて、いままさに帆を上げて出発しようとしていたセナトーレは、岸壁から見下ろしているジャケットとネクタイ姿の男ふたりに気づいて、ミラーレンズのサングラスをかけた顔を蒼白にした。

連れの女性に声をかける。

「シャンタル、悪いけどこの人たちとちょっと話がある」

金髪女は子どものように頬をふくらませたが、中年女にはそぐわない仕草だった。

「いま? 出発するところじゃない、セルジュッチョ。出直してもらいなさいよ」

セナトーレは目で哀れみを乞うたが、ロマーノは渋面の筋一本動かさない。ため息をついて答えた。

「いや、だめだ。あいにくだけど。でも、二分かそこらで終わるから。そうですよね?」

ロヤコーノは哀れみを持っていた。

「そのとおりだ、シニョーラ。二分かそこら、長くて三分」

クオコロが看守に連れられて、面会室に入ってきた。アラゴーナとアレックスを投げやりにちらっと見て言った。

「取引しただろ。なにか罪を着せようってならひと言もしゃべらないし、弁護士を呼ぶ。いいな?」

「いいわよ」アレックスは答えた。「二、三細かい点を確認したいだけよ。署長の了解も取ってある。座ったら?」

クオコロは座る素振りを見せずに、仁王立ちになって腕を組んだ。

「だったら、さっさと訊けよ。同房のやつらとトレセッテ（カードゲーム）をやってたんだ。みんな、待ってるんだからさ」

アラゴーナは青いサングラスをおもむろに取った。

「ルールを決めるのはおまえじゃない、クオコロ」

クオコロは看守に声をかけた。

「戻るぜ。面会は終わった」

看守は肩をすくめ、クオコロを連れて出ていきかけた。アレックスはアラゴーナの脛を蹴飛ばし、うめき声を無視してクオコロに言った。

「射撃がうまいことを後悔したくないから、戻って」

クオコロは立ち止まって一瞬ためらったものの、戻ってきた。


セナトーレは身軽に岸壁に跳び上がった。ふたりの刑事の腕をつかんで少し離れたところへ連れていき、声をひそめて言った。

「勘弁してくれ。困るんだよ、ほんとうに。二ヶ月もかけて、このセーリングを段取りしたんだ。彼女は大口のクライアントの奥さんで、亭主は出張中。警察が来たと知れば彼女は瞬《またた》く間に姿を消して縁を切り、わたしは契約を失う。それで？」

「すぐ終わりますよ」ロヤコーノは応じた。「先日、訊き忘れたことがあって。ララに結婚歴があったことを知っていた？」

セナトーレは笑顔をこしらえて、デッキでむくれている元美女に投げキスをした。

「え？　ララが？　いや……うーん、どうだったかな……ずいぶん前のことだし、それに……」

「だったら、あそこにいるお連れさんに訊いてみようか？」ロマーノが怒鳴りつける。「結婚が話題になったら、彼女は心おだやかではいられないだろうな、セルジュッチョ」

セナトーレは震え上がった。

「冗談じゃない。わたしの言ったことを聞いていなかったのか？　わかった。少し考えさせてくれ。そうそう、思い出した。最初のころ、子持ちかと尋ねたら、結婚していたが亭主は子どもを作ることができなかったと話していたっけ。もういいかな？」

クオコロはアレックスに言った。

「なあ、ふだんならおれはやめなかった。ひとりずつ、始末しただろう。まず同僚、次はあんたって具合に殺していた。拳銃なんか、あってもなくても同じだ。おれみたいに十四のときから銃を突きつけられていると、屁でもなくなるんだよ。だけど、あのときはやめた」

アレックスは本題に入ろうとした。

「クオコロ、わたしたちが来たのは――」

クオコロはそれが聞こえなかったかのように、話を続けた。

「何度も銃を向けられたから、おれには違いがすぐわかる」

当惑しているアレックスに引き換え、アラゴーナは興味津々だった。

「違い？　なにが違う」

「ヤク中なんかは銃を持つ手が震えていて、なにも考えずに引き金を引くから物騒だ。そもそも、二三口径であの距離から撃ったら、相手が象でも当たらない。じっくり考えて撃つやつもいる。ぐずぐずしていて銃を奪われ、撃たずに終わるやつもいれば、自分の銃で殺されるやつもいる。そして、この女警官みたいなやつもいる」

アレックスは頭を左右に振った。

「クオコロ、わたしたちはあなたの心理分析を拝聴しにきたんじゃない。いくつか訊きたいことがある。答えてくれたら、帰るわ」

「いや、最後まで話をさせようよ」アラゴーナは言った。「彼女みたいな？　どういう意味だ」

「目が違う。同じ目を一度だけ見たことがある。さいわい、標的はおれではなかった。あれは撃つ気満々、百発百中で的に当てる目だ」

クオコロを連れてきた看守は身動きひとつしないで、視線を前方に据えている。アラゴーナはアレックスがうらやましかった。札付きのワルが自分のことをこんなふうに話すのを聞くためなら、腕を一本失っても惜しくない。

アレックスは唇に軽く手を触れて言った。

「では、質問に答えて。ララは夫に対してどんな感情を持っていたと思う？」

ヨットに背を向け、眉をひそめて待っているセナトーレに、ロヤコーノは質問した。

「ララは夫についてなにかほかに話さなかったか？　たとえば夫を恐れている、あるいは反対にまた会いたいなどとは？」

「なんだって、わたしがこんな目に遭わなきゃいけないんだ」セナトーレはぼやいた。「説明してくれよ。彼女とセックスをしたかっただけで、私生活はなにも知らない。さっきから言っているじゃないか。何ヶ月も前の——」

ロマーノはヨットを指さした。

「ヨットになにか飲み物はないか？　喉が渇いた。あそこで腰を下ろして話をしていれば、いくらか思い出すんじゃないか？」

セナトーレはぴしゃんと額を叩いた。

「ああ、そうだ。なんで早く思い出さなかったんだろう。事件には無関係かもしれないが、試用期間が終わって少し経ったころ、男がララに会いにきた。わたしは体調がすぐれなくて、たまたま家にいた。冬は必ずインフルエンザにかかってね。ワクチンを打ったほうがいいんだろうな。ララが故郷の言葉でインターフォン越しに話しているのが聞こえ、少ししてノックの音がした。そこでそっと覗いたら、玄関に大男が立っていた。するとララがわたしのところへ来て、月給の前借を頼んだ。あと二日で給料日だったので、了承したよ。わたしは決まりをきっちり守る主義だが、物わかりが悪いわけではな——」

ロマーノはしまいまで言わせなかった。

「わかった、わかった。彼女はその金をどうした?」

「じつはドアの隙間から覗いていたんだよ。ほんの好奇心で。ララは封筒から札を何枚か抜いてポケットに入れ、残りは全部男に渡した」

ロヤコーノは緊張して耳をそばだてた。

「言い争いや喧嘩は?」

ロマーノがつけ加える。

「ララは動揺していた、苛立っていた。そんな様子はなかったか? 男に脅されていたか?」

セナトーレは眉間に皺を寄せた。

「いや、まったく。彼女は落ち着いていた。男のほうは、なんというか……困っていた。いや、恥ずかしそうだった。やさしい、人のよさそうな顔をしていたな。にこにこして、感謝感激ってふうだった」

ロマーノが訊いた。

「別れるときはどんなだった?」

「キスをして別れた。恋人どうしではなく、友だちとして」

「男が何者か、訊かなかったのか?」ロマーノは質問を重ねた。

「他人のことには首を突っ込まない主義なんでね。男を見たのはその一回きりだし、わたしも忘れていた。そうそう、あのとき噂を思い出したんだ。こうした東ヨーロッパ出身の家事手伝いは、イタリアに着いたときに面倒を見てくれた人たちに給料の一部を一定期間払うらしい。

男はその互助グループのひとりではないかと思った」

ふたりの刑事は顔を見合わせ、ロヤコーノが言った。

「男についてほかに覚えていることはないかな。大男という以外に」

「いや、あいにくだが。とにかく大男だった。声は低くて太いが、顔はべそをかいている赤ん坊だね。そろそろ解放してくれないか？　わたしの休日をぶち壊すつもりかね」

クオコロは断言した。

「ララは亭主のことが好きだった。心配していた。金がないために面倒に巻き込まれるんじゃないか、危ない橋を渡る羽目になるんじゃないかって。まあ、あながち間違ってはいない。ここじゃ、食うために犯罪に手を染めるやつが大勢いる」

「食うためだけではないだろ」と、アラゴーナ。「だから、彼女はおまえを頼ったのか？」

クオコロはアラゴーナではなく、アレックスに向かって答えた。

「うん。おれに頼めばなんとかなるとわかっていたんだ。友だちだしな。まっとうな仕事を探すと、約束させられたよ。それで、まだ亭主を愛しているのかと訊いたら、笑ったよ。兄弟みたいに愛しているんだとさ。きれいだったな、ララは。かわいそうでたまらないよ。心の広い女だった」

アレックスはひたすら集中した。

「彼女は夫が働き始めてからも、援助を続けていたの？」

「いいや。ナザールはりっぱなやつで、自尊心がある。仕事にありついてからは用立てを頼むどころか返済を始めて、全額をきれいに返した。返さなくていいとララは言ったんだが、ナザールは聞かなかった」

「石積み工を辞めてディスコに移ったのは、どうしてだ？」アラゴーナが訊いた。

「実入りがいいからだよ。あいつは同じ職場のルーマニア人の女と同棲していて、ふたりきりで住めるところに移りたがっている。いまは、もう一組のカップルとアパートで共同生活をしているんだ。その話をしたときは真っ赤になっていた。ていうか、真っ赤になったみたいだった。〈ブルー・ムーン〉で働くようになって、凄みを利かせたくてひげを生やしたから。ナザールは、かわいい坊やって言いたくなる童顔なんだ。あれじゃあ、図体がでかくなかったら誰も怖がらない」

ピラースはよだれかけを光にかざしてテーブルクロスと見比べ、勝ち誇ったようにオッタヴィアに言った。

「見たでしょう、カラブレーゼ刑事。わかる？」

「ええ」オッタヴィアが答える。「不可能だわ」

「そう、不可能なのよ。まったく違う。だから、ここにはほかのがない」

オッタヴィアは悲しげに視線を巡らした。

「でも、ほかにないから、ないのではない」

ピラースは思いに沈んで言った。

「ええ、ほかにもあるわ。おそらく、それが鍵でしょうね」

第四十七章

日曜で道路が空いていたおかげで、アレックスとアラゴーナは署に一番早く戻った。刑事部屋ではピザネッリが電話でしきりに話しているだけで、オッタヴィアの姿は見当たらない。アラゴーナは、母親がいない家に帰ってきたように感じた。やさしくて誰にでも常に力を貸してくれるオッタヴィアが班のなかで果たしている重要な役割を、アラゴーナは初めて理解した。そして、最初は嫌でたまらなかったこの班から追い出されることを悲しんでいる自分に気づいて、驚いた。ほんとうはピッツォファルコーネ署のろくでなし刑事たちが大好きだったのだ。ずっと仲間でいることができれば、どれほどうれしいことか。

ピザネッリがちらっと目を上げて、また電話に戻って話を続ける。副署長はあの奇妙な調査につき合い、無鉄砲な行動が招いた危機から救ってくれた、信頼できる父親みたいな友人だ。オッタヴィアがいれば相談することができるのに。おふくろさん《マンミーナ》ならきっと理解を示して、署長に掛け合ってくれる。だが、ピラース検事補と出かけていて、いつ戻るのか見当もつかなかった。

パルマ署長が刑事部屋を覗いて、ピザネッリに目配せをした。ピザネッリは受話器を置いて腰を上げ、上着を整えた。

「いまのうちにすませよう」パルマは言った。「アラゴーナ、副署長、こっちへ。アレックス、みんなが戻ったら教えてくれ」

アラゴーナは判決が下される寸前の被告の気持ちがよくわかった。ピザネッリはひたすら目を逸らして、アラゴーナの訴えるような視線を受け止めない。内緒にしてくれと頼んだために副署長を面倒に巻き込んでしまったことを、アラゴーナは遅ればせながら悟った。階級が上であるぶん、処分はいっそう重くなる。胸がどきどきして、胃が痛くなってきた。おれはとんでもないエゴイストだった。

パルマはデスクについてなにか読んでいた。ときおり、眉をひそめて首を傾げる。

「座りたまえ」

アラゴーナとピザネッリは、並んで椅子に腰かけた。開いた窓から春の甘い空気が流れ入り、アラゴーナは名状しがたい寂しさに襲われた。

先に説明したほうがよかろうと判断した。

「署長、ピザネッリ副署長はなにもしていません。おれが――」

パルマはじろりと睨んだ。

「きみは骨の髄までエゴイスティックなろくでなしだな。おれが、おれが、と自分のことしか頭にない。いつになったら、成果はみんなの協力の賜物だということがわかるんだ」

「でも、おれが最初に――」

「ああ、たしかにそうだが、ジョルジョの功績は否定できない。違うか？　ジョルジョは関係各所と連携を取って応援隊を組織し、状況を逐一わたしに報告した。いいか、アラゴーナ、偶然に頼っていてはうまくいかない場合が多々ある。タイミングと協調がもっとも大切だ。きみもおいおい学ぶだろう」

アラゴーナはわけがわからなかった。聞き間違いだろうか。聞いていることと見ていることが一致しない。署長はいったいなんの話をしているのだろう。隣で泰然自若としてまっすぐパルマに顔を向けているピザネッリを盗み見た。

「むろん」パルマは続けた。「それできみの功績が減るわけではないし、正直なところわたしは驚いている。ロヤコーノ警部もジョルジョも、マルコ・アラゴーナ一等巡査はりっぱな警官になる素質があると口癖のように言っている。ふたりが正しいことをきみは証明した。よくやった」

よくやった――パルマは「よくやった」と言った。それも、アラゴーナに向かって。なにか答えなくてはとアラゴーナは口を開けたが、声が出なかった。いつもの癖でもったいぶってサングラスを取ったが、どうしていいかわからず、またすぐかけた。ピザネッリが軽く咳払いをして、笑いを押し隠す。そして言った。

「署長、ありがたい言葉だが、わたしはたいしたことはしていない。マルコは管区の野良犬や猫が減っていくのに気づいて、すぐに報告してきた。マルコと一緒に聞き込みをして作戦の準備をしたのは事実だが、あとは署長に報告を入れた程度ですよ。それに、署長が急な要請に応えてパトカーを手配してくれなかったら、どうなっていたことか。こちらが素早く行動しなければ不意を突くことはできず、現行犯逮捕は不可能だった。しかしまあ、楽しかったな。夜襲は何年ぶりだったろう」

パルマはにっこりした。

「ジョルジョ、そう謙遜するものじゃない。協力し合って行動したからこそ、うまくいったんだ。オッタヴィアも、いつものように全力を注いでくれた。血に飢えた変態どもが使う予約サイトを見つけたのは、彼女だ。さて、きみたちに来てもらったのは、面倒だろうが署のプラスになる仕事を頼むためだ。本部の広報によると、マスコミがこの件に夢中になっている。子どもや動物は大衆の興味を惹きつける恰好の話題になるからね。ふだんは誰も、野良の動物には見向きもしないのに。こうした救出劇は罪悪感を減らす役に立つのだろう。というわけで、あす本部で開かれる記者会見に出席してもらいたい」

ピザネッリはにやにやした。

「署長、どうしても必要とあれば……警官の本分は真実を追い求めることであって、テレビカメラや記者の前で時間を無駄にするのはそれに反しますがね。記者会見なんてものは目立ちたがり屋のための田舎芝居ですよ。そうだろう、マルコ？」

テレビ映りがよいと自負しているアラゴーナは、インタビューの機会を取り上げられたらテレビを叩き壊すだろうが、あいまいにうなずいた。

パルマは重ねて言った。

「頼むよ。分署の存続がかかっているんだ。本物のろくでなし、つまり自分の分署の管区拡大と人材削減が目的でこの署の閉鎖を企んでいる連中は、われわれの功績をなるたけ小さく見せようとする。多少なりともよい評判が立てば、少なくともララ殺しが解決するまで、連中を黙らせておくことができる。動物救出の成功は分署の救世主と言ってもいいくらいだ」

干からびた口のなかにようやく湿り気が戻ったアラゴーナは、うわずった声で言った。

「秘密の作戦でなければ、呼び名をつけていたでしょ。汚職やマフィアの一斉捜索のときみたいに。だったら、これもつけなくちゃ。たとえば〝ろくでなし刑事対ろくでなし野郎〟。〝ピッツォファルコーネ署のろくでなし刑事たちに仔犬を〟でもいいな。どうです?」

パルマは渋い顔で、懸命に笑いをこらえているピザネッリを見やった。

「きみはやはり阿呆だ、アラゴーナ。才能のある阿呆かもしれないが、阿呆であることに変わりはない。さて、話は終わった。あすの記者会見についてはあらためて知らせる。頼むから、花柄のシャツでカメラの前に立たないでくれよ」

廊下に出て署長室のドアを閉めると、アラゴーナはピザネッリに向かい合った。サングラスを取ってまじまじと見つめ、なにか言おうとして口を開けたがすぐに閉じ、首を傾げてまたサングラスをかける。

するとと突然、ピザネッリを抱きしめた。以前の彼なら夢のなかでもしなかった。

そのあと、これまでの極度の緊張が引き起こした吐き気に見舞われて、トイレに駆け込んだ。

第四十八章

刑事部屋に全員が揃ったところで、ピラース、ロヤコーノ、ディ・ナルドの順で発言した。三人とも私見が影響を及ぼすのを恐れて、見聞きした事実のみを簡潔に述べた。誰とも目を合わせずにまっすぐ前を見て、慎重に淡々と語った。それでも、あくまでも推測ではあるにしろ、事件の様相が細部に至るまで浮かび上がった。

誰もが信じられない思いを抱いて、刑事部屋は一瞬しんと静まった。

ディ・ナルドが椅子を蹴って立ち上がる。

「署長、証拠品をすべて科捜研に持ち込んで、大至急調べてもらいましょう」

パルマはきっぱり言った。

「よし、そうしよう。後押しが必要なら、連絡を」

ディ・ナルドは急いで出ていった。

「少々性急ではありませんかね」ピザネッリが冷静に疑問を呈す。「たしかに整合性のある推測だが、謎がいくつも残っている」

アラゴーナが手を挙げた。

「たとえば、なんでわざわざ赤ん坊を捨てたのか。あそこに放っておけば面倒が省けた。もしくは、殺す」

常と変わらず瞑想しているかに見えるロヤコーノが言った。

「赤ん坊がそもそもの目的だったのかもしれない」

ロマーノは苛々とデスクを叩きながら、しきりに首をひねった。

「だったら、なぜ捨てる？　全然、筋が通らない。さらっておいて、なぜあんなふうに置き去りにしたんだろう」

ピラース検事補はデスクに肘をついて、両手で顎を支えていた。日曜なのでいつものスーツではなく、漆黒の髪と好対照を成し、女らしさを強調する薄紫色のやわらかなセーターを着用している。

「予想外のことが起きて、計画が狂ったのではないかしら」

「単に、殺すに忍びなかったのかも」オッタヴィアは苦渋を込めてつぶやいた。「きっと、耐えられなかったのよ」

パルマは髪を掻き上げて言った。

「うん、考えられる。だが、なにか理由があってあのゴミ集積所を選んだのだろうか。それになぜ……これを身に着けていた？　まるで、ヒントを与えようとしているみたいだ。どうも納得がいかない。わたしには――」

ピラースが口を挟んだ。

「パルマ署長、いまは特定の人物の罪を立証しようとしているのではなく、これまでと違う角度から事件を見ようとしているだけよ。もちろん、あとで全部裏づけを取ります」

アラゴーナはサングラスの蔓をくわえて思案にふけった。

「だったら、はっきり言わせてもらうけど、クオコロは前科者だ。あいつの話は信用できるのかな。自分の利益のために、誰かをかばっている可能性もある」

ロマーノが相槌を打った。

「同感だ。それに、セナトーレもあまり信用できない。自分に都合のいいように思い出したり、忘れたりで、体裁ばかり繕っているクソ野郎だ。ララが金を渡した相手は密売人か、もしくは――」

ロヤコーノは首を傾げた。

「密売人に払うために給料を前借りした? しっくりこないな。金銭問題に関しては、しっくりこないどころか、疑問だらけだ。ララは一時期かなり懐が潤っていたと思う。だから、ゲート付きの敷地内のマンションを借り、出産のかなり前に仕事を辞めることができた」

ピラースがつけ加えた。

「そして友人知人との縁を切って、人目を避けて暮らした」

オッタヴィアは独り言のように、つぶやいた。

「ララの部屋には赤ん坊用のものがほとんどなかった。刺繍が上手で時間が有り余っていたのだから、刺繍をしたベビー用品であふれていそうなものなのに」

ピラースが力強くうなずく。

「そうね。でも、比較をするために行ったとき、テーブルクロスやドイリーがあるきりだった。そうよね、カラブレーゼ刑事」

ロマーノは感嘆した。

「よく思いついたもんだ。あれはずっとおれの目の前にあったのに、考えもしなかった」

ピラースは珍しく微笑した。

「わたしは小学校と中学校は修道院に付属した学校に行ったの。そして、刺繍も授業科目に入っていたから、熟練者と初心者の違いを見分けるくらいはできる。似ても似つかないものなのよ。これは現場で見たものとまったくレベルが違う。でも、きちんと確認したかった」

「では、父親は誰だ?」ロマーノが訊く。「この疑問は残ったままだ。そのほかのことは推測どおりだったとしても」

そのほかのこととはなんだろう、どう推測したのだろうと、アラゴーナは訝った。

ロヤコーノは肩をすくめた。

「うん、お手上げだ。どのみち、さして重要な問題ではない」

「それで、今後の方針は?」

「もちろん、彼らを連行する」パルマは答えた。

ピラースが手を挙げる。

「ええ、でも細心の注意を払って。こっちの出方を予想して、覆しにくいシナリオを用意しているかもしれない」

「となると、検査が必要になる」と、ピザネッリ。「DNAプロファイルや現場に残された指紋などが完全に一致することを証明しなければならない。そのためには――」

ロマーノが結論を言った。

「そのためには比較用の検体が必要だが、あっさり提供しないだろう」

ロヤコーノは祈るかのような静かな口調で答えた。

「そうだな。でも、検査に同意して重荷から解放されたいと望んでいるかもしれない。どのみち、ほかに手段はないのだから」ピラースに向かって続けた。「検事補、推測が確信に代わったら、身柄を確保したい」

「そうね、確信に代わったら。ただし、確信の持てることなどひとつもないのが問題ね。時間が経つほど条件が悪くなる。この再構成の結果はおぞましいけれど、全部に説明がつくのはこれしか考えられない」

再構成？　どんな？　アラゴーナの頭のなかは疑問符でいっぱいだった。理解しているふりをした。

「おれもそう思う、検事補」

ピラースはパルマに言った。

「では、そういうことで。わたしは科捜研に連絡を入れて検査の緊急性を念押ししてから、一応裁判所の検体採取命令を取っておく」

「必要ないと思う」ロヤコーノは言った。「きっと、いらないよ」

パルマは立ち上がった。

「よし。ロヤコーノとロマーノに行ってもらう。くれぐれも慎重に頼む」

第四十九章

晴れた日曜日は最高だ。冬が完全に去って暑い季節が来る前のさわやかな時期はとりわけ素晴らしい。

コンクリートとガラスの支配を逃れて静かにたたずむ少数の地区では、心地よい暮らしと息を呑む絶景とが見事に調和して、人々を感嘆させる。鼻腔を刺激する松のにおい、咲き誇る花々、芳香を放つ緑の壁と見紛うきれいに剪定された生け垣。蔦に覆われた古い屋敷は、生命力あふれる植物に囲まれて肩身が狭そうだ。

ロヤコーノとロマーノは重大な任務に気を取られ、周囲から浮いていることを自覚する心の余裕はなかったが、屋上から見下ろしたら、あるいはヒマラヤスギの大木の陰から覗いたら、ふたりの姿は防犯カメラや管理人が監視する小径にべったりついた黒い汚れに見えたことだろう。

犬を散歩させている男とすれ違ったほかは、坂を上って目的の住居に着くまで誰にも会わなかった。

玄関に出てきた訝しげな愛想笑いを浮かべたインド人のお手伝いに、尋ねた。主人夫妻は在宅していますか。

お手伝いがうなずいて廊下を奥へ向かうと、断りを入れずにそのあとに続き、ダイニングルームに入った。

ヌビラ夫妻は食卓についていたが、食事は終えていた。コーヒーカップを手にして向かい合っていたふたりは、眉をひそめて顔を振り向けた。大きな窓の外に広がる真っ青な海原と家具調度を背景にしたそのさまは、一幅の絵のようだった。

クリスティーナ・ヌビラは即座に反応して心配そうに訊いた。

「赤ちゃんのこと？　赤ちゃんになにかあったのですか？」

「いいえ、容態に変化はありません」ロヤコーノは答えて、夫のファウストに話しかけた。

「こんにちは。ピッツォファルコーネ署のロヤコーノ警部です。こちらはロマーノ巡査長。彼には先日会っていますね。突然伺って申し訳ない」

ヌビラは眉をひそめてカップを置いた。

「正直なところ、日曜は邪魔をされずに過ごしたい。どんな用件だか知らないが、あしたまで待てないのかね？」

ヌビラ夫人は微笑んだ。

「ファウストったら、お客さまに失礼でしょう。どうぞ、おかけになって。飲み物はいかが？」

「いえ、けっこうです。迷惑をかけたくはないのですが、殺人事件の捜査なのでマナーを守っているわけにもいかなくて」

いきり立って言い返そうとした夫の機先を制し、夫人は立ち上がってソファへ移動した。

「そうね、おっしゃるとおりだわ。それに、ララのことでしょう？　ほんとうにかわいそう。主人もわたしも悲しくて。まだ信じられません」

「お察しします。警察もララを殺した犯人と赤ん坊を捨てた人物の発見に全力を尽くしています」

夫は立ち上がったものの、夫人の横に座ろうとはしなかった。

「妻は、知っていることはこのあいだ全部話しましたよ。それに、そこの巡査長からお聞きだろうが、わたしも署に出向いて赤ん坊への援助を申し出た。ですから、なにを――」

それまで黙っていたロマーノが口を挟んだ。

「警部の説明でおわかりだろうが、こちらとしては情報が欲しい。ほんとうに赤ん坊を援助したいなら、まずは母親を殺した犯人を見つけるために協力したらどうです？　そうしたくない理由がないなら」

鋭い口調と思わせぶりな言葉は重たい石となって、部屋の真ん中に落ちた。夫は顔を真っ赤にして唇をきつく結んだ。

「なにが言いたい？　わたしは弁護士だ。自分の権利は十分承知している。そっちの出方次第では――」

ロヤコーノが断固としてさえぎった。

「誤解しないでいただきたい。それに巡査長のことも。彼は事件の解決を心から願っている。二、三質問するだけだから、すぐ終わります。いいですね、奥さん?」

ロマーノと睨み合っている夫をよそに、夫人はためらいなく答えた。

「ええ、どうぞ、警部さん」

「では。あなたは、ララは夫のナザール・ペトロヴィッチがこちらへ会いにきたあと、仕事を辞めたと供述した。間違いありませんか?」

夫人はきっぱりうなずいた。

「はい。ララは動揺して怯えていました。あの男は金を寄越せとララを脅したんです」

「男の特徴を覚えていますか?」ロマーノが訊いた。

「ええ、もちろん。前に話したと思いますけど。大きくて、ものすごく背が高く、髪はまったくなくて赤っぽい濃いひげを生やしていました。荒々しい態度でララに――」

ロヤコーノは最後まで聞かずに言った。

「では、ご主人、あなたはララの夫を見たことは?」

「ないな。わたしは出張が多くてそのときも留守にしていたから、夫が来たことは何日かあとで聞いた」

警部は夫人のほうを向いた。

「ララが引っ越した先は、ふたりともご存じない。仕事を辞めたあとは、ララのほうから会いにきた。そうですね？」

「ええ。ララがときどき遊びにくるときしか、会う機会はなかった。そうよね、ファウスト？」

夫は肩をすくめて肯定した。

「あなたはララに刺繍を教えたね？」ロマーノは夫人に確認した。

夫人は微笑んだ。

「とても筋がよかったわ。ほんの数ヶ月でかなりのレベルになって。テーブルクロスやナプキンを何枚も刺繍して、どんどん上達していった。あのまま続けていたら、プロになっていたでしょうね」

ロヤコーノはその点を追及した。

「では、いろいろな図案や色の濃淡、それに――」

ヌビラは癇癪を起こした。

「遊んでいるのかね！　刺繍の話がしたくて、日曜の昼食どきに押しかけてきたのか？　犯罪者をつかまえたらどうだ！」

ロマーノが応じる。

「まさにそれをしようとしているんだ。だが、そのためにはあんたがたの協力が必要だ。それとも、赤ん坊に金をやれば良心と折り合いをつけるには十分だと考えているのか？」

ヌビラは脇にぴたりとつけた両の手を握り締めた。

「きみ、なんて名だっけ、わたしには有力な友人が何人もいる。きみを警察から追い出すのは簡単だ」

ロマーノはヌビラの前に行って、ほんの数センチ離れたところから睨みつけた。

「ひげだ」低い声でゆっくり告げた。「なかったんだよ。彼はひげを生やしていなかった。ひげを生やしたのは、数ヶ月前にディスコで働き始めてからだ」

ヌビラは呆然とした。

「え？　なんの話だ？　わたしは――」

ロヤコーノは巡査長と同じ口調でつけ加えた。

「それに刺繍。よだれかけの刺繍は、ララがしたものではない。あれは非常に熟練した人によるものだ。ララの部屋に同じレベルのものはなかった」

ヌビラはじりじりとうしろへ下がりながら、声を引きつらせて言った。

「なんだと？　ララの部屋にあった刺繍とわたしたちがどんな関係がある」

ロマーノは追い打ちをかけた。

「ララの遺体が発見されたマンションには行ったことがないとふたりとも供述したが、それを覆す指紋が検出された」

ロヤコーノはため息をついた。

「赤ん坊の着衣から、捨てる前に服を着せた人物のＤＮＡが必ず検出されますよ。いまはいろいろな検査ができるのだから」

ヌビラは壁際まで後退していた。両頰に赤い斑点が浮いていた。

「正気か？　よくもそんなことを。証明できるものか。検査をしたいのなら——」

夫人が小さな声で呼びかけた。

「ファウスト」

「——裁判所の命令を取りたまえ。もっとも、あれが発行されるのは——」

「ファウスト、やめて」

「十分な証拠がある場合だけだ！　わたしには優秀な刑事専門弁護士の友人がいる。二分もあれば——」

「ファウスト、やめて。お願い」

「こんなふざけた言いがかりは根底からひっくり返す。そもそも、きみは混乱して——」

「終わったのよ、ファウスト。わからないの？　もう、終わったの」

「クリスティーナ、きみは具合がよくない。現に医者に診てもらっているじゃないか。神経がすっかり参って——」

夫人はやれやれとばかりに立ち上がって夫のそばへ行き、頰を撫でた。

「もういいのよ、あなた。わたしは大丈夫。心配しないで。もう大丈夫だから」

ヌビラは呆《ほう》けたように目を見開いて妻を見つめ、泣き出した。

「きみは知らないんだよ、クリスティーナ。わたしたちはまだ……わたしを信じてくれ。こんな仮説はどのみち穴だらけだから、簡単に崩すことができる。刑事事件の場合はとくにやりやすい。弁護士としての経験から言っているんだ。頼む。お願いだ。きみがいなければわたしは……」

ヌビラは妻の肩に頭を載せて両腕を垂らし、言葉にならない声を発しながら嗚咽した。夫人は夫を抱きかかえ、赤ん坊をあやすようにゆっくり揺すった。

「やめて、ファウスト、おしまいにしましょう。わたしにはもう無理。これ以上できないの」

ロマーノが目をやると、ロヤコーノは目の前の光景を映画でも見るかのように眺めていた。

数分後、クリスティーナ・ヌビラは刑事たちのほうを向いた。微笑を浮かべている。

「ほらね、落ち着きましたよ。そこへおかけになって。なにもかもお話しします」

第五十章

わたしは主人をとても愛しています。ええ、ほんとうに心から。

主人とは幼なじみで、なにをするにも一緒でした。お互いがいれば十分だった。主人を裏切るなどとんでもない、頭をよぎったこともありません。信じられないかもしれないけれど、なにもかも分かち合っているると、愛情を超越して友だちみたいな関係になるのですよ。

どちらの家庭も裕福でした。裕福な家庭のひとりっ子どうし。変でしょう？　珍しいですよね。似た環境だったから、惹かれ合ったのかもしれません。お金はあったけれどふたりとも堅実で、家にいて読書をしているのが大好き。旅行はくたびれるだけなので、結婚後はしたいとも思いませんでした。金が金を呼ぶとはよく言ったもので、投資を繰り返すうちに資産が増え、国外や不動産、金や宝石などに分散しました。

それに主人は評判のよい弁護士ですから、収入が多い。いまあるぶんで十分なのですけどね。利子だけであと三、四回は人生を送れそうですが、お金は入り続けている。

わたしたちはひっそり暮らしていましてね。友人はわずかだし、親戚はいません。内向的で人づきあいが苦手なんですよ。社交クラブやパーティーは好みません。ふたりきりでいることがほとんどですね。

ただ、ひとつだけどうしても欲しいものがあった。欲しい気持ちはわたしのほうが強かった。だって、女はこのために生まれてくると言ってもいいのだから。それに、莫大な財産があるのに遺す相手がいないなんて、悔しくて。これまでの人生はなんだったのかと虚しくなってしまう。

ファウストのせいではないのですよ。彼にはまったく問題がなかった。原因は、わたしにあった。わたしは空の箱だった。皮肉なものね。あふれるほどの愛情、時間、一流の教育と優秀な家庭教師を与えて最高の状態で世間に送り出すことのできる経済環境。なにもかも揃っているのに、持つことが叶わない。

いま、その言葉を口に出すことができなかったのを気がつきました?

〝子ども〟ですよ。

我が子。わたしたちの子ども。自分たちと似ているところを探し、なにが怖いのかを見極め、どんな性格なのかを知る。寝ているときは見守り、熱を出せば介抱する。傷つけば慰め、悲しみや苦しみをやわらげてやる。こうしたことをしてあげる子どもがいなければ、女の存在意義はどこにあるのでしょう。

いなくても満足している人は、もちろんいますよ。でも、そういうのは仕事やキャリア、収入、外見しか考えない人たちです。そして、必ずこう言う。身を粉にして働いているのは、お金のためでも高級ブランドの服や靴のためでもない。そんなの、嘘ですよ。地位やお金が欲しいからに決まっています。では、地位やお金をすでに持っていたら？　名声や財産があり、知人のつてでどんな特権階級向けのクラブでも入りたいときに入ることができるとしたら？　それで十分でしょうか。

大多数の女性は、四十歳になってからこのことを考える。さんざん遊び歩き、何十回もの排卵をありとあらゆる種類の避妊法で無駄にしたあとで、子どもができないと泣き言を言う。わたしは違う。主人も。わたしたちは結婚してすぐ、二十五歳のときに考え始めた。そして、考えられる限りの方法を試した。誰にも知られないよう細心の注意を払い、金に糸目をつけずにどこへでも行きました。行かなかった大陸がないくらいです。医者、大学教授、占い師、隠者に相談した。何十人もの不妊治療医にお金を積んだけれど、みんな困ったように微笑んで、そのうちにできますよ、と言うばかり。でも、できなかった。どうしてだと思います？　わたしは子どもを産めない体だった。どうしようもなかった。

養子という手がある。ほかの人たちと同様、あなたがたもそう言いたいのではありません？でも、それは考えたこともなかった。赤の他人を我が子として育てる？　どこの馬の骨ともわからない、変な遺伝を持っているかもしれない子を家に迎え入れる？　それに、とんでもない話を知っています。たとえば、養子が十八歳になって、しつこく実の親を知りたがった。何不自由ない生活を与えてやったのに、貧しい両親のもとにいたほうがよかったと当たり散らす。冗談じゃありません。わたしは嫌ですね。

わたしは自分の子ではないにしても、せめてファウストの子が欲しかった。ファウストの精子とほかの女性の卵子を使って人工授精をするところがなかったわけではありません。でも、その女が人殺しや泥棒、薬物乱用者かもしれないじゃありませんか。よほどお金に困って切羽詰まっていない限り、卵子を売ったりしませんよ。それに、知人などを介するのは論外でした。瞬《また》く間に噂が広まる。ここはその点では小さな村と同じですから。

そうこうしているうちに何年も経ちましたが、子どもが欲しい思いは、悪性のがんのようにわたしの頭や心にこっそり棲みついて、温かい感情や喜びを餌にして育っていった。わたしはだんだん、不機嫌で気難しくなっていきました。そういう状態を鬱と呼ぶのでしょうね。主人はわたしが取り返しのつかないことをするのではないかと心配して、医者に診てもらうよう勧めました。「強情を張らないで、医者に行っておいで。きみだって、それを恐れているんだろう？」「そうね、あなたが正しいのでしょうね。朝起きても、ベッドから出る理由が見つからない日があるのよ」

ララがうちに来た経緯については供述したとおりで、お手伝いが辞めたので新しい人が必要だったからです。そして、環境になじめないでいる美しく繊細なこの娘が、わたしの人生に重要な意味を持つことを即座に理解しました。天にも昇る心地になりましたよ。すぐにララについて調べました。調べると言っても身元ではありません。どのような人か知りたかった。どんな願望、感性、希望、苦悩を持っているのか。それに好き嫌いも。どんな点においても、わたしの求めている答えが返ってきた。

完璧でした。ララは理想的だった。

わたしの子どもの生物学的母親に望むことをリストにしたら、ララの人物像とぴったり一致するでしょうね。豊かな感性と知性を持ち、意志が強く、情緒が安定していて気立てがよかった。おまけに美人。とてもきれいな人でした。

次は故郷での生活、イタリアに来た理由を調べました。彼女の母親に問題があったのですよ。アルコール依存症なんです。ララを虐待していた父親は亡くなっていた。それについて訊くと言葉を濁すので、ララが殺したのではないかと恐れて探偵に調査を依頼したところ、交通事故でした。雪の日に飲酒運転をしたんですって。向こうではよくあることのようです。国民性なのかしら。

ララは母親を収容されている施設から出して住むところを与え、まともな暮らしをさせたかった。素晴らしい話じゃありませんか。つらい目に遭わされたのに、老いた母親に援助を惜しまない。ええ、ララは理想的でした。

主人に計画を打ち明けたのは、このときです。ララがうちに来て四ヶ月経っていましたが、主人は誰のことだかすぐにはわかりませんでした。わたししか目に入らないのですよ。最初はまともに取り合ってもらえなかった。それは想定内だったし、説得できる自信があった。ララも説得しました。ララはそれをわたしへの親切だととらえた気がします。いわばプレゼントでしょうね。ララとの関係は至って良好でした。刺繍まで教えてあげたくらい。それはもうお話ししましたっけ。ああ、思い出した。お話ししたのよね。上手でしたよ。もっとも、わたしくらいになるまでには、半生をかけないといけませんけれどね。でも、なかなかの腕でした。

結局、ふたりとも承諾しました。まずは故郷での問題を解決するために、母親に家とお手伝いを与え、生きているあいだはその暮らしを保つことができるように手配しました。これはララとの約束ですから、こんな結果になってしまいましたが、ずっと守ります。いったん口に出したことは守らねばならないと父に教わりましたから。

ララの夫のことはあとになって知りました。すでに別居していたし、探偵には実家の調査だけを頼んだものですから、その方面はまったく調べなかった。大失敗でした。

ファウストを無理強いして、ララと関係を持たせました。むろん、最初は嫌がって断固拒否したので、わたしが頼んでいるのだから裏切ることにはならないとこんこんと言って聞かせなければならなかった。ララはわたしと違って、すぐ妊娠しました。

その後のことはきちんと打ち合わせておきました。ララをよその家に行かせたのは穿鑿《せんさく》を避けるためです。女性はこういうことに敏感ですから、男しかいない家を選んで。幸運でした。あの愚かな男はなにも気づかなかったばかりか、ララを口説いたのですよ。ララはまったく気にしていなくて、その話をしてふたりで笑ったくらい。あの男を造作なくあしらっていました。ララは夫のことをわたしたちに伏せていた。夫はイタリアに到着するとララに助けを求めたのですが、わたしたちが夫のことを知って計画を中止することを恐れたのでしょうね。毎晩電話をして、様子を聞いていたのですが、なにも言わなかった。それに、悪党のクオコロのことも。かわいそうに、あの男に恋をしてしまったのよ。あの男が結婚していることも、無事に出産を終えなければいけないことも承知だったけれど、恋に落ちた。心はまだ少女だったのね。そこで、こうした関係は正しくない、神の御心に反する行為だと諭しました。ララは信仰心がとても篤かった。クオコロと別れましたが、連絡は取り合っていました。

妊娠四ヶ月になったところで、仕事を辞めさせました。わたしたちとの接触は極力避けたので、疑う人はいなかったはずです、赤ん坊が生まれたら、わたしたちは引っ越す予定でした。中部のきれいで住みやすい街を考えていた。赤ん坊を実子として届けて、長年望んでいた家庭をついに持つことができる。お金があれば、なんでもできるのですよ。ええ、どんなことでも。問題はララに適切な検診や医療を受けさせてやれないことでした。医者はどんな些細なことでも記録するので、あまりにリスクが大きかった。そもそもララは赤ん坊のことをいっさい知ろうとしませんでした。愛着を持つまいとしたのね、きっと。初産ということもあって、出産の最中に問題が起きることが心配でしたが、講座に通って新しい知識を得て準備しました。助産婦より上手かもしれないわ。

ララは最後のころ、様子がおかしかった。無口になって、いつも悲しそうな顔をしていましてね。いわゆるマタニティブルーだろうと思い、なるたけ長く一緒にいるようにし、お小遣いをたっぷり渡しましたし、イタリアに到着したばかりのころに住んでいた地域に、いいマンションを見つけてあげましたしね。あそこはおたくの管轄区でしょう？　でも、出入りするところを誰にも見られないよう、用心に用心を重ねました。

九ヶ月目の終わりころ、教会に行って告解をしたら、子どもを放棄してはならないと神父に言われたそうです。

計画に疑問を持つなど、言語道断ですよ。だから、はっきり言いました。お母さんがいますぐ施設に戻されてもいいの？　乱暴に扱われ、ろくに食べさせてもらえなくなるのよ。あなたの人生もめちゃくちゃになる。あなたの国の大半の女と同じように体を売って生きていくしかなくなる。それともあの悪党が死ぬか逮捕されるまで、愛人になって食べさせてもらう？　赤ん坊は養子に出され、わたしたち夫婦なら与えることのできる楽な暮らしができなくなるのよ。

ララは納得したようでした。

主人は逃げ腰になっていたので、ララにはいつもひとりで会いにいきました。主人は気が弱いのですよ。いまだって、ほらご覧なさい、震えているでしょう。すっかり怯えています。赤ちゃんはわたしではなく主人の血を引いているのに、無関心でしたね。きみのためにやったんだ、きみに頼まれたからと言って。

お腹の子に興味を持とうとしないララに引き換え、わたしはそれ以外のことは考えられなかった。ベビー服一式を男の子用と女の子用、二組手作りしました。わたしの子どもは最初から最高級のものに触れませんとね。

ある日の午後、ララの話し相手になっているときに夫がやってきました。お金を返しにきたのです。隠れてこっそり覗いたら、ひげを生やした怖い顔の大男だった。短期間であれほど長いひげになるとは知りませんでした。ララに説明を求め、まだわたしたちの家で働いているときにも会いにきたことを知りました。ちょうどいい、これで警察の目をくらませよう。そう考えて、あのように供述したのです。

気候がよくなってくると待ち遠しくてたまらなくなり、所用で留守にすると周囲に言って、ララのマンションに移りました。ララは口数が少なく、沈んでいました。それで、繰り返し言って聞かせたのですよ。あなたはとても大きな恩恵を被るのよ。ずっとあなたの面倒を見てあげる。ほんとうよ。なにもかもうまくいくわ。

いまここで、刑事さんと主人に正直に言います。わたしは最初からララを殺すつもりでした。どれほど素晴らしい人であっても、我が子の生みの親を生かしておくわけにはいかなかった。いつか子どもを取り返しにくるかもしれない。一緒に暮らそうと説得して連れ去るかもしれない。誰かにそそのかされて、わたしたちを恐喝するかもしれない。死んでもらうほかなかった。

準備に時間をかけて、機を狙って殺すつもりでした。何ヶ月かあと、あるいは一年後、生活が落ち着いてから。誰かにやってもらってもよかった。先ほども言いましたが、お金があればなんでもできるのですよ。抜かりなく準備をして実行すれば、申し訳ないけれど、警察はなにも疑わなかったでしょうね。

ところが、ララが心変わりをした。

分娩はしごく順調で、あまり痛みもなく時間もかからなかった。テレビの音を大きくして点け、昼間だったこともさいわいして誰にも気づかれなかった。ララを休ませておいて、赤ちゃんの沐浴をしました。なんとなく男の子だと思っていたのですが、女の子だったのでうれしさもひとしおでしたね。だって、女の子はいつまでも母親と仲がいいけれど、男の子は遅かれ早かれ離れていく。女の子でよかった。

でも、赤ちゃんの様子がおかしかった。講座を取って勉強しておいたので、どこか悪いところがあるのはわかりました。

目を覚ましたララは赤ちゃんを抱きたがった。そのときの目つきがこれまでと違っていて、不安になりました。そして、妙なことを言い始めたので、心変わりしたことを悟りました。

これは神の御心に背く行為です。ララは言いました。のちのち地獄に堕ちます。あなたもですよ、シニョーラ・クリスティーナ。お金は残らずお返しします。死ぬまで働いて、お返しします。この子はわたしの娘です。渡すことはできません。

「わたしの娘」ですって？　「わたしの」？　この子はわたしの娘だわ！　主人の精子を受精した卵子を、わたしに頼まれて胎内に置いておいただけじゃない！　ベビー服を二組も手作りしたのは誰？　赤ちゃんの将来を考えていろいろ手筈を整えたのは誰？　わたしよ！　東ヨーロッパのろくでもない女が、よくも自分の娘だなんて抜け抜けと！　わたしの娘よ！

　承諾したふりをしてララのうしろを通りながら、バッグからビニール製の採寸テープを取り出しました。これは学生のときに刺繍の布を測るために使っていたもので、肌身離さず持っています。お守りみたいなものかしら。実際、持っていて助かったわ。

　あれしか方法はなかった。赤ちゃんを連れ出すには、ああするほかなかった。

　でも、悪い予感は当たっていて、家に連れ帰った赤ちゃんは明らかに体調が悪かった。翌々日の朝まで手元に置いて、一睡もしないで見守りました。主人は、ここで死なれたら大変だ、警察になにか訊かれたらどうするとおろおろするばかり。しまいに、赤ちゃんをビニール袋に入れて人気のないところにこっそり置いてこようと言い出す始末。でも、わたしの娘を野良犬の餌食になんてできません。

　誰かに見つけてもらうのが一番だと考えましてね。あなたがたのことを思いつきました。ララのマンションも交際していた男のたまり場も、あなたがたの管轄区内にある。二つの事実を結びつけてあの男に行き着くことを期待しました。あの男は悪党です。悪党は刑務所に行くべきでしょう？　それがあの男の居場所です。

　刺繍の先生は、急いではいけないといつもおっしゃった。急ぐと失敗しますよ。急ぐとろくなことになりませんよ。

　先生のおっしゃったとおり。時間をかけて準備をすればなにも気づかれず、わたしたち夫婦も赤ちゃんも、ララの母親も幸せに暮らすことができた。ところがいまは、赤ちゃんは親を失い、主人とわたしは離ればなれになる。先生は正しかった。

急ぐとろくなことにならないわね。

第五十一章

日曜の夜がどんなものか知っているか？　何事もなくあまりにも早く終わった週末に覚える、いささかの虚しさと腹立たしさを。無性に新しい出会いが欲しくなる焦燥を。なにかが始まることなく終わった気がする、妙なもどかしさを。

日曜の夜がどんなものか知っているか？


宣誓供述書の作成を始め、留置手続き、留置所への移送、証拠品収集などに加え、捜査終了に伴う細々した法的手続きは、どれも長時間を要した。

あらゆる疑問が解消し、アドレナリンと直感のひらめきがもたらした興奮が収まると同時に始まる、退屈な書類仕事だ。注意深く行動をなぞってどこにも穴のない完璧な論理を組み立てなければならない。さんざん苦労して得た成果が、手続き上の些細な過誤と有能な弁護士の手腕によって無に帰した例を、パルマはいくつも見てきた。

パルマは先延ばしできない仕事を全部片づけて顔を上げ、日曜日がもうあとわずかしか残っていないことに気づいた。あしたは朝から記者やテレビカメラが分署に押しかけ、作り笑いと心からの祝いの言葉が飛び交い、午後には部下たちは再び〝ピッツォファルコーネ署のろくでなし刑事たち〟になる。その呼び名はいまや、閉鎖の噂が絶えないなかでまた新たな可能性を示した警官たちを指している。

いま、自分のもとにはひとつのチームがある。結婚生活が破綻したあとの一時期は、キャリアが唯一の生きがいとなり、ピッツォファルコーネ署を昇進途上の腰かけとみなしていた。短期間のうちに未解決事件に始末をつけ、管理体制を強化して押しつけられた厄介者の部下たちを叩き直し、市の中心部にある警察署の指揮官を務めたと胸を張って履歴書に書き記し、有能で若く次に進む準備ができているとアピールするつもりだった。

だが、管理の強化は部下たちの足を引っ張るということを学んだ。部下たちがそれぞれ固有の才能を持ち、不思議な影響力を発揮して活力を与え合い、他の追随を許さない感性の鋭い優秀な捜査班となって迅速に結果を出すことを知った。

そこで、部下たちと自分自身にチャンスを与えることにしたのだった。そのことを振り返りながら、パルマは立ち上がって伸びをして、凝り固まった筋肉をほぐした。

それが正しい判断であったことはいくつもの成果が示し、閉鎖派もそのたびに認めざるを得なくなっている。いまだ多数が閉鎖を主張していることは事実だが、今回のような大事件をあといくつか解決すれば彼らも黙るに違いない。また、アラゴーナの動物救出みたいな小さな件も役に立つ。

照明を消すために刑事部屋に入って壁の時計に目をやると、あと数分で日曜は終わろうとしていた。カタカタと用紙を吐き出すプリンターの音がする。オッタヴィアが出勤したばかりのようなすっきりした顔で、コンピューターのキーボードを熱心に操作していた。

「ここでなにをしている?」パルマは訊いた。「ピラース検事補と話しているあいだに、みんなと一緒に帰ったのではなかったのか。いま何時だと思っている」

オッタヴィアはモニターから目を離さずに、微笑して答えた。

「でも、署長、逮捕とそれに続く供述を正式な文書にしてなるたけ早くマスコミに渡さないと、本部の誰かが詳細を省いたいい加減な話を伝える恐れがあります。たいがいの人は第一報しか読まない。その後に出る続報はあとのページに追いやられて、世間の関心は薄れてしまう」

パルマは感嘆した。

「なるほどね。きみにはいつも感心させられる。だが、家族が帰りを待っているのでは? 息子さんやご主人の夕食はいいのかね」

「八時に電話をして、遅くなると伝えましたから。いまごろはふたりとも、それに犬もぐっすり眠っていますよ。ところで、あしたはリッカルドを学校に送っていかなければならないんです。出勤が九時くらいになってもかまいませんか」

パルマは両腕を大きく広げた。

「もちろんだよ。遠慮する必要はない、オッタヴィア。きみはいつも一生懸命仕事をして、みんなに手を貸してくれる。突然、大西洋クルーズに行ったところで、誰が文句を言うものか。

戻ってきてくれればね」

最後の言葉は軽口のようでありながらそれだけではない響きを持ち、困惑した沈黙をもたらした。オッタヴィアが立ち上がる。

「さあ、終わった。メールで送っておきましたが、念のためにあした広報官にプリントしたものも渡します。本部はリッカルドの学校へ行く途中なので」

パルマは帰ろうとするオッタヴィアを止めた。

「あ、ちょっと待った。みんな眠っているなら、あと少し遅くなったところで誰も文句を言わないさ。腹ぺこなんだが、きみも同じじゃないか？　ピッツェリアに行かないか。そこの広場にある店で、サッカーの試合を全部と解説、それに今後の試合についての討論までテレビで見せるから、遅くまで開いている。どうだろう」

オッタヴィアはパルマを見つめた。わたしは夫も子もいる身だ。この誘いが見かけほど無邪気でないことは、互いに承知している。だめ。心の声が言った。断ろう。一歩足を踏み入れたら戻ることのできない、危険な道だ。

首をわずかに振って、言った。

「いいですね。わたしもお腹がぺこぺこ」

日曜の夜がどんなものか知っているだろう。つまるところ、変わり目だ。安らぎと新たな騒乱とを隔てるドア。

だから日曜の夜は気が重い。

だから耐えがたい。

アレックスは黙って静かにテーブルについた。日曜の夕食は、彼女の家庭にたくさんある避けることのできない習わしのひとつだ。

家庭——よく言うわ。これが家庭であるものか。

母親はアレックスに疲れた笑みを投げかけた。母と娘の外見はとてもよく似ていた。同じ人の人生の異なる時期を見ているようだとよく言われる。アレックスはそのたびにぞっとした。だったら、これが十年後、あるいは一ヶ月後のわたしなのか。夫のために息子を産むことのできなかった罪悪感に打ちひしがれ、愛のない犠牲的精神にとらわれて寡黙に盲従する女になるのか。自尊心を保つ気力を失って、再起不能な状態に置かれるのか。

アレックスはスープ皿にスプーンを入れた。八時半。一秒たりとも狂っていない。父の〝将軍〟は兵士わずか二名の極小部隊に鉄の規律を課していた。夕食はきっかり八時半。

父親は低い音声でテレビから流れるニュース番組に目を釘付けにして、口を動かしていた。食事中は話をしてはいけない決まりだ。集中している将軍を邪魔することは許されない。

幼いころ、なぜ家族で食卓を囲むのがそれほどだいじなのかと尋ねたことがある。どうせニュースを見ていて会話をしないのに、と。答えようとした母を、父はマリオネットの糸を切るかのように手をひと振りして黙らせた。そして、言った。家族は夕食を一緒にとるものと決まっている。そうでなければ、家族ではない。つべこべ言うな。

きょうの午後、アレックスは捜査会議の最中によだれかけとベビー服を科捜研に持っていく役を自ら買って出た。緊急の用件であったことは事実だが、パルマかピラースが指名するのを待つこともできた。だが、ひと目でいいからロザリアに会いたかった。

ところがロザリアはオフィスにおらず、胸が痛くなった。

感情ではなく肉体的な痛みだった。ロザリアの肌、吐息、シーツに落ちる体の影を思った。あの笑い声、至福のうめき声。股間の蜜の味。

テーブルの下で手を握り締めて思った。わたしの心を読めなくてよかったわね、将軍。いえ、読めたほうがよかった。そうすれば、将軍はこれまでの人生で見逃していたものを学び、わたしは自由に生きる力を得ることができただろうから。

ロザリアのオフィスを出て戻りかけたときに、彼女がうっすら微笑を浮かべて立っているのを見かけて、なにを考えているのだろうと不思議に思った。そのときロザリアもアレックスに気づいて、目を丸くした。

「チャオ、ここでなにをしているの」ロザリアは訊いた。

アレックスはベビー服とよだれかけの入った袋を見せて、なにがあったのか、どんな結論に達したかを手短に語った。ロザリアは唇をすぼめて腕時計に目をやった。

「これからなにか用があるの？　誰かと約束をしているの？」アレックスは訊いた。それならそれで、かまわない。そう言ってくれれば十分よ。あなたの日曜日を台無しにしたくないもの。

ロザリアは、アレックスの目を覗き込んで答えた。あなたはわたしの日曜も土曜もほかの日も全部台無しにしているわ。そして袋を受け取って数歩進むと、足を止めて振り返った。これは任せて。帰りなさい、結果はあした知らせるわ。

アレックスはトイレに流したいくらいにまずいパスタスープを口に運びながら、ロザリアのこれまでになく冷たい苦々しげな口調を思った。彼女を失ってもいいの？　彼女のいない、隠れてセックスをする味気ない生活に戻ることができる？

心の奥でなにかが砕けた。枯れた木の乾いた枝が折れるような音がした。たとえようもなくつらかった。

アレックスはいきなり立ち上がって、ナプキンをテーブルに置いた。母親がスプーンを運ぶ手を途中で止めて口をぽかんと開けた。将軍は苛立ちを露《あらわ》にしながらも不審げに眉をひそめて国内総生産のニュースから目を離した。

アレックスはひと息で言った。急用を思い出したわ。書類を持っていくのを忘れていた。今夜じゅうに持っていかないといけないの。

将軍は、おまえのせいだと言わんばかりに妻を睨んだ。「しょうがないわね、スープを温かくして取っておくわ」そう言った妻に、将軍は不機嫌に言い返した。「当たり前だ。食べ物を粗末にしてはならん。戻ったら、全部きれいに食べなさい」

アレックスは家を走り出た。愛している、と言わなくては。口づけをしなくては。目を見て言おう。決心したわ、いまの生活を捨ててあなたの腕のなかで新しい人生を始める。太陽の光を浴びて。

焦燥感に駆られて車を飛ばした。まずいスープなんかクソくらえ。パパが食べなさいよ。二度と会わない。わたしは彼女と一緒になる。パパは独りよがりで威張っていて、わたしがなにをやっても気に入らない。もう、うんざり。

階段を一段置きに駆け上がった。こんなに体を軽く感じたことはない。これほど幸せだったことはない。火事でも起きたかのように、ドアを叩き呼び鈴を押す。ニュース番組を見ながらスプーンを手にしていたときに心の奥でした、枯れ枝の折れるような音が耳について離れなかった。

髪をくしゃくしゃにしたロザリアが、シーツを巻きつけてドアを開けた。アレックスは泣き笑いして切れ切れに言葉をつなげ、未来や過去、愛を語った。ロザリアがさえぎろうとしたそのとき、寝室のドアが開いてやはりシーツを巻きつけた黒髪の女が顔を出した。「いったいなんの騒ぎ?」

アレックスはふたりを見比べた。喜劇の登場人物になった気がした。いや、これは悲劇と言うべきだろう。長い白のチュニックをまとった女優が演じるギリシャ悲劇だ。

女主人公が最後に殺されるギリシャ悲劇。

アレックスはくるりと背を向けて走り去った。

日曜の夜がどんなものか知っているだろう。

一週間のうちで一番信用できない、おぞましいときだ。自分自身に向き合うことを余儀なくされる。

日曜の夜は、なぜと自問するときだ。

言い訳はいっさい通用しない。

一番悲しいときでもある。目隠しをして崖っぷちを歩く。もう一歩、あと一歩。また小さな一歩。

日曜の夜は最悪だ。

ジョルジョ・ピザネッリはララ殺しの解決に伴って生じた大騒動に巻き込まれ、次々に入ってくる情報、出ていく情報の管理に追われ、レオナルド神父とのランチのことをすっかり失念していた。

間際になってそれを思い出し、慌てて修道院に電話をかけた。話を聞いた神父はすぐさま調理係のテオドーロ神父に、わたしのぶんをみなに分けないでくれ、と怒鳴った。ジョルジョは笑って、夕方には手が空くので夕食を一緒にしよう、と提案したのだった。

そしていま、日曜の夜気のなかを広場に向かって坂を下っていた。ピザネッリは上機嫌だった。パルマに手配してもらったパトカーでおぞましいサーカスに駆けつけてアラゴーナを危機から救った際は久しぶりに心が昂り、全身に緊張感がみなぎった。また、捜査会議のたびに班の一員である感を強くした。こんなふうに仕事をしたのは何年ぶりだろう。記憶を探ったが、思い出すことができなかった。

分署は以前とは比べ物にならないほど変わった。捜査班の全員が自覚を強くしていくうちに、〝ピッツォファルコーネ署のろくでなし刑事〟であることがプライドになった。各人が班に独自の貢献をすることで班全体の能力、成績は目覚ましく向上した。たとえば、ピザネッリの委細にわたる管区の知識は、捜査に少なからず貢献している。

それに、ハルクのスタミナと一徹さ、中国人《チネーゼ》の論理、カラミティの感性、おふくろさん《マンミーナ》のインターネット調査も。アラゴーナのつけたあだ名を使ったことに気づいて、ピザネッリはひとり笑いした。アラゴーナは差別意識や階級意識の強い困った金持ち坊やだが、見どころはある。今後が楽しみだ。

激痛に襲われて、〝お客〟のことを思い出した。いまいましいお客だ。地獄に引きずり込む気だな。生きる意欲をようやく取り戻したところなのに。カルメンが待っているのでなければ、あと少しこの世で苦労してもいいのだが。でも、きみは待っている。そうだろう？　きみは、あの世で待っている。

いつかそのうち同僚たちを夕食に誘って、偽装自殺について話そう。これまでみんなは自殺案件の個人的な捜査をからかうか、見て見ぬふりをするかしていた。だが、わたしの人柄をよく知ったいまは、信じるのではないだろうか。協力してくれるかもしれない。でも、急がなくては。残された時間はわずかだ。

薬局の明かりがまだ灯っていたので、鎮痛剤を買うことにした。ほんの少し顔をしかめただけでも、レオナルドは検査をしろ、治療を受けろとお説教を垂れる。勘弁してほしいものだ。

薬剤師の店主は長年の友人だった。ピザネッリはカルメンの壮絶な闘病末期、いつもここで薬を買っていた。

「チャオ、カルロ」

「おや、ジョルジョ。あんたも日曜出勤だったのか。なにが入用だい」

「少し強いのが欲しくて……関節や頭が……年だからな」

「冗談だろう。毎日、若返っていくみたいだぞ。またまた大活躍だったたな。近所でもその話で持ち切りだ。初めのうち、あんたの同僚たちはどうしようもない連中に見えたが——」

「優秀だよ。みんなとびきり優秀な刑事だ」ピザネッリは応じた。

店主は老眼鏡をかけて、いくつかの箱のラベルを読んでいった。

「さて、どれにするか。強いのが欲しいんだね」

ピザネッリは顔をしかめてうなずいた。

「うん。今夜は花火大会がある」

「じゃあ、これがいい。ただし、あとで処方箋を持ってきてくれよ。でないと、わたしが困るんだ。今朝、薬を飲んで自殺した女の遺体がまた見つかった。警察はきっと、薬局の取り締まりを強化する」

ピザネッリはどきっとした。

「また?」

店主は肩をすくめた。

「よくあるだろう。失意の果ての自殺。少しずつ貯めておいた薬をある日一気に飲んで、永久《とわ》の眠りにつく。うちの客だった。さいわい、うちはきっちりしていて、三環系抗鬱《こううつ》薬は医師の処方箋がないと渡さない。その気の毒な女は誰ともつき合いがなく、会いに来る人もいなかった。ひとりで暮らし、ひとりで食事をし、ひとりで寝る。しょっちゅう、誰かと話しているみたいにぶつぶつ独り言を言っていた。哀れなもんさ」

ピザネッリは足元が揺らぐような感覚に襲われた。アンニェーゼだ。この世に生まれ出なかった息子ライモンドにいつも話しかけているアンニェーゼ。息子の生まれ変わりと信じているあの雀が、パン屑をもらいにこなかったのだろうか。ひと筋の光にしがみついているアンニェーゼ。

店主が心配そうに見つめていた。

「ジョルジョ、大丈夫か？　幽霊みたいに真っ青だぞ。気分が悪いのか？」

ピザネッリはかぶりを振った。

「いや、なんともない。その人は誰と話をしていたんだね？　もしや――」

「イエスさまだ。イエスに話せることと話せないことがあるんだって。イエスに隠し事をするとは恐れ入ったと、みんなで笑ったものだ。ここらではチェッティーナと呼ばれていたが、本名はコンチェッタ・マルキテッリ。処方箋に書いてあった」

ほっとして膝の力が抜けたピザネッリだったが、すぐに気持ちを引き締めた。イエスだろうが誰だろうが、想像上の友人と話をする人は自殺をしない。

手帳を出して氏名を書き記し、住所も教えてもらう。再び、心が昂って全身に緊張感がみなぎった。戻ってきたな、と心のなかで殺人者に呼びかけた。しばらく起きていなかったので、事件は終息したと思っていたが早計だった。

水なしで二錠を飲み込み、カルロと別れて足早にレストランへ向かった。角を曲がると、遠くで手招きしているレオナルドの見慣れた姿があった。

楽しい会話に花を添える美味いラグーと赤ワインを早くも舌に感じ、ピザネッリは浮き浮きして親友のもとへ急いだ。根っからの善人と、無性に一緒にいたかった。周囲は悪がはびこっているのだから。


フランチェスコ・ロマーノ巡査長は当てもなく長いあいだ歩きまわっていたが、いつの間にかまた病院の前に来ていた。

警備員はロマーノを見覚えていて、黙って門を通した。集中治療室の入口デスクについている看護師にうわの空で挨拶をし、昏睡状態の男児のベッドのそばで足を止めて付き添いの両親と当たり障りのない言葉を二、三交わす。ロマーノは来るたびに少しずつ、苦悩を共有するこの共同体の一員とみなされていった。一員と言っても肩書きはない。患者の両親、親戚、友人ではないし、患者でもない。口にチューブをつけ、保育器のなかで人工的な睡眠状態に置かれている新生児を見舞う、ひとりの男だ。

その新生児は、おそらくいまは息をしていない。ロマーノは治療室に挟まれた廊下を足早に進んでいたが、容態の悪い病児が収容されている奥のほうへ行くにつれ、足取りが重くなった。空の保育器が瞼の裏に浮かんで、胸が苦しくなった。

見たくない、知りたくない。病室の手前で立ち止まって、顔を背けた。

壁の下部に設置されたベンチに座る。首を数センチ伸ばせば、ピッコラ・ジョルジャの生死がわかるが、その勇気がなかった。

携帯電話が振動したのは、この建物に入りかけたときだった。ディスプレイに女医のスージーの名が表示されていた。十二時近かった。こんな時刻にかけてくるのだから、なにかあったに違いない。重大なことが起きたのだろう。

心の準備ができていなかったロマーノは電話に出ずに、入口までの数メートルを機械的に歩いて階段を上ったのだった。

ベンチにかけたまま、頭を壁にもたせかけた。前日の夜、上部の小窓から覗いたとき、ピッコラ・ジョルジャはこの壁の反対側にいた。ロマーノは心のなかでつぶやき始めた。

おれは祈り方を知らない。子どものころから一度も祈ったことがないのだから、いまさら祈ろうとは思わない。だが、きみに多くのことを語りたい。きみの気の毒な母親を殺した犯人を突き止めた。きみの父親が誰かもわかった。きみを産ませた男と言ったほうが適切だ。その男がきみの父親になることはないのだから。そして、きみが彼を知らずにすむことを願っている。なにが起きたのか、おれたちは細かい部分まですべて知った。

きみは、いわば挿入句だった。短い、悲劇的な挿入句。そんなものは文章を複雑にするから、たいていの人はないほうを歓迎する。きみは文章を重くする、余分なコンマだった。

だが、おれにはとても重要だった。ときにおれを窮地に追い込むこのでかくて醜い手できみを抱いた瞬間、きみはおれの心にするりと入り込んだ。この手はきみを抱いたとき、初めていいことをした。おれの心の奥深くに入り込んだのは、きみが初めてだ。

許してくれ。頼むから許してくれ。

もっと早く来なかったことを。

邪悪な世をよくする手段を持たないことを。

この世に生を受けたばかりのきみが、不良品のように手放されたことを。

光も音もないなかで無意味な苦痛に耐えた日々を。

きみが選択の余地なく天使になったことを。

許してくれ、ピッコラ・ジョルジャ。なにもかも許してくれ。

ロマーノは顔をひと撫でして、深呼吸をした。蛍光灯に照らされた、時の流れの止まった廊下に、夜がカーペットのように広がっていった。

赤ん坊のむずかる声がした。

ロマーノはのろのろと立ち上がって、小窓から覗いた。

ピッコラ・ジョルジャはいなかった。

保育器は空だ。

どきっとして息を呑んだ。許してくれ、許してくれ。

ふと目を上げると、マスクをつけたスージー医師が部屋の奥で手を振っている。

もう片方の手で、身をよじって泣く小さな赤ん坊を抱えていた。さっきベンチで聞いたのは、この声だったのか。

チューブと薬剤から解放されたピッコラ・ジョルジャが、泣いて空腹を訴えている。

しんとした廊下で、ロマーノはすすり泣いた。ポケットのなかで、携帯電話がジョルジャと表示されたディスプレイを光らせて、虚しく振動していた。


日曜の夜がどれほど気まぐれか、知っているだろう。とんでもない方向へ向きを変え、月曜まで続くものとあきらめていた苦悩を最後の最後に吹き飛ばしてくれる。

たぶん、日曜の夜にチャンスを与えたほうがいいのだろう。さもないと、思いもよらない素晴らしい場面を見逃すかもしれない。

チャンスを与えよう。二度ではなく、一度だけ。

二度目の方向転換は、浮上できないどん底へ向かうから。


その夜、ロヤコーノ警部は報告書や調書の作成に没頭していて、ふと憂鬱になった。

珍しいことではない。捜査が終わると同時に、やっと慣れた絶え間ない大騒音が消えたときのように、狩りの本能や神経の昂り、頭を占めていた考え事が雲散霧消する。

ただ、人間の業の深さは頭から離れない。虫も殺さぬ顔をして平然と悪事を働く人間がいることをあらためて認識して暗澹とし、勝利感や満足感、喜びはまったく得られない。

誰でもこれだけで十分、気が滅入る。そこへもってきて一週間のうちでもっとも気分の落ち込む日曜の夜なのだから、楽しくなりようがなかった。

衝動的に携帯電話に手を伸ばしてマリネッラにかけ、用意した夕食を冷蔵庫に入れて、レティツィアの店に予約を入れるよう言った。家にいたら肘掛椅子に座ってテレビ画面に目を据え、番組など頭に入らずにヌビラ夫人の抱えた闇のことばかり考えるに決まっていた。

マリネッラは喜んだ。外出については父親との取り決めがある。土曜日は外出してもいいが、誰とどこへ行くかを前もって伝える。携帯電話のつながらない場所は禁止。門限は午前一時。日曜は月曜に備えて家で予習。その代わり、金曜は午後十時までに帰宅すれば自由にしてよい。決まりきったスケジュールに変化をもたらす外食は、大歓迎だ。それに、大好きなレティツィアがしばらく前に父親と激しい口論をして以来、会うのは放課後に内緒でだったが、きょうは堂々と会えるのもうれしかった。

夕食の約束をしたことでロヤコーノの心は軽くなった。そして、レティツィアの店でいつものテーブルについたいまは、来週は事件解決を急いでやきもきしないですむと思って、幸せこのうえなかった。

レティツィアは張り切っていた。カップル客のあいだで諍《いさか》いが起きるほど胸の大きく開いた黒のドレスをまとって出迎え、上機嫌でよく笑い、店で出すワインを全部味見する悪癖をやめるべきだ、とロヤコーノにからかわれるほどだった。

マリネッラは冗談を連発し、レティツィアのギターに合わせて歌まで披露した。レティツィアと完璧にハーモニーして、ナポリ民謡をきれいな声で叙情豊かに歌う娘に、ロヤコーノは目をみはった。客の大喝采《かっさい》を浴びながら、マリネッラは言った。

「パパ、ぽかんと口を開けていないで。きれいな女性ふたりをそんなふうに見るもんじゃないわ」

レティツィアが笑ってつけ加える。

「あなたが殺人犯を追いかけているあいだ、マリネッラは二日に一度はここに来て、あたしの話し相手になってくれたの、ペプッチョ。そして、ギターに合わせて歌う練習を少しずつするようになった。この街の人は暇さえあれば歌うのよ」

夜は楽しく過ぎていった。ロヤコーノの冷えきった心は再び温かくなった。

携帯電話が鳴った。こんな遅くに誰だろう、とロヤコーノは訝った。マリネッラに断って、表に出る。

ラウラだった。

「チャオ、わたし」

「やあ。どうした？　なにかあったのか？」

沈黙。ロヤコーノはディスプレイを見て、接続を確認した。

「ラウラ？　どうした？」

震える声で返事があった。

「ごめんなさい。家ではなかったのね」

「うん、マリネッラと外で食事をしている。このところあまり家にいなかったから、それで――」

「ええ、よくわかるわ。ただ……きょうあざを見たら……怖くなったのよ。ものすごく怖くなった。こう思ったの」

ロヤコーノは待った。ラウラは言いたいことがあるのに、言葉が見つからないらしい。

「思ったの。あなたはとても大切な人で、もし……警察の仕事は危険で、事故も多い……そうしたらわたしは……」

マリネッラが店のドアから顔を出して、心配そうにこちらを窺った。ロヤコーノは電話のマイクを塞いでにっこりし、唇を動かして伝えた。「大丈夫。仕事だ」

「わたしは大切な人を一度失っている。死んだ心が息を吹き返すまでには、とてつもない時間がかかった。故郷にはこういう言葉があるの。アモーレ・エ・トゥッシュ・ノン・シ・ポデント・クオレ。どういう意味だと思う?」

ラウラはなにを言いたいのだろう。ロヤコーノは戸惑った。挑戦的だがどこか悩ましげな、こんな口調を聞いたのは初めてだ。これは別れ話か?

レティツィアがギターを弾きながら、こちらをちらっと見た。レティツィアは美人でやさしく、理解がある。ラウラは決して心の裡をさらけ出さず、ミステリアスでつかみどころがない。

そこがラウラの魅力でもあり、怖さでもあった。

ラウラは続けた。

「愛と咳は隠せないという意味。わたしはあなたを隠していたくないの、ロヤコーノ警部。だって、愛しているから」

ロヤコーノは微笑んだ。

「ラウラ、その言葉をどれほど待っていたことか。でも……」

「なに？　でも、なんなの？」

「でも、近くでじかに聞きたい。いま娘といるから――」

ピラースはしばらく沈黙した。それからさりげなく言った。

「そう。残念だわ。時間を考えなかった、こんな遅くに電話をしなければよかったわね」

「とんでもない、なにを言う。こうしたことは……ちゃんと祝いたいと思ってさ。だから――」

「同感よ。悪かったわ。日曜の夜だから少し寂しくなったの。あした、ゆっくり話しましょう」

せっかく心が晴れていたロヤコーノだったが、また気持ちが沈んだ。

「お好きなように」ため息が出た。「――ただ、言ったことを忘れないでくれ」

「わたし、なにか言ったかしら？」

電話が切れた。

日曜の夜は次のような仕打ちをする。

猫が鼠をいたぶるように、喜びと失望を交互に与えて人の心を弄《もてあそ》ぶ。なるたけ時間を引き延ばして畏怖や嫌悪、憎悪、愛を掻き立て、印象づける。

記憶のなかに潜り込み、善と悪のあいだで自由に浮遊して太陽と夜の光を楽しむ。

いつも切札を隠し持ち、突然出してこうしたことを成し遂げる。

相手はそれを見て言う。なんで手の内を読まれたんだろう。

マルコ・アラゴーナはいまだ驚きから冷めやらず〈メディテラネオ・ホテル〉のダイニングルームのテーブルについた。滅多にないことだが、このときばかりは家にいて母親にきょうの出来事を語って聞かせたかった。

無能と不服従を咎められての免職を覚悟した絶望のどん底から急転直下、いまはこうして月曜の賞賛と記者会見を楽しみにして日曜の夜を過ごしている。野良動物の救出はララ殺し解決の陰に隠れてしまうが、自分も栄誉ある〝ピッツォファルコーネ署のろくでなし刑事たち〟のひとりであることに違いはない。それにゴミ集積所で発見された新生児と勇をふるって救出した仔犬には共通点がある――どっちも、危機に瀕した幼きものだ。

アーティチョークのジュレを目で愛でている最中に視線を感じて顔を上げると、ウィリアム少年が立っていた。

「わっ！　誰に入れてもらった？」アラゴーナは訊いた。「ここは宿泊客専用だぞ」

「知ってるよ。だけど、ぼくは特別に入れてもらえるんだ。カフェのおじさんからアルトゥーを受け取った。ありがとう。元気にしているよ。早く見つけてくれなかったから、少し痩せたみたいだ。でも、生きていてよかった」

　アラゴーナはむくれた。

「おい、命とキャリアを危険にさらしてノミだらけの雑種を助けてやったのに、痩せたと文句をつけるのか？　おれはあいつのために、拳銃一丁で獰猛《どうもう》な虎と闘ったんだぞ」

「うん。でもそのくらい簡単でしょ。だって、一番優秀な警官なんだから。ぼくはいつもそう信じていた。門のところにいるグイーダ巡査は、一番優秀なのは中国人《チネーゼ》であんたは大バカ者だって言うけどね」

「グイーダがそう言ったのか？　あした記者会見が終わったら、あいつを絞ってやろう。まあ、中国人はたしかに優秀だが、おれに比べたら——」

「ねえ、虎のほかに誰がいたの？」ウィリアムの興味はそちらにあった。

　アラゴーナは数え上げた。

「ええと、武器を持ったガードマンがふたり。ひとりは太い口ひげを生やしていた。まあ、ピノキオに出てくるマンジャフォーコみたいな感じだな。鞭を持ってさ。わかるか？　それから女がひとり。もりもりと胸……筋肉が盛り上がっていた。何匹もの大蛇を操《あやつ》って敵を襲わせる蛇使いだ。とにかく恐ろしいのなんのって。おまえの犬は虎に食われそうになっていた。おれはたったひとりだったけど、応援を待っている暇はない。そこで、突撃した。おまえはガキだから知らないだろうが、あれはまさに〝フィラデルフィア・コード〟だったな。見たことあるか？　ジェイソン・ラッシュがボスの制止を無視して銃を抜き——」

ウィリアムは言った。

「うん、いつも見てる。あのさ、もうひとつ頼みたいことがある。ぼくと一緒に来てくれない？」

アラゴーナはきょとんとした。

「おまえと一緒に？　食事を始めたばかりだぞ。それにあしたはテレビに映るから早く寝なくちゃいけない。なにを着るか、まだ決めていないしさ」

「ふうん、わかったよ。友だちよりテレビのほうがだいじだから、ぼくのことなんかどうでもいいんだ。あんたも、みんなとおんなじだ」

アラゴーナは慌てて立ち上がった。

「おい、おい、勘弁してくれよ。どれだけおれに迷惑をかければ気がすむんだ。それで、頼みたいことって？」

「女友だちにあんたを連れてくるって約束したんだ。お礼を言いたいんだって。下でアルトゥーと待っている」

アラゴーナはため息をついた。

「いますぐ？　食事が終わるまで待てないのか？」

「うん。友だちもぼくも帰らなくちゃいけないから。アルトゥーの寝る場所を見つけたけど、駐車場のなかだから急いで行かないと閉まっちゃう。ぼくはここまで来たくなかった。あした、お礼を言うつもりだった。でも、友だちがどうしてもって言うから、一緒に来たんだよ。それに、あんたのことを教えてくれたのは彼女なんだ。さあ、早く下に行って会おうよ」

アラゴーナはできることなら、この小生意気な小僧とその女友だちを追い払いたかったが、ファンを大切にすることにした。そこで手つかずのジュレに未練がましい一瞥《いちべつ》を投げ、移民の少年と一緒のところを従業員に見られないことを願いつつ、エレベーターへ向かった。

ロビーに着くや、ウィリアムはさっさと出口へ向かい、角を曲がって見えなくなった。アラゴーナが悪態をつきながらあとを追って人気のない道路を走っていくと、アルトゥーを抱いたイリーナに出くわした。

アルトゥーはあっという間にアラゴーナに飛びついて顔を舐めまわし、青のレンズにとりわけ興味を示した。これはもう使い物にならないだろう。アラゴーナはがっかりした。

こいつを思い切り遠くへ投げ飛ばしてやろうか。トレーラーにぶつかってぺちゃんこになってしまえばいい。しかし、命を懸けて助けておいて殺すのは、理屈に合わないな。

どちらにしようか迷って、微笑を貼りつけたまま金縛り状態になったアラゴーナを、アルトゥーはここぞとばかりに舐め続けた。駆け寄ったウィリアムは、目を丸くした。

「見てよ、イリーナ！　アルトゥーがこんなことしたの、初めてだ！　賢いなあ。助けてくれた人だってわかって、お礼をしてるんだ」

いまいましいクソ犬どもは、おれを見ると必ずこうする。そう答えかけたが、ここで口を開ければ首にしがみついている仔犬とディープキスをする羽目になる。口を閉じた。それに、憧れのイリーナが目の前にいる。アルトゥーを抱いていたのだから、動物好きなのだろう。

イリーナがうっとりして見つめてくる。イリーナとふたりきりになる機会を待ち望んでいたが、いまはとにかくこの状態から解放されたかった。濃いダブルエスプレッソをマグカップで、と頼めば現実の世界に戻ることができるだろうか。

イリーナがようやく口を開いた。

「ありがとう。あなたがりっぱな人だって、わかっていたわ。りっぱな人は、犬や子どもが大好きに決まっているもの」

ようやく金縛りが解けて、アラゴーナは仔犬をトロフィーのように頭上に掲げて遠ざけた。

「務めを果たしただけさ。あんなことを許しておくわけにいかないからね。子どもや犬は社会的弱者だ。弱者を守るのが、警察の務めだ。おれは警官になる前から、ずっとやっているけど」

ホテルの制服を脱いだイリーナは、常にも増してきれいだった。化粧をしていない顔、Tシャツがはち切れそうな胸。神々しいくらいだ。アラゴーナはアルトゥーの汚したレンズの奥で目をみはった。しかし、いったいなにがどうなっているんだろう。

「あなたみたいな人は珍しいわ」イリーナは言った。「レストランのお客はみんな、わたしのお尻を触ろうとするのに、あなたはしない」

アラゴーナは驚いたふりをした。

「ああ、きみはホテルで働いているのか。気がつかなかった。ウェイトレスとは親しくしないから――」

イリーナの顔が曇った。

「親しくしない？　わたしたち、見つめ合っていたじゃない」

アラゴーナの長所は、失敗を悟るとすぐに方向転換できることだった。

「あ、いやいや、そういう意味じゃない。おれはとても民主的さ。兄弟みたいに親しい友だちがいて、そいつは料理人と婚約したんだよ。もちろん、見つめ合っていた。うん、たしかに。つまりこう言いたかったんだ。警官はいつも仕事のことを考えているだろ。どうやって犯人をつかまえようか、とか。それで、きみに気がつかなかった」

イリーナは機嫌を直して微笑んだ。

「わたし、ウィリアムの近所に住んでいるの。ウィリアムはいい子よ。アルトゥーがいなくなってものすごく悲しんでいたし、わたしは犬が大好き。それで、テレビにも出たことがある一番優秀な警官を教えたのよ。あなたのところへ行かせてよかった。アルトゥーを見つけてくれたお礼を言いたかったの」

アラゴーナはもじもじした。

「いや、そんな、お礼だなんて……同僚もみんな優秀で……ニュースで聞いたと思うけど、ウクライナ人女性を殺して赤ん坊をゴミ集積所に捨てた犯人を突き止めた。おれがやっぱり一番だけど、ほかの人たちも優秀なんだよ。おれたちの班は最高さ」

イリーナは、まだ仔犬を頭の上に掲げているアラゴーナのそばに来て、唇にそっとキスをした。彼女が唇を離すと同時に頭上のアルトゥーが金色の雨を降らしたが、アラゴーナは気づきもしなかった。


こうして日曜の夜は終わる。

ときには、虚しさと喪失感を残して。ときには、消せない傷を魂や心に、そしてサングラスのレンズにも残して。

日曜の夜はほかの日の夜と違う。

飲み込まれないためには用心が欠かせない。

解説

若林　踏

あまり翻訳ミステリに馴染みのない読者へ、現代海外警察小説の入門書としてお薦めできる本は何か。こんな質問が飛んで来たら、翻訳ミステリファンの方々は何と答えるだろうか。おそらく無数の有名シリーズが頭の中に浮かんでくるかもしれないが、筆者であればこう答えるだろう。マウリツィオ・デ・ジョバンニの〈P分署捜査班〉シリーズをまずは手に取ってみたらいかがでしょう、と。

〈P分署捜査班〉は、イタリアの作家マウリツィオ・デ・ジョバンニが二〇一三年より書き続ける警察小説シリーズだ。日本では第一作『集結』が二〇二〇年五月に創元推理文庫より刊行され、以来およそ年一冊のペースでシリーズの邦訳が続いている。筆者が本シリーズを海外警察小説の入門書としてお薦めする理由は大きく三つある。

まず一つは、シリーズ全体を貫く設定が明快であること。P分署とはイタリア・ナポリの最も治安の悪い地域を管轄するピッツォファルコーネ署の略称だ。かつて署の捜査班には四人の刑事がいたが、彼らがコカインの横領と密売という汚職に手を染めていたのが発覚したため、ピッツォファルコーネ署は機能不全におちいった。上層部は応急策として署長を交代させ、各地から刑事たちを集めて新たな捜査チームを立ち上げる。だが集められた刑事たちは優秀ながらも、以前の職場で何らかの厄介事を起こした者ばかり。問題児だらけの捜査チームで再始動したP分署は、果たして存続に必要なだけの成果を上げられるのか。こうした明確なストーリーラインから大きく逸れることなく展開するため、読者は各巻の物語に没入しやすいようになっている。

二つ目は個性的な刑事たちの造形である。前述の通りピッツォファルコーネ署にはさまざまな事情を抱えた刑事たちが勢揃いしている。優れた洞察力を持ちながらマフィアとの繋がりが疑われるジュゼッペ・ロヤコーノ警部。射撃の名手だが前署では発砲騒ぎを起こしてしまったアレッサンドラ・ディ・ナルド巡査長補。怒りに駆られると自制心を失い暴れることから〝ハルク〟と綽名されるフランチェスコ・ロマーノ巡査長。サングラスをかけ車をぶっ飛ばす、おちゃらけた調子のマルコ・アラゴーナ一等巡査。ざっと登場人物を紹介するだけでも、各人が尖った個性を持つ刑事たちであることが分かるだろう。刑事たちの群像劇という点でエド・マクベインの〈87分署〉シリーズなど、キャラクターの強烈な個性で読ませる現代国内警察小説とも親和性が高いと筆者は考える。

三点目は一巻ごとの分量だ。翻訳ミステリでは特に二〇一〇年代以降、北欧圏やドイツ語圏を中心に各国の代表的な警察小説シリーズが続々と邦訳され、質量ともに充実した。それは非常に喜ばしい反面、なかには重厚長大な作品も多く、翻訳小説を読み慣れていない人にとっては尻込みして手に取りづらい一面もあったのではないかと察する。その点、〈P分署捜査班〉シリーズは現在の邦訳作はいずれも文庫本で三六〇頁前後。各刑事たちの私生活の様子も織り交ぜながら事件の捜査も手際よく描くとなると、長すぎず短すぎずのちょうど良い分量ではないだろうか。無論、頁数の多寡だけで本の手に取りやすさを論じるものではないけれど、これから翻訳ミステリの世界に親しんでいきたいと思う方に向けて、薦めやすい理由の一つにはなるだろう。

さて、本書『鼓動』（原題：*Cuccioli*）は〈P分署捜査班〉シリーズの四作目に当たる作品で、本国イタリアでは二〇一五年に刊行された。物語は〝ハルク〟ことロマーノ巡査長が失意の日々を送っているところから始まる。自身の暴力が原因で、妻のジョルジャが家から出ていってしまったのだ。ロマーノの手元には弁護士から送付されたジョルジャからの別居要請の書類が届いていた。誰にも悩みを打ち明けられず、途方に暮れたままピッツォファルコーネ署へ出勤しようとしたところ、ゴミ集積所の大型コンテナにとんでもないものが放置されているのに気づく。それは生きた赤ん坊だったのだ。

慌てて赤ん坊を抱きかかえ分署へと駆け込んだロマーノは、そのまま共に病院へと急行する。幸い命は取り留めたものの、赤ん坊は感染症により予断を許さない状況であった。いっぽう分署の面々は赤ん坊を捨てた親の捜索を始めた。なぜ赤ん坊の親は、わざわざ警察署の近くに子供を遺棄したのか。ロヤコーノをはじめ捜査員たちは各所を奔走するが、やがて事態は思わぬ方向へと展開していく。

ロマーノが拾ってきた赤ん坊の親探しを大きな柱に据えながら、『鼓動』は幾つかの事件を並行しながら描いている。いわゆる〝モジュラー型〟と呼ばれる伝統的な警察小説のスタイルが〈P分署捜査班〉シリーズでも活かされているのだ。その内の一つは分署の最古参であるピザネッリ副署長が若い神父より受けた相談事だ。その神父は若い女性から、ある奇妙な告解を受けたという。また、おちゃらけた若者のアラゴーナ刑事は、街で出会った移民の少年から「いなくなった自分の犬を捜して欲しい」と依頼される。大小さまざまな事件を織り交ぜ場面を切り替えつつ、それらがどのように展開していくのかという興味で引っ張る点が巧い。また、刑事たちの視点以外にも語り手が不明のパートが時おり挿入されており、これが一体どのように事件と繋がってくるのか、という謎への興味を掻き立てることにも貢献している。さらにミステリとしての構造に言及しておくと、赤ん坊の親探しという捜査小説の形式に途中から真相当ての趣向も加わる点も注目だ。そもそも〈P分署捜査班〉シリーズには本格謎解き小説ファンも満足する真相当ての要素がきちんと備えられている。第二作『誘拐』で、とある物証からロヤコーノが推理を披露する場面が、その良い例だろう。本書でも、物語の途中で真相へ到達するための手掛かりがさり気なく提示されており、解決篇に相当するパートで示された時は大いに感心した。こうした謎解き要素の部分も存分に味わってもらいたい。

各刑事たちの描き方についても触れておこう。本書はシリーズ四作目ということもあって、それぞれのキャラクターにも微妙な変化が表れている。特に今回はロマーノ、アラゴーナの二名が、これまでの作品では見せなかった意外な一面を見せている。〝ハルク〟と呼ばれるほど粗暴な印象の強いロマーノだが、捨てられて危険な状態にある赤ん坊との交流を経て、心の奥底にある優しさが垣間見える。ロマーノが怒りに支配されてしまう根底には、弱い者への労《いたわ》りや愛情があったことが分かってくるのだ。いっぽうアラゴーナは少年の犬探しの依頼を受けて動く内に、不遜な態度の裏に隠れた刑事としての資質をさらに開花させていく。同時に犬探しという子供のちっぽけな頼みにも刑事として向き合う姿に、ピザネッリ副署長をはじめとする他の捜査員たちが一目置くようになるのだ。この他のメンバーにも仕事でもプライベートでもさまざまな変化が本書では訪れるのだが、取り分けロマーノとアラゴーナの描き方には目を惹かれるものがある。というのも、この二人が見せる弱き者への優しさこそが『鼓動』という作品を統べる主題になっているからだ。

そもそも『鼓動』の原題である*Cuccioli*はイタリア語で仔犬を指すものだが、この他にも広く動物の子を意味する場合もある。つまりCuccioliはアラゴーナが探す犬とロマーノが保護した赤ん坊、作中に登場する二つの庇護されるべき存在を指しているのだ。ほかにも、ナポリという都市の風景を映しながら、社会における弱い立場の人間たちの姿を幾つも浮かび上がらせている。無論、こうした視点は今までの〈P分署捜査班〉シリーズにも織り込まれていたものだが、『鼓動』ではより真正面から向き合っている印象がある。

いわゆる社会派小説としてのミステリの在り方について、作者のマウリツィオ・デ・ジョバンニ自身の考えを窺うことが出来る資料がある。ウェブサイト「The Crime Vault」に掲載されたインタビュー記事である。記事でデ・ジョバンニは同じくイタリアのミステリ作家であるドナート・カーリッジとともにインタビューに応じているのだが、その中で「犯罪で最も大きな犠牲を払うのは罪なき弱い者です」「私たちの社会は、子供たちや若者を守ることを放棄しています」「子供や青少年に対する犯罪を描くことは、社会の深淵に対する批判を伴うものです」という趣旨の発言をしている。また、デ・ジョバンニは「私にとってスリラー小説は現代を写し取る社会派小説です」というようなことも述べている。このような作者のスタンスに則れば、〈P分署捜査班〉シリーズが単なる娯楽小説に留まらない社会批評的な視座に立っていることは明らかだろう。

ただし、『鼓動』は必要以上にテーマを深刻に描き、読者に重くのしかかるような小説にはなっていない。同じ「The Crime Vault」のインタビュー内の「北欧圏の犯罪小説と南ヨーロッパの犯罪小説で、異なる点はあるか?」という質問について、デ・ジョバンニは南ヨーロッパのミステリを「より温かく、より感情的で生き生きとしたスタイル」と特徴づけていた。確かに〈P分署捜査班〉シリーズは各々の刑事たちが凄惨な事件に遭遇し、私生活でも悩みを抱えていても、ユーモアに富んだ場面も多数用意されており、暗く湿っぽい印象を感じさせない。マウリツィオ・デ・ジョバンニはナポリという街の現実に向き合いつつも、芯には優しさを備えた刑事たちの活躍で気分を上向きにさせてくれる。これもまた、〈P分署捜査班〉シリーズを翻訳ミステリの入門書としてお薦めしたい理由の一つでもある。

〈P分署捜査班〉シリーズは二〇二四年五月時点では本国で十一作までが刊行されている。『鼓動』の次作に当たる *Pane* の内容紹介を読むと、どうやらピッツォファルコーネ署の面々の前にはこれまでにない〝強敵〟との闘いが待ち受けている模様だ。果たしてどのような〝強敵〟なのか、邦訳を楽しみに待ちたい。

訳者紹介　東京生まれ。お茶の水女子大学理学部卒業。英米文学翻訳家。主な訳書、ローザン「チャイナタウン」「ピアノ・ソナタ」、フレムリン「泣き声は聞こえない」、デ・ジョバンニ「集結」、テイ「ロウソクのために一シリングを」など。

検印
廃止

P分署捜査班
鼓動

2024年6月14日　初版

著　者　マウリツィオ・デ・ジョバンニ

訳　者　直《なお》良《ら》和《かず》美《み》

発行所　(株)東京創元社
代表者　渋谷健太郎

162-0814/東京都新宿区新小川町1-5
電　話　03・3268・8231-営業部
03・3268・8204-編集部
URL　http://www.tsogen.co.jp
DTP　萩原印刷
暁印刷・本間製本

乱丁・落丁本は、ご面倒ですが小社までご送付ください。送料小社負担にてお取替えいたします。

ISBN978-4-488-29607-0　C0197